· 语文阅读推荐丛书 ·

百合花
茹志鹃小说选

茹志鹃/著　杨　柳/编选

人民文学出版社

图书在版编目（CIP）数据

百合花：茹志鹃小说选/茹志鹃著；杨柳编选. —北京：人民文学出版社，2021（2024.12重印）
（语文阅读推荐丛书）
ISBN 978-7-02-015610-8

Ⅰ.①百… Ⅱ.①茹… ②杨… Ⅲ.①短篇小说—小说集—中国—当代 Ⅳ.①I247.7

中国版本图书馆 CIP 数据核字（2021）第 150474 号

责任编辑　于　敏
装帧设计　李思安　崔欣晔
责任印制　王重艺

出版发行　人民文学出版社
社　　址　北京市朝内大街 166 号
邮政编码　100705

印　　刷　三河市鑫金马印装有限公司
经　　销　全国新华书店等

字　　数　170 千字
开　　本　650 毫米×920 毫米　1/16
印　　张　15.5　插页 1
印　　数　14001—17000
版　　次　2021 年 10 月北京第 1 版
印　　次　2024 年 12 月第 5 次印刷

书　　号　978-7-02-015610-8
定　　价　28.00 元

如有印装质量问题,请与本社图书销售中心调换。电话:010-65233595

出 版 说 明

　　从2017年9月开始，在国家统一部署下，全国中小学陆续启用了教育部统编语文教科书。统编语文教科书加强了中国优秀传统文化教育、革命传统教育以及社会主义先进文化教育的内容，更加注重立德树人，鼓励学生通过大量阅读提升语文素养、涵养人文精神。人民文学出版社是新中国成立最早的大型文学专业出版机构，长期坚持以传播优秀文化为己任，立足经典，注重创新，在中外文学出版方面积累了丰厚的资源。为配合国家部署，充分发挥自身优势，为广大学生课外阅读提供服务，我社在总结以往经验的基础上，邀请专家名师，经过认真讨论、深入调研，推出了这套"语文阅读推荐丛书"。丛书收入图书百余种，绝大部分都是中小学语文课程标准和统编语文教科书推荐阅读书目，并根据阅读需要有所拓展，基本涵盖了古今中外主要的文学经典，完全能满足学生成长过程中的阅读需要，对增强孩子的语文能力，提升写作水平，都有帮助。本丛书依据的都是我社多年积累的优秀版本，品种齐全，编校精良。每书的卷首配导读文字，介绍作者生平、写作背景、作品成就与特点；卷末附知识链接，提示知识要点。

　　在丛书编辑出版过程中，统编语文教科书总主编温儒敏教授,给予了"去课程化"和帮助学生建立"阅读契约"的指导性意见,即尊重孩子的个性化阅读感受,引导他们把阅读变成一种兴趣。所以本丛书严格保证作品内容的完整性和结构的连续性,既不随意删改作品内容,也不破坏作品结构,随文安插干扰阅读的多余元素。相信这套丛书会成为广大中小学生的良师益友和家庭必备藏书。

人民文学出版社编辑部
2018年3月

目　次

导读 ………………………………………… 1

黎明前的故事 …………………………… 1
百合花 …………………………………… 13
高高的白杨树 …………………………… 23
春暖时节 ………………………………… 45
静静的产院 ……………………………… 60
三走严庄 ………………………………… 80
同志之间 ………………………………… 102
逝去的夜 ………………………………… 116
剪辑错了的故事 ………………………… 134
草原上的小路 …………………………… 155
家务事 …………………………………… 180
儿女情 …………………………………… 190
一支古老的歌 …………………………… 205

知识链接 ………………………………… 225

导　读

茹志鹃的创作主要是短篇小说，代表作有《百合花》《静静的产院》《剪辑错了的故事》等。她的小说短而精致，构思巧妙，又注意人物和事件的典型性，十分适合作为作文之样法。下文将对她的小说依次做简单的介绍，使我们在阅读正文之前，预先熟悉一下其小说的构思和用意。

革命的理想与热情：朴素、单纯的人性之美

《百合花——茹志鹃小说选》一共收录了十三篇小说，都是茹志鹃的经典之作。其中，前八篇小说发表于1957—1962年之间。这些小说既展现了革命的理想与热情的主旋律，又表现了朴素而单纯的人性之美。我们可以根据题材的不同，把这八篇小说分为四组。

第一组小说是《百合花》和《同志之间》，主要凸显的是军民、同志之间的情谊。《百合花》写部队即将发动总攻前夕，叙述者"我"和一位年轻的通讯员向老百姓借被子，以备伤员取暖。通讯员去了一位年轻媳妇家，无功而返，向"我"抱怨老百姓封建，不肯借。"我"和他再次前去，说明来意，借来了被子，也知道了这位年

轻媳妇是刚过门的新娘子,这条缀满百合花的被子是她唯一的嫁妆。当晚战况惨烈,不断有伤员下来,通讯员也在战斗中牺牲。前来包扎所帮忙的新媳妇毫不吝惜地把被子铺进棺材里,让"那条枣红底色上撒满白色百合花的被子,这象征纯洁与感情的花,盖上了这位平常的、拖毛竹的青年人的脸"。

《百合花》是茹志鹃最受关注的小说,我们可以看到,在这一简单的情境中,蕴含了无限丰富的内容。在百合花这一意象中,在围绕这一意象展开的叙事中,革命、战争与死亡的主题,以及爱、理解与纯洁的情感,都得到了诗意化的表现。茹志鹃称这篇小说是"没有爱情的爱情牧歌",十分贴切。

《同志之间》写的则是革命队伍中,炊事房的老张、老朱和小周之间微妙的关系。由于小周年纪小,老张总是照顾着小周,小周也几乎把老张当父亲看待。但是,老朱就有些看不过去,见到老张对小周的溺爱,总要说道说道,小周也对老朱十分不满,由此引发了种种矛盾。可是,当老朱掉队时,小周却十分挂心,宁愿减掉自己的东西,也要把老朱的东西带上。幸而,最后老朱平安归队,老张和老朱又恢复了一个无条件爱护后辈、一个想要历练后辈的矛盾状况。有趣的是,小说以老朱一边闹意见,一边为小周打草鞋的情景收尾。这两篇小说虽然是革命历史题材,仍是从人与人之间的关系出发。《百合花》第一次借被子时的误解,《同志之间》老同志们围绕帮助还是教育后辈时的不同意见,都以人与人真诚的相互关心、相互爱护为结果和前提。

第二组小说是《春暖时节》和《静静的产院》,写女性的自我反省,追求进步,努力跟上时代的脚步。《春暖时节》一开始,妻子静兰忙于家务,面对丈夫在家庭生活中的冷淡,心里感到委屈。一次偶然机会,她主动承担起一项对于生产活动十分重要的工作,没想到的是,丈夫不仅帮助她完成了工作,还恢复了对她的温柔和爱意。由于一起为社会主义建设而努力，他们的心终于又相互靠近。《静静的产院》写负责新式产院的谭婶婶，见到比她还先进的年轻的荷妹时的复杂心理。一开始，谭婶婶看到新来乍到的荷妹毫不客气地对产院进行改造，很不习惯，心里有些不满。后来，她猛省到自己的落后，意识到她对荷妹的意见，就像三年前旧产婆潘奶奶不适应新时代一样，是完全不应该的。何况，就连潘奶奶现在也改变了。在荷妹的帮助下，谭婶婶也鼓起勇气，不再简单地打电话给医院，而是学着给产妇做手术。从这两篇小说可以看出茹志鹃鲜明的女性意识，她通过女性在承担家庭角色和社会角色时的特殊表现，来叙述她们心理的变化和意识的成熟。第一篇以家庭生活为视角，通过女性积极参与社会生产，来弥合情感的裂痕。第二篇以产院为场景，通过"生产"这一特殊的生活内容，来反映女性在自我意识上的变化和工作能力上的提高。

  第三组小说是《三走严庄》和《高高的白杨树》，其创作方法是围绕人的变化（人的命运的可能）来写。如果说第二组小说中，人的变化是具体而微的，详细描绘了人物的心理，这一组小说中人物的变化则更加宏观，是整体性的彻底改变。《三走严庄》写的是"收黎子"，从"我"三次见到收黎子，描绘了她的三个典型的精神面貌。第一个精神面貌是一开始的妇道人模样，虽然她关心土改、不畏惧反对势力，但是，还不敢像男人一样当家做事。在"我"的鼓动下，她才发出自己的声音，发挥了她作为女性在土改动员中的感染力。第二个精神面貌是她与地主的正面抗争，她铭记从前母亲所受的折磨，忍受住失去孩子的痛苦，坚决反抗，展现出女性坚忍的力量。第三个精神面貌是，她成了女民工中的队长，到过前线，送粮食做后勤，展现了她不仅在与地主的个人斗争中取得胜利，还正在积极主动地参与到解放全中国、解放他人的事业中，个性也变得更成熟、有魄力。这三个精神面貌像三幅剪影，突出地表现了妇女解放的成果，也展现了土改与解放战争相结合的历史真实。《高高的白杨树》写"大姐"张爱珍。"我"在部队认识大姐时，她三十四岁，是名护理员，是个沉默寡言、比实际年龄更衰老的形象。大姐工作认真负责，却不幸在一次运送伤员的途中失踪。于是，很大程度上，"我"对于大姐的认识，是通过寻找展开的。"我"在去大姐的家乡寻找大姐的过程中，认识了养兔子的姑娘小爱珍，也听说了爱唱歌的小凤儿受到地主欺负（十八岁），又被卖到伴云庵的故事。而她的卖身契上的名字，又写着蒋月珍（二十一岁）。大姐、小凤儿、蒋月珍，她们似是一个人，又不像是一个人。"她们是一个人还是几个人，这都不是重要的了，重要的是她们的理想、心愿，现在都成为现实。她们不敢想的，现在已有人在做了；她们不敢要求的，现在随手可得了。"显然，《高高的白杨树》不是纯粹的传记式的拼贴。作者之所以让小姑娘也叫作爱珍，正是为了通过这几种身份、几种命运，将旧社会与新社会中女性的人生境遇和精神面貌相比较，从而达到批判和歌颂的目的。

第四组小说是《黎明前的故事》和《逝去的夜》。这两篇小说特殊的地方在于，它们都采用了儿童视角。《黎明前的故事》发生在上海解放前夕，从米米和小小两个孩子的视角，观察父亲每天夜里如何到阁楼工作，又如何被特务抓走，受到折磨，遭遇不幸。《逝去的夜》写被送到基督教孤儿院的女孩也宝的生活，写她如何逃出了孤儿院。值得注意的是，即便小说展现了孩童眼中的残酷的现实世界，小说也不黑暗，两个故事仍以非常理想化的方式结束。《黎明前的故事》最后上海解放，米米和小小也见到了妈妈。在《逝去的夜》的结尾，也宝独自在夜里行路，虽然疲惫，但她除了担忧哥哥，并不为自己感到害怕，因为，她已经学会了"一个人稳稳地在夜里走路"，并得出了这样的结论："路是长的，但不能没有一个尽头！"

《逝去的夜》和茹志鹃最后的自传体小说《她从那条路上来》有着紧密的联系。我们也可以试着想象，一个走出了孤儿院的孩子，在当时的社会中，除了投奔哥哥，又该如何寻找自己的出路。由于茹志鹃早年经历坎坷，到部队后才安顿下来，她亲切地把这里称为"家"。对她来讲，艺术的力量可以化为一种战斗的力量。因此，她的作品中常常洋溢着革命的理想与热情。

理想与现实、过去与现在的变调：向更复杂的世界追问

《百合花——茹志鹃小说选》的后面五篇，发表于1979—1980年间，反映了茹志鹃的创作在"新时期"以来的文学面貌。这些小说的批判性和反思性都大大地增强了，小说的艺术性也越来越纯熟。如果说前期小说着重表现朴素、单纯的人性美与人情美，那么，在后期小说中则有了过去与现在、理想和现实的具体冲突。黄秋耘将之概括为"从微笑到沉思"，非常形象。

《剪辑错了的故事》是"反思文学"的标志性作品。小说中有两个主要人物：老寿和老甘。主人公党员老寿始终代表着普通农民、普通老百姓的利益，为民众的口粮着想。老甘是党员干部，他的变化极大，在老寿看来，老甘仿佛是变了个人：一个是解放战争时期为老百姓着想的老甘，另一个是"大跃进"时期弄虚作假好大喜功、不顾老百姓生活的甘书记。对于"大跃进"时期的乱象，是非颠倒，老寿十分失望。这反映了解放后部分干部的变质，暗示了干部和群众之间的矛盾。茹志鹃巧妙地将四十年代解放战争时期与五十年代"大跃进"时期交错着来写，并且加入了主人公内心的想象。不需要作者评价，读者便能读出其中的批判性和深刻性。同时，在叙事方法上，也可以看到茹志鹃对于时空交错、意识流等现代主义手法的吸取和创新。

《草原上的小路》讲述在油田插队的三个年轻人小苔、杨萌与石均之间发生的故事。石均的父亲石一峰是高官,石均落难时,小苔对他十分同情。当石均的父亲得以平反,官复原职,面对石均提出的让两人关系更进一步的邀请,小苔却迟疑了。接受邀请对小苔的前途有好处,她也能回到南方,再说,他们也不是没有感情基础,但是,她却难以决定是否要因此和石均确定关系。直到她看到杨萌为父亲申诉的求助信被石均父子丢弃时,才确定了他们不是一路人。小苔是个单纯、善良的姑娘,石均则是"条件论"的信奉者,认为人情世故一切都是有条件的。他们父子会漠视同样遭受冤屈、处境艰难的同志的痛苦,不足为奇。小说展现了一个特殊的历史转折节点,一些人得到平反,一些人仍在痛苦中挣扎;一些人回到家乡,一些人仍在当地劳作,一些人还寄希望于考上大学。正如题目所示:"草原"上的"小路"。小说展现的世界和人都较为复杂了,各自有各自的选择,各自寻找各自的出路。但小说还是借小苔最后的决定,展现了作者的道德评价。

《家务事》写的是七十年代初,丈夫去支援小三线,"我"从干校回来送大女儿娴娴到黑龙江插队的一个生活片断。此时小女儿淘淘正生着病,"我"拿着四天的病假单,想要留在家照顾女儿,结果因请假的人太多,一律不准假,"我"只好和大伙儿一起回到干校。当"我"担忧着女儿时,别人问"我"在想什么,"我"只是平淡地回答道:"没什么。不过是些家务事。""家务事"三个字,说来简单平易。那么,家务事是否真的不重要呢?虽然小说主要写的是淘淘的病,但这背后凸显的是政治生活对家庭生活的侵占,以及家的分崩离析。

《儿女情》是一篇非常深刻的作品,风格复杂而成熟,艺术成就非常高。小说中,"我"前去医院探望病重的老战友田井。田井从前在革命中做了很多贡献,临死前却只挂念着她的儿子蒯池。

一方面,她为儿子的前途操劳,做了很多努力。另一方面,她对儿子的女朋友汪稼丽十分不满,骂汪稼丽"妖精",理由无非是汪稼丽爱漂亮、讲求吃穿的小市民习气。对于第一个方面,"家庭观念太重"是一种批评。对田井来说,最重要的就是儿子,以及那留给儿子的两间房子、五千元的存单(她虽然表态说要交作党费,临到去世时还是挂念着把钱留给儿子)。在革命话语里,"儿女情"和革命是矛盾的,当她怀有儿女情时,就不是最纯粹无私的革命者了。尤其她认为革命已经坐稳江山以后,儿女就占领了革命制高点。对于第二个方面,则是两代人之间的矛盾。田井不满汪稼丽,更不满她带坏了蒯池。小说写"我"想象汪稼丽在田井的房子里走动,"她微笑着在向我说话,但我听到的却是蒯池的声音"。这里的描写十分精彩,可见,小说表面上写的是婆媳矛盾,实际内在的是母子矛盾、代际矛盾,是革命、理想主义与小市民"过日子"之间的矛盾,也是革命的生活方式和革命以后的生活方式之间的矛盾。这两个方面实际是相互联系的,因为我们如果能理解田井的儿女情,就应该理解她的儿子和女朋友想要好好过日子的愿望,毕竟,每个人都有自己的生活和情感。所以,蒯池激烈地申述道:"她是望子成龙,可是,她的职位又够不着使我成龙。""我不是龙,我只要好好地生活,懂不懂? 好好地生活。"

田井是个复杂的形象。回忆过去,那是充满着青春与战斗、艰苦和快活的生活,已经逝去了的生活。但人不能停留在过去,时代也不会停留在某个理想的阶段。一边是一个人在革命阶段与革命后生活的分别,另一边是革命以后各自的生活产生分别(比如地位高低的不同,田井从前的战友尤梅把自己的子女安排得妥妥当当,却不愿意帮助她安置蒯池)。现在需要面对的,是更复杂、更现实的生活。因此在昂扬的日子过去后,加之丈夫的死、身体的病,田井的生活显现出衰颓与低迷。除了儿女作为个人感情的托付,革命还遗留下一个重要的问题:革命的成果由谁接班。"我"想象着汪稼丽说道:"无产阶级、资产阶级,还有私下养活着的封建主义,杂居于一代。这是杂居的一代!"因此田井越是临近死亡,这个问题就变得越迫切,因为她无法交割这个世界,不知向谁交割。小说发出疑问:"生活在走向前,它将走到哪里去?"

《一支古老的歌》同样反映了老革命忧虑子女问题,为之奔走,也目睹了干部风气的变化。但这一次,茹志鹃把儿女情和子女世代新的理想主义结合起来。由于女儿泱泱的坚持,和她爱的冒华的淳朴,小说自然弥合了革命精神向谁传承的矛盾。这新的理想主义,仍然在民间,在底层。因此,可以说这支古老的歌,仍在继续传唱。

小说的特点和美学风格

对茹志鹃的评价,离不开茅盾对她的赞赏。茅盾对她的小说特点和美学风格的解读,也是最为贴切的。而王安忆在《公共母题中的私人生活》中的解读,则更加切中创作者的本心,切中茹志鹃和她的小说中必须面对的问题,如个体与集体的关系。我们这里重点讲一讲茹志鹃小说在人物、结构和风格三个方面的个性和特点。

茹志鹃总是精心塑造人物。她的小说中人物都十分鲜活,哪怕涉及重大事件,她也总是从具体的人物、从个体出发,关注人本身。因此在崇尚大题材的时代,她的小说虽看似不够宏大,却更加隽永。在茹志鹃看来,短篇小说有两种,一种是故事性强的,一种是故事简单的,后者正适合集中刻画人物。在刻画人物的过程中,也就是将思想与生活、思想与形象相结合。从茹志鹃身上,可以学习怎样写小说,尤其是怎样写一篇简单而丰富的小说。

茹志鹃写人物有几个特点。首先,正如茅盾所说,她的写法是"由淡而浓"的。这是她注重细节描写,尊重人物的感情,深入人物心理的缘故。正是因为我们能看清人物的内心,对人物的改变或困境有逐步的认识,才会对人物有更多同情和理解,留下深刻的印象。其次,她非常注重女性视角。她的小说基本都以女性第一人称视角来观察,或者用第三人称的内聚焦,来深入女性人物的内心,展开叙事。因此,女性的温柔与良善,细致绵密,也渗透到人与人的关系中。她还特别注意到社会环境变化对女性的改造,以及女性在社会生活和家庭生活中的困境。这些既出于她对自身女性身份的感受,也依赖于她对于女性命运的广泛的关心。"人物虽寥寥数笔,仍是个活人。"这是极高的评价。

茹志鹃在写作时非常重视结构的严密。她也强调人物和故事的典型化。这种典型化不意味着刻板、教条,而是使小说更加凝练和深刻。在创作时,她总要一稿一稿地修改,一般写到四稿她才满意。正是因为经过这样缜密的修改,对必要的情节和不必要的情节有所取舍,也就是要解决结构的问题。只有缜密而完美的结构,才能保证人物描写的准确和故事叙述的利落,并展现为一种从容的笔调。

茹志鹃的小说含蓄内敛而韵味悠长。她的前期作品如《百合花》,以清新、俊逸著称,而后期的作品,如茅盾所说,呈现为一种静夜箫声般的风格。茹志鹃不仅擅长用景物描写烘托感情,也善于利用自然意象,无论是百合花、白杨树,还是《一支古老的歌》中一再出现的松花江,都具有一种古典的美感。在情感上,她也表现得温柔敦厚,不会对人物做太严厉的批评,故事也大多用给人以光明和希望的结局收尾。当个人被时代裹挟着,集体与个人发生冲突时,她总是愿意深入到个体的内心,替他/她找出问题所在,给人物一个合适的位置。这并不是一种妥协,而是出于她内在的柔情和风骨。因此读她的小说,常常会被她的诗情所吸引。

把茹志鹃的小说集列入中学生阅读书目,是十分可喜的事。往广阔时代里读,可以了解历史,了解社会;往心灵世界里读,可以了解个人的处境,理解人性。就人生和文学两方面来看,她的小说都是极好的典范。

叶端(中国社会科学院文学所文学博士,青年小说家)

黎明前的故事

一

这个故事发生在解放以前,虽说是故事,但事情都是真实的。

当时,在上海某一条里弄里,住了一个很特别的人。他叫秦易名,有三十多岁,人生得高大、结实,有一下巴浓浓的络腮胡子。他的妻子叫韩慧,是小学教员。一个女儿叫米米,十一岁;一个儿子叫小小,八岁,都上学了。这些,当然都不是他什么特别的地方。他特别的地方,别人也有几种不同的说法:有的说他傻气,是个呆子;有的却说他是个大好人;有的又说他是"娘娘腔"。说法不一。事实是这样:他在里弄里是个公用的人,他没有工作,但每天比谁都忙,哪家吵嘴了,要他来调停;哪家女人生孩子,买不到红糖,他就骑上脚踏车,给到处去觅;住在弄堂口的寡妇胡阿秀死了公公,没钱没人,也来找他。他就像是自己家里死了人一样,到处去借钱,把自己的棉袍大衣都去当了,买来棺材,捧头捧脚地把老人入了殓。直等到入了土,他才安下心来。更可笑的是,有一次大热天,弄堂口来了一个卖西瓜的乡下人,手里捧了一个剖开的生西瓜,跟买主在吵:一个说,我要你包开的;一个说,我光开不包的,双方吵了半天都不肯认账。结果秦易名在一旁见了,就照价把那个西瓜给买下来了。这些事情,大家只觉得他呆气,好笑。有些老年人更觉得他这么个壮壮实实的男子汉大丈夫,不出去做事赚钱,反在家里给老婆孩子烧饭,洗衣裳,多古怪。不过这些古怪事情,大家见惯了,也就不以为怪了。只是他的两个孩子好像还不大习惯:"爸爸不拿人家的钱,为什么要给人家做事呢?""爸爸喜欢吃生西瓜吗?""为什么人家不这样做呢?"……孩子们拿这些问题去问到他时,他总把两个孩子揽在怀里,认认真真地说道:"人家有为难事,帮他们解决了,他们高兴吗?高兴,这不是很好吗?人活在世界上是为了什么?……这些事情你们现在还不懂,将来就会知道。来!我们还是来唱个歌吧!山那边呀好地方,一,二,唱!……"

上面说过的这些事情还不算特别,他最特别的事情,大概也只有他的两个孩子,就是米米和小小才知道。这就是爸爸的那个阁楼。每次夜里米米或小小起来小便,总听见爸爸住的阁楼上,有一种很轻很轻的声音,一到白天,这种声音又没有了。而且平时这阁楼总用锁锁着,除了爸爸自己,谁也不能上去,甚至连妈妈也很少上去。米米和小小想上去看看,这小小的阁楼上到底有些什么东西。有一次,就是胡阿秀阿姨的公公死了的那一次,她半夜来敲门,一下大家都醒了。妈妈不知怎么弄的,慌忙从床上跳起,不去开门,却站在床上,只顾伸手去敲爸爸的阁楼楼板,到后来知道是胡阿姨死了公公,妈妈的脸色这才转过来,就叫胡阿姨先回去,自己爬到爸爸的阁楼上去了。米米和小小一见有这机会,也就一骨碌地爬起来,轻手轻脚地上了楼梯。一上了楼,就见妈妈帮着爸爸往一个煤球箱子里收东西,似乎是一些灯泡和无线电的零件。爸爸、妈妈一见他们上来,好像都吃了一惊,不过也没说什么。米米和小小不知为什么,忽然也心里怦怦地乱跳起来。

小阁楼陈设很简单,也没有什么特别的地方,可是这里面就是有一种异样的气氛:阁楼四周,门窗板壁,一概都用厚厚的夹层黑布,挡得密不通风,就是里面点上十盏一百支光的电灯,外面都看不到一点亮光。人在里面,像在蒸笼里一样,又闷又热,一上来,气就像要透不过来了。爸爸浑身上下都是湿的,就连他的椅子和靠过的桌子上,也都湿了一大片,好像爸爸是刚从河里捞上来的。

"爸爸,你怎么的啦?……"米米有些怕起来了。小小却只站着眨眼睛,好像他是第一次看见爸爸。

"没什么,热得出汗了。来!"秦易名照例又是一边一个把米米和小小揽在怀里,说,"好孩子,你们在这里看到什么东西,都不给别人说,好不好?"

"好。爸爸你不怕热吗?你在这里做什么呀?"小小仍疑惑地看着那些黑布幔。

"没做什么,爸爸在这里祷告,让你们长大了,都过好日子,大家都过好日子。懂吗?"米米和小小点点头,摸摸粘在爸爸身上的汗衫,好像是懂了,好像还没有懂;不过,觉得爸爸这个阁楼越加神秘了。

本来,爸爸要等米米、小小睡下来以后,才到阁楼上去。可是近几个月来,米米、小小还在做功课,爸爸就上去了。有一天,爸爸索性吃完饭就上去了。过了一会儿,妈妈正改着卷子,爸爸突然从阁楼上急急地跑下来,兴奋地抱住妈妈的肩膀说道:"北平解放了,喂!北平解放了。"妈妈一听,也高兴地跳起来,拉住米米、小小,压着嗓子叫道:"哎呀,宝宝,北平解放了,好日子不远了……"

从来没见爸爸这么高兴过,这个"北平解放"是什么意思?米米和小小给弄糊涂了,眼睛滴溜溜地只是朝爸爸看。爸爸稍稍平息了一下,就对他们说:"傻瓜,北平解放,就是好人到了北平啦!……"

二

就从那一天起,爸爸忽然有些变了:白天不在家,晚上才回来,而且越来越晚。

这一天晚上,爸爸回来,米米还没有睡着,就听见妈妈急促地跟爸爸说:"要小心,今天有些古怪。隔壁陈家忽然来了两个远亲,傍晚的时候,又有一个'黄牛'①跑到门口来卖银圆。我看这情况……你得停两天……"妈妈的口气里,带着一些恳求的味道。米米虽然听不懂,可是知道这总不是好事。她屏住气,听爸爸温和地对妈妈说:"在这种时候,怎么能停!……你有些怕?不要紧,在天亮以前,天会黑得更可怕一些,过去了,就会好的。"接着,爸爸咯吱咯吱地又爬上了阁楼。

不知怎么的,米米睡不着了,心里就是觉着不安。可是看看妈妈,却仍然像平日那样,坐在窗边改卷子,有时停了笔,侧耳静听一下。

阁楼上又发出那种很轻很轻的声音,夜已深了,一切似乎都很安静,米米迷迷糊糊地也入了睡梦。

米米和小小突然给一阵猛烈的骚乱声惊醒了,一睁眼,姊弟俩就给面前的景象吓呆了。

妈妈脸色灰白,直挺挺地站在床前,阁楼上"砰嘭哗啦",好像所有的箱子、抽斗、床铺都同时翻倒了过来;杂沓的脚步声,吆喝声,乱成一片。一会儿,就见几个穿短衫的人,拿枪押着爸爸下来了。爸爸双手被铐着,人好像一下变瘦了,嘴角破了,血一滴一滴地向下流。米米和小小一动不动地躺在床上,睁着眼,迷惘地看着

---

① 黄牛——上海方言。这里是指当时不正当地买卖银圆的人。

爸爸,爸爸赶紧用肩膀擦了擦嘴上的血,对米米、小小笑了笑说:"不要怕,不要怕,小孩子要学得勇敢一些。"妈妈一听这话,就转过头去了。那些人给妈妈也铐上了手铐,说:"走!"几个人过来就推着走了,爸爸走到门边,又回头看了一下。

到这时候,米米才像从梦里醒了过来,她突然跳起来,一把死揪住一个穿短衫的人喊道:"不许拉走我爸爸!……"

"滚开,小共产党!"那人推倒米米,就押着爸爸、妈妈走了。米米趴在地上,不知是冷是气还是怕,浑身哆嗦着。小小却依然躺在床上,痴呆呆地看着门口。

阁楼上,还有人在翻箱倒柜……

平时,小小不算是个听话的孩子,在外面跟人打架,在家还欺负姐姐,可是现在,爸爸、妈妈已逮去一天了,他却一声也没哭,不说话也不动,只是固执地蹲在爸爸的阁楼上,那些人撵他也撵不下来。

爸爸逮去的第三天,住在他家的那些带短枪的特务,买了许多酒菜,在下面小小每天做功课的桌子上铺排开来,大吃大喝。忽然小小从阁楼上飞跑下来,也不说话,爬上凳子,拿起筷子来就乱叉乱嚼;那些特务起先倒愣住了,后来有个特务一甩筷子,就把小小从凳上推下来。小小含了一包泪,立即从地上爬起,朝那个人大喊道:"把我爸爸妈妈还来!为什么把我爸爸妈妈抓去?为什么不让我上学?……"小小一边喊,一边极力地忍住,不让眼泪掉下来。米米在一旁看见那特务不怀好意地瞪着小小,生怕弟弟吃亏,赶紧过去拉着小小说:"不吃他们的臭东西,我们自己捡菜皮去。"说着就拉了小小要走。

"不许走!"那特务说。

"你不让我们上学,不让我们出去玩,还不让我们吃饭吗?你们要不放心,就跟了去好了!"米米把弟弟拉在身后,斜着眼,狠狠地盯着那人。

"走吧!走吧!赶快回来。"另外一个人挥了一下手。米米拉着小小赶紧走了出来。

爸爸被逮去不过几天,可是米米和小小却觉得已经隔了好几年了。弄堂里仍然有孩子在闹闹嚷嚷地玩。米米、小小觉得有些奇怪,这些人在这里干什么?老玩香烟牌子、玻璃弹子有什么意思呢!姊弟俩看都没看一眼就走了过去,在这短短的几天里,他们好像突然长大了。

小菜场老早散了,地上也扫干净了,已经没有什么东西好捡。米米和小小并排坐在小菜场的石阶上,托着头,过了一会儿,小小忽然站起身说:"姐姐,我们自己去找爸爸去。"

"对!我们去找。"米米站起来走了没几步,小小却又停下了,他茫然地朝四面看了看说:"那……到哪里去找呢?"

"那些坏家伙都是警察局的,我们到警察局去找!"

"对,快走!"小小好像高兴起来了,拉了姐姐就跑。

天黑沉沉的,马上就要下雨了,路上的人也越来越少。一九四九年的第一声春雷,隆隆地从远方滚来。米米问清了路,和小小两个加紧了脚步向前跑着。跑着跑着,雨就哗哗地落下来了。

"姐姐,我肚子饿了。"

"不要紧,找到爸爸就好了。"

米米乱蓬蓬的头发,给雨水一淋,都紧紧地贴在头上。

警察局阴森森的大门口,有四个拿着枪的警察,在踱来踱去。米米心有点慌,小小倒好像无所谓,不慌不忙地走近去,还向那个站岗的横了一眼。

"干什么的?"

"我们来找爸爸妈妈的。"米米抢到弟弟前面回答道。

"滚开!"那个警察端了上好刺刀的枪,把他们赶到一边去了。

米米和小小愣愣地站在门口。湿透了的裤子,不断滴下水来,不一会儿,脚边的地上就湿了一大片。

"小小,我们回去吧!"小小不响,只是用手背擦着眼睛。歇了半晌,才移动步子,跟姐姐走了。默默地走了一会儿,小小忽然抬起头来说道:"姐姐你说,爸爸是共产党,是好人,他们为什么抓他?"

"他们都是坏蛋!"

"爸爸说北平有共产党,那我们叫他来打这些坏蛋!"

"北平——路太远了呀!"

"……我们写信去。"

米米和小小一边说,一边走,回到自己家的弄堂口,天已黑尽了。住在弄堂口的胡阿秀阿姨看见了他们,就哭着把他俩带到自己家里,给他们身上弄了弄干,又给了一些小菜,也不敢留他们,只说:"有事只管来找我。"就送他们出来了。

米米和小小回到家里,那些特务有的在打牌,有的出去了,也没有人来问他们。米米就点起洋油炉子,家里还有面粉,自己动手做起饼来。小小还是照常爬到爸爸的阁楼上。阁楼上很黑,小小独个儿坐在爸爸的床上。往常这个时候是最热闹的,晚饭吃过了,大家都在家里,爸爸讲故事,妈妈检查功课,小小和姐姐吵嘴……都在这一刻。小小怔怔地看着楼梯口,心想:也许爸爸会突然走上来,轻轻地叫道:"小小,吃晚饭了……"

他这样想着,想着,等到米米上楼来找他去吃饼,他已伏在枕头上睡熟了。

三

半夜里,米米给一阵杂沓的脚步声吵醒了,打开电灯一看,门外进来的还是那些特务,可是他们后面……后面是谁?爸爸!米米弄不清这是真的还是在梦里。

"爸爸!爸爸回来了?"小小也坐起来喃喃着。米米赤着脚站在地上,看他们把爸爸拉上了阁楼,关上了楼门。

小小起来,靠到姐姐身边站着,两个人仰着头,呆呆地望着楼上,只听楼上乱了一阵,就没动静了。一会儿,那个非常熟悉的很轻很轻的声音就嗒嗒地响了起来。

小小一听这声音,猛地想起一件事来:曾经有一次,小小夜里醒来,问过妈妈这是什么声音。妈妈想了想,就倚在床上,沉静地说道:"小小,这是一只奇怪的鸟,在给好人唱歌,它唱的歌从来不肯给坏人听到。它从晚上唱到天亮,一边唱一边飞,许多漂游在大海里的人,一听到它的歌,就知道海岸不远了。许多迷失在森林里的人,一听它唱歌,就找到了方向。要是它一停止唱歌,许多人就会丧失勇气,迷失方向,所以它永远是一边唱一边飞,唱得嘴里流血了,它还是唱;没有力气了,它还要唱。有坏人要打它,它就飞到更高的云层里去唱,它飞着唱着,一直到天亮……"

"啪嗒"一声,那个轻微的嗒嗒声停止了,接着就听见爸爸轻快地说道:"对不起,我收不到。"

"啪!啪!"两声,好像是动手打了,接着又是"哗啦"一声,似乎所有的枪都顶上了子弹。有人轻轻地问道:"你收不收?"米米一把紧抱住弟弟,屏住了气,四周的空气也似乎凝固了。静止了一会儿,爸爸又说话了,声音还是那么轻快:"我不想收了,收也是白收,你们要怎么办就怎么办吧!"米米和小小都深深地换了一口气。接着就听到刚才那个轻轻说话的人又开口了,声音还是很轻,不过这一次,一字一字都是从牙齿缝里挤出来的:"要放明白些,这是你最后的机会,你只要把那边的报收过来,你就可以和你老婆一起回家……"

"嗨嗨……我倒是想回家,就是收不到报,所以也不敢想……嗨嗨……"爸爸笑了。米米更紧地抱住了弟弟,但弟弟却在想:奇异的鸟不肯给坏人唱歌,妈妈讲过的,它只唱给好人听……

阁楼的门开了,那些人押着爸爸下来了。爸爸胡子很长,脸也变得黑了,他微微笑着,两排牙齿显得又白又亮。他的腿好像跛得很厉害,走路简直像是在用一条腿跳。那些人推着他走,爸爸只来得及回头向米米、小小笑了笑说道:"喂,不要哭,爸爸不会死的……"话没说完,就跌跌撞撞地被推出了门。

米米和小小愣了一刻,赶紧追到门外去看,不禁又呆住了:一辆汽车停在弄堂口,在弄堂里,爸爸在爬着走,一条腿歪歪斜斜地拖在身后……爸爸的腿已经断了……

天蒙蒙亮的时候,米米和小小已写好了一封信,信是米米用铅笔写的,密密地写了很多,结尾处的几个字特别大:"快来救救我们的爸爸妈妈!"信封上端端正正地写着:"北平共产党收。"

炮声,伴随着江南的春雷隆隆地从北边滚来。解放军过了长江,一直向南,向南,日夜地向南进军。

每夜,每夜,上海的四郊——江湾、虹桥、青浦……响着枪声,多少孩子的父母兄姊,在这里成批成批地倒下。政治犯的牢房跟着一个个地出空了,这些祖国优秀的儿女,在这黎明即将到来那一刻,或引吭高歌,或默默地走完这条人生最艰苦最光荣的最后路程。

现在,米米和小小每天早上起来,就听听炮声是不是近了一点,解放军有没有进到上海。然后就到"卫戍司令部"门口去站一会儿。这是阿秀阿姨给打听到的。爸爸、妈妈就关在这里面,门口的人说是政治犯不能见。所以他们虽然没见过,但相信爸爸、妈妈是关在这里面的。

米米、小小每天去,去了就在门外站一会儿。这一次,他们却意外地被接见了,他们不懂这是好兆还是噩兆,只是又高兴又心跳地被带到铁栅子旁边,里面还有一排铁栅,中间隔出一条五六尺阔的巷子,有人拿着枪在这巷子里踱来踱去。米米和小小把脸紧紧地嵌在铁栅空当间,紧张地注视着里面。一会儿,妈妈一个人从里面走了出来。

"妈妈!"米米叫了一声,就熬不住哭了,小小却不哭,也不说话,只是呆呆地看着妈妈。

"孩子,这些日子你们是怎么过的?⋯⋯"妈妈仔仔细细地端详着他们的脸,过了一会儿,才说,"小小要听姐姐的话,米米要照顾好弟弟,以后⋯⋯日子马上就会好过了⋯⋯不要忘记你们的爸爸⋯⋯"妈妈话还没有说完,接见的时间就完了,妈妈只来得及说,"把爸爸的被子要回去!"就给推进去了。

小小像个哑巴似的,跟了姐姐去拿了爸爸的被子。被子上染着大片黑紫紫的血迹。他不能想象爸爸是怎么了,爸爸说过,他不会死的,但为什么不要被子了呢?⋯⋯

四

上海解放了,不过敌人还占据着部分地区。小小成天站在马路上,焦急地张望着,碰到解放军就上前问:"那边有没有解放?"那些解放军总是说:"快了,小朋友,快回家吧!路上有流弹。"小小问到后来,实在急了,只得拦路抱住了一个头上缠着绷带、拿着盒子枪的解放军问道："叔叔，你们到底什么时候才能解放那边？"那个解放军带着浓重的山东口音说："别着急，小朋友，那边会解放的。快回家，一会儿你妈妈该急了。"

"我妈妈就在那边，给反动派关着呢！"那解放军忽然愣住了，半晌，才用他粗糙的大手摸了摸小小的头发说："那么你爸爸呢？"

"不知道……大概还关在那里，或者就死了。"那解放军听了，紧紧地皱起了眉头，好像他头上的伤口突然痛起来似的，默默地站了一刻，就拍了拍小小的肩膀说："不要慌，那边马上就解放，你爸爸、妈妈不会死的。"说完就急急地向前走去了。

第二天一早，小小照例跑到街上去，但一会儿，他又喘吁吁地跑回来叫道："上海统统解放了，爸爸、妈妈要回家了！……"小小一把拖起姐姐，飞似的跑到弄堂口，好像爸爸、妈妈已等在弄堂口了。

"该从这面来的吧？"小小朝这头看看，又掉头看另一边，决不定自己到底该守望住哪一边才是。

"你看那边，我望这面。"米米决定后，就和弟弟背靠背地站着，向远处张望起来。

人行道旁的梧桐影子，斜长地一条条地横在地上，它不知不觉地移动着，渐渐地，树影都缩成一团团的了。

"怎么还不来？……作兴还在路上走。一二三，数到十，妈妈、爸爸就从那边拐角边转过来了……一，二……"小小数到五十，数到五百，没有妈妈的影子，也没有爸爸的影子。

梧桐树影从一条条变成一团团，又从一团团拉成一条条的了。

米米心慌了，一忽儿掉头朝这儿，一忽儿掉头朝那边，向四面张皇地注视着，竭力把眼光望得远些。不久，她觉得街上走路的人都像妈妈、爸爸，但又都不是妈妈、爸爸。她觉得房子在一排一排地横倒下来，天旋地转，米米头晕了。

晚上,米米、小小都没有说话,胡阿姨送来的饭也没吃,就躺到床上去了。米米望着帐顶,半响才轻轻地说道:"小小,明天我们到江湾去找吧!"小小唔了一声,就伏在枕头上不动了。

"米米!小小!"突然,妈妈头发蓬乱地站在房门口。
"妈妈回来了!爸爸呢?"
妈妈没有回答,只是紧紧地抱住他们,眼眶里充满了激动的泪水。

一九五七年一月

百 合 花

一九四六年的中秋。

这天打海岸的部队决定晚上总攻。我们文工团创作室的几个同志,就由主攻团的团长分派到各个战斗连去帮助工作。大概因为我是个女同志吧!团长对我抓了半天后脑勺,最后才叫一个通讯员送我到前沿包扎所去。

包扎所就包扎所吧!反正不叫我进保险箱就行。我背上背包,跟通讯员走了。

早上下过一阵小雨,现在虽放了晴,路上还是滑得很,两边地里的秋庄稼,却给雨水冲洗得青翠水绿,珠烁晶莹。空气里也带有一股清鲜湿润的香味。要不是敌人的冷炮,在间歇地盲目地轰响着,我真以为我们是去赶集的呢!

通讯员撒开大步,一直走在我前面。一开始他就把我落下几丈远。我的脚烂了,路又滑,怎么努力也赶不上他。我想喊他等等我,却又怕他笑我胆小害怕;不叫他,我又真怕一个人摸不到那个包扎所。我开始对这个通讯员生起气来。

嗳!说也怪,他背后好像长了眼睛似的,倒自动在路边站下了。但脸还是朝着前面,没看我一眼。等我紧走慢赶地快要走近他时,他又噔噔噔地自个儿向前走了,一下又把我甩下几丈远。我实在没力气赶了,索性一个人在后面慢慢晃。不过这一次还好,他没让我落得太远,但也不让我走近,总和我保持着丈把远的距离。我走快,他在前面大踏步向前;我走慢,他在前面就摇摇摆摆。奇怪的是,我从没见他回头看我一次,我不禁对这通讯员发生了兴趣。

刚才在团部我没注意看他,现在从背后看去,只看到他是高挑挑的个子,块头不大,但从他那副厚实实的肩膀看来,是个挺棒的小伙儿,他穿了一身洗淡了的黄军装,绑腿直打到膝盖上。肩上的步枪筒里,稀疏地插了几根树枝,这要说是伪装,倒不如算作装饰点缀。

没有赶上他,但双脚胀痛得像火烧似的。我向他提出了休息一会儿后,自己便在做田界的石头上坐了下来。他也在远远的一块石头上坐下,把枪横搁在腿上,背向着我,好像没我这个人似的。凭经验,我晓得这一定又因为我是个女同志的缘故。女同志下连队,就有这些困难。我着恼地带着一种反抗情绪走过去,面对着他坐下来。这时,我看见他那张十分年轻稚气的圆脸,顶多有十八岁。他见我挨他坐下,立即张皇起来,好像他身边埋下了一颗定时炸弹,局促不安,掉过脸去不好,不掉过去又不行,想站起来又不好意思。我拼命忍住笑,随便地问他是哪里人。他没回答,脸涨得像个关公,讷讷半晌,才说清自己是天目山人。原来他还是我的同乡呢!

"在家时你干什么?"

"帮人拖毛竹。"

我朝他宽宽的两肩望了一下,立即在我眼前出现了一片绿雾似的竹海,海中间,一条窄窄的石级山道,盘旋而上。一个肩膀宽宽的小伙儿,肩上垫了一块老蓝布,扛了几枝青竹,竹梢长长地拖在他后面,刮打得石级哗哗作响……这是我多么熟悉的故乡生活啊！我立刻对这位同乡越加亲热起来。我又问：

"你多大了？"

"十九。"

"参加革命几年了？"

"一年。"

"你怎么参加革命的？"我问到这里自己觉得这不像是谈话，倒有些像审讯。不过我还是禁不住地要问。

"大军北撤时①我自己跟来的。"

"家里还有什么人呢？"

"娘，爹，弟弟妹妹，还有一个姑姑也住在我家里。"

"你还没娶媳妇吧？"

"……"他飞红了脸，更加忸怩起来，两只手不停地数摸着腰带上的扣眼。半晌他才低下了头，憨憨地笑了一下，摇了摇头。我还想问他有没有对象，但看到他这样子，只得把嘴里的话，又咽了下去。

两人闷坐了一会儿，他开始抬头看看天，又掉过来扫了我一眼，意思是在催我动身。

当我站起来要走的时候，我看见他摘了帽子，偷偷地在用毛巾拭汗。这是我的不是，人家走路都没出一滴汗，为了我跟他说话，却害他出了这一头大汗，这都怪我了。

我们到包扎所，已是下午两点钟了。这里离前沿有三里路，包扎所设在一个小学里，大小六间房子组成品字形，中间一块空地长了许多野草，显然，小学已有多时不开课了。我们到时屋里已有几个卫生员在弄着纱布棉花，满地上都是用砖头垫起来的门板，算作

---

① 一九四五年日本鬼子投降后，共产党为了全国人民实现和平的愿望，和国民党进行和平谈判，并忍痛撤出江南。但时隔不久，国民党竟背信撕毁"双十协定"，又向我中原、苏中等解放区大举进攻。

病床。

我们刚到不久,来了一个乡干部,他眼睛熬得通红,用一片硬拍纸插在额前的破毡帽下,低低地遮在眼睛前面挡光。他一肩背枪,一肩挂了一杆秤;左手拐了一篮鸡蛋,右手提了一口大锅,呼哧呼哧地走来。他一边放东西,一边对我们又抱歉又诉苦,一边还喘息地喝着水,同时还从怀里掏出一包饭团来嚼着。我只见他迅速地做着这一切。他说的什么我就没大听清。好像是说什么被子的事,要我们自己去借。我问清了卫生员,原来因为部队上的被子还没发下来,但伤员流了血,非常怕冷,所以就得向老百姓去借。哪怕有一二十条棉絮也好。我这时正愁工作插不上手,便自告奋勇讨了这件差事,怕来不及就顺便也请了我那位同乡,请他帮我动员几家再走。他踌躇了一下,便和我一起去了。

我们先到附近一个村子,进村后他向东,我往西,分头去动员。不一会儿,我已写了三张借条出去,借到两条棉絮,一条被子,手里抱得满满的,心里十分高兴,正准备送回去再来借时,看见通讯员从对面走来,两手还是空空的。

"怎么,没借到?"我觉得这里老百姓觉悟高,又很开通,怎么会没有借到呢?我有点惊奇地问。

"女同志,你去借吧!……老百姓死封建……"

"哪一家?你带我去。"我估计一定是他说话不对,说崩了。借不到被子事小,得罪了老百姓影响可不好。我叫他带我去看看。但他执拗地低着头,像钉在地上似的,不肯挪步。我走近他,低声地把群众影响的话对他说了。他听了,果然就松松爽爽地带我走了。

我们走进老乡的院子里,只见堂屋里静静的,里面一间房门上,垂着一块蓝布红额的门帘,门框两边还贴着鲜红的对联。我们只得站在外面向里"大姐、大嫂"地喊,喊了几声,不见有人应,但响动是有了。一会儿,门帘一挑,露出一个年轻媳妇来。这媳妇长得很好看,高高的鼻梁,弯弯的眉,额前一溜蓬松松的刘海。穿的虽是粗布,倒都是新的。我看她头上已硬翘翘地绾了髻,便大嫂长大嫂短地向她道歉,说刚才这个同志来,说话不好别见怪等等。她听着,脸扭向里面,尽咬着嘴唇笑。我说完了,她也不做声,还是低头咬着嘴唇,好像忍了一肚子的笑料没笑完。这一来,我倒有些尴尬了,下面的话怎么说呢?我看通讯员站在一边,眼睛一眨不眨地看着我,好像在看连长做示范动作似的。我只好硬了头皮,讪讪地向她开口借被子了,接着还对她说了一遍共产党的部队,打仗是为了老百姓的道理。这一次,她不笑了,一边听着,一边不断向房里瞅着。我说完了,她看看我,看看通讯员,好像在掂量我刚才那些话的斤两。半晌,她转身进去抱被子了。

通讯员乘这机会,颇不服气地对我说道:

"我刚才也是说的这几句话,她就是不借,你看怪吧!……"

我赶忙白了他一眼,不叫他再说。可是来不及了,那个媳妇抱了被子,已经在房门口了。被子一拿出来,我方才明白她刚才为什么不肯借的道理了。这原来是一条里外全新的新花被子,被面是假洋缎的,枣红底,上面撒满白色百合花。她好像是在故意气通讯员,把被子朝我面前一送,说:"抱去吧。"

我手里已捧满了被子,就一努嘴,叫通讯员来拿。没想到他竟仰起脸,装作没看见。我只好开口叫他,他这才绷了脸,垂着眼皮,上去接过被子,慌慌张张地转身就走。不想他一步还没走出去,就听见"嘶"的一声,衣服挂住了门钩,在肩膀处,挂下一片布来,口子撕得不小。那媳妇一面笑着,一面赶忙找针拿线,要给他缝上。通讯员却高低不肯,夹了被子就走。

刚走出门不远,就有人告诉我们,刚才那位年轻媳妇,是刚过门三天的新娘子,这条被子就是她唯一的嫁妆。我听了,心里便有些过意不去,通讯员也皱起了眉,默默地看着手里的被子。我想他听了这样的话一定会有同感吧!果然,他一边走,一边跟我嘟哝起来了。

"我们不了解情况,把人家结婚被子也借来了,多不合适呀!……"

我忍不住想给他开个玩笑,便故作严肃地说:

"是呀!也许她为了这条被子,在做姑娘时,不知起早熬夜,多干了多少零活,才积起了做被子的钱,或许她曾为了这条花被,睡不着觉呢。可是还有人骂她死封建……"

他听到这里,突然站住脚,呆了一会儿,说:

"那……那我们送回去吧!"

"已经借来了,再送回去,倒叫她多心。"我看他那副认真、为难的样子,又好笑,又觉得可爱。不知怎么的,我已从心底爱上了这个傻乎乎的小同乡。

他听我这么说,也似乎有理,考虑了一下,便下了决心似的说:

"好,算了。用了给她好好洗洗。"他决定以后,就把我抱着的被子,统统抓过去,左一条、右一条地披挂在自己肩上,大踏步地走了。

回到包扎所以后,我就让他回团部去。他精神顿时活泼起来了,向我敬了礼就跑了。走不几步,他又想起了什么,在自己挎包里掏了一阵,摸出两个馒头,朝我扬了扬,顺手放在路边石头上,说:

"给你开饭啦!"说完就脚不点地地走了。我走过去拿起那两个干硬的馒头,看见他背的枪筒里不知在什么时候又多了一枝野菊花,跟那些树枝一起,在他耳边抖抖地颤动着。

他已走远了,但还见他肩上撕挂下来的布片,在风里一飘一飘。我真后悔没给他缝上再走。现在,至少他要裸露一晚上的肩膀了。

包扎所的工作人员很少。乡干部动员了几个妇女,帮我们打水,烧锅,做些零碎活。那位新媳妇也来了,她还是那样,笑眯眯地抿着嘴,偶尔从眼角上看我一眼,但她时不时地东张西望,好像在找什么。后来她到底问我说:

"那位同志弟到哪里去了?"我告诉她同志弟不是这里的,他现在到前沿去了。她不好意思地笑了一下说:"刚才借被子,他可受我的气了!"说完又抿了嘴笑着,动手把借来的几十条被子、棉絮,整整齐齐地分铺在门板上、桌子上(两张课桌拼起来,就是一张床)。我看见她把自己那条白百合花的新被,铺在外面屋檐下的一块门板上。

天黑了,天边涌起一轮满月。我们的总攻还没发起。敌人照例是忌怕夜晚的,在地上烧起一堆堆的野火,又盲目地轰炸,照明弹也一个接一个地升起,好像在月亮下面点了无数盏的汽油灯,把地面的一切都赤裸裸地暴露出来了。在这样一个"白夜"里来攻击,有多困难,要付出多大的代价啊!我连那一轮皎洁的月亮,也憎恶起来了。

乡干部又来了,慰劳了我们几个家做的干菜月饼。原来今天是中秋节了。

啊,中秋节,在我的故乡,现在一定又是家家门前放一张竹茶几,上面供一副香烛,几碟瓜果月饼。孩子们急切地盼那炷香快些焚尽,好早些分摊给月亮娘娘享用过的东西,他们在茶几旁边跳着唱着:"月亮堂堂,敲锣买糖……"或是唱着:"月亮嬷嬷,照你照我……"我想到这里,又想起我那个小同乡,那个拖毛竹的小伙儿,也许,几年以前,他还唱过这些歌吧!……我咬了一口美味的家做月饼,想起那个小同乡大概现在正趴在工事里,也许在团指挥所,或者是在那些弯弯曲曲的交通沟里走着哩!……

一会儿,我们的炮响了,天空划过几颗红色的信号弹,攻击开始了。不久,断断续续地有几个伤员下来,包扎所的空气立即紧张起来。

我拿着小本子,去登记他们的姓名、单位,轻伤的问问,重伤的就得拉开他们的符号,或是翻看他们的衣襟。我拉开一个重彩号的符号时,"通讯员"三个字使我突然打了个寒战,心跳起来。我定了下神才看到符号上写着×营的字样。啊!不是,我的同乡他是团部的通讯员。但我又莫名其妙地想问问谁,战地上会不会漏掉伤员。通讯员在战斗时,除了送信,还干什么——我不知道自己为什么要问这些没意思的问题。

战斗开始后的几十分钟里,一切顺利,伤员一次次带下来的消息,都是我们突击第一道鹿砦,第二道铁丝网,占领敌人前沿工事打进街了。但到这里,消息忽然停顿了,下来的伤员,只是简单地回答说"在打",或是"在街上巷战"。但从他们满身泥泞、极度疲乏的神色上,甚至从那些似乎刚从泥里掘出来的担架上,大家明白,前面在进行着一场什么样的战斗。

包扎所的担架不够了,好几个重彩号不能及时送后方医院,耽搁下来。我不能解除他们任何痛苦,只得带着那些妇女,给他们拭脸洗手,能吃的喂他们吃一点儿,带着背包的,就给他们换一件干净衣裳,有些还得解开他们的衣服,给他们拭洗身上的污泥血迹。

做这种工作,我当然没什么,可那些妇女又羞又怕,就是放不开手来,大家都要抢着去烧锅,特别是那新媳妇。我跟她说了半天,她才红了脸,同意了。不过只答应做我的下手。

前面的枪声,已响得稀落了。感觉上似乎天快亮了,其实还只是半夜。外边月亮很明,也比平日悬得高。前面又下来一个重伤员。屋里铺位都满了,我就把这位重伤员安排在屋檐下的那块门板上。担架员把伤员抬上门板,但还围在床边不肯走。一个上了年纪的担架员,大概把我当做医生了,一把抓住我的膀子说:"大夫,你可无论如何要想办法治好这位同志呀!你治好他,我……我们全体担架队员给你挂匾!……"他说话的时候,我发现其他的几个担架员也都睁大了眼盯着我,似乎我点一点头,这伤员就立即会好了似的。我心想给他们解释一下,只见新媳妇端着水站在床前,短促地"啊"了一声。我急拨开他们上前一看,我看见了一张十分年轻稚气的圆脸,原来棕红的脸色,现已变得灰黄。他安详地合着眼,军装的肩头上,露着那个大洞,一片布还挂在那里。

"这都是为了我们……"那个担架员负罪地说道,"我们十多副担架挤在一个小巷子里,准备往前运动,这位同志走在我们后面,可谁知道狗日的反动派不知从哪个屋顶上撂下颗手榴弹来,手榴弹就在我们人缝里冒着烟乱转,这时这位同志叫我们快趴下,他自己就一下扑在那个东西上了……"

新媳妇又短促地"啊"了一声。我强忍着眼泪,给那些担架员说了些话,打发他们走了。我回转身看见新媳妇已轻轻移过一盏油灯,解开他的衣服,她刚才那种忸怩羞涩已经完全消失,只是庄严而虔诚地给他拭着身子。这位高大而又年轻的小通讯员无声地躺在那里……我猛然醒悟地跳起身,磕磕绊绊地跑去找医生,等我和医生拿了针药赶来,新媳妇正侧着身子坐在他旁边。

她低着头,正一针一针地在缝他衣肩上那个破洞。医生听了听通讯员的心脏,默默地站起身说:"不用打针了。"我过去一摸,果然手都冰冷了。新媳妇却像什么也没看见,什么也没听到,依然拿着针,细细地、密密地缝着那个破洞。我实在看不下去了,低声地说:"不要缝了。"

新媳妇却对我异样地瞟了一眼,低下头,还是一针一针地缝。我想拉开她,我想推开这沉重的氛围,我想看见我的小同乡坐起来,看见他羞涩地笑。但我无意中碰到了身边一个什么东西,伸手一摸,是他给我开的饭,两个干硬的馒头……

卫生员让人抬了一口棺材来,动手揭掉他身上的被子,要把他放进棺材去。新媳妇这时脸发白,劈手夺过被子,狠狠地瞪了他们一眼。自己动手把半条被子平展展地铺在棺材底,半条盖在他身上。卫生员为难地说:"被子……是借老百姓的。"

"是我的……"她气汹汹地嚷了半句,就扭过脸去。在月光下,我看见她眼里晶莹发亮,我也看见那条枣红底色上撒满白色百合花的被子,这象征纯洁与感情的花,盖上了这位平常的、拖毛竹的青年人的脸。

一九五八年三月

高高的白杨树

天没黑净,上弦月便已挂在东山顶上。我紧了紧肩上的医药包,更加紧了步子。红山人民公社的所在地张家冲,还有四五里路呢!

张家冲我没来过,但它在我的感觉上却十分熟悉。早在一九四七年,我们和敌人"摆龙灯"的时候,曾经在张家冲拉过锯。张家冲也曾经出现在我们的行军路线图上。不过那时我正患夜盲症,夜里行军都是大姐扶着我走,所以那次经过张家冲,而且还在张家冲小休息了一次,我却什么也没看清楚。那时候,敌人刚从张家冲退出不久,整个村,就像死了一样,没有人声,连狗叫的声音也没有。大姐和我靠着一棵树坐着休息,不远处好像有一条溪水,在哗哗地响,头上的树枝发出沙——沙——的声音。我们谁也没有说话,只有骡子的嚼口,偶尔弄出一声叮当。

休息完毕,大姐拉我走的时候,我听她长长地透了口气,轻轻地说了声:"毁了,全毁了吧!"我不知她是在发恨还是感慨。说完话,她脚下不知给什么狠狠地绊了一下,我跟她一起冲出好远才站稳,接着,她又是那样长长地透了一口气……这事后,我才知道大姐原是张家冲人。

大姐,名字叫张爱珍。我参加部队,到医院来当小鬼护理员时,她就是院里一个普通的护理员。后来领导上培养我做了见习护士,她仍是护理员。她虽是个护理员,但院里上上下下、老老少少的同志都尊敬她,管她叫大姐。

我当然也叫她大姐,其实她对我比妈妈还好。那时我年龄还小,只十六岁,爱唱爱跳,哪儿热闹就往哪儿跑的这么一个小鬼。而大姐却沉默寡言,三十四岁的人,看起来倒像有四五十岁了。背驼了,头发也有些花白。但她身体却很粗壮,一双手伸出来,比男子汉还粗大有力。大姐见人只会憨笑,很少说话,然而对我却常常谈谈,也比旁人了解我。我喜欢唱歌,大姐悄悄地帮我收集歌纸。值夜班的时候,我故意跑来跑去地来抵抗瞌睡,大姐就会轻声悄语地说:"我看着,你打个盹吧!"我爱唱歌,但自己也知道唱得并不好,别人有时候也说我几句俏皮话,可是大姐就爱听我唱。每当我们在河边洗绷带的时候,大姐就会说:"小鬼,唱一个吧!"我也就放声唱起来。只有在她面前,我才唱得自如痛快。

起初,我还当大姐只是为了鼓励我才听我唱,后来我发现在我唱的时候,大姐真听得很入神,手里停止了动作,两眼呆呆地盯着远处,好像在仔细地听,又好像完全没听,只是在想她的什么心事。但不管她是真听假听,我是十分敬爱大姐的,不只是因为她了解我,照顾我,主要是大姐的工作精神好。

在工作上,大姐好像从未有过克服不了的困难。不管多么繁重艰巨的工作交给她,她总说"着,着"。在工作上她好像除了"着"字以外,不懂别的字眼了。在人手少、伤病员多的时候,她往往一个人做三个人的工作,做完以后,她不显示特别的疲劳,也不表示特别的高兴,平平常常。只是在半夜里,人们听见她在稻草铺上,困难地翻着身。

张家冲对我说来,虽然是人生地不熟,但因是大姐的故乡,所以又有一种说不出的亲切感。我到这里来,主要当然是了解公社里建立医疗站的情况，但在我内心里，更重要的是要打听大姐的消息。

大路傍着山，弯弯曲曲地伸过去，山顶上还设有一个白色的小气象台。路的这边，是一大片已熟的早稻，稻子在田里小弯着腰，看样子，马上可以开镰收割了。天逐渐黑了下来，萤火虫在稻叶上飞来飞去。我觉到有一种激动人心的、簇新的气氛包裹着我，这种清新的气氛越浓，越是使我想起这是大姐的故乡。

其实，大姐和我相处的时间并不长，但我怎么也忘不了她，特别是她最后给我们留下了一个谜。

这是我来医院工作的第二年春天，有一次大姐带了几副担架，要把伤员送到后方去。不料中途情况发生变化，竟与敌人遭遇上了。后来据跑出来的民工和伤员说，发生情况时，大家正在一条田埂上走，四面不靠村子，庄稼也不是长得旺盛的时候，根本没地方隐蔽。大姐即抽出两个手榴弹，掩护担架撤退。幸亏这天正好是个月黑夜，伸手不见五指，担架就横插到山沟里，爬上了山。当担架刚爬到半山上，就听见那里响起了手榴弹声音，接着，就是成串的枪声。一会儿，手榴弹声音没有了，枪声也沉寂了。但却听到一个女人细而高的声音在唱。有的说唱的是山歌，有的说唱的是当地的民谣。总之，大家都听到有个女人在唱，声音很高很亮，在夜空里传得很远很远……

到底是谁在唱？在敌人面前毫无畏色地高唱？是谁呢？那里除了大姐以外，确确实实没有别的女人。是大姐在唱吗？大家又不敢相信，大姐平时说话都很少，别说是唱歌了。于是大家在沉痛之上，又加上了这个谜。第二天，领导上派了武装到发生战事的地点去找大姐的尸体，竟没找到，只找到了两只手榴弹的线圈，和许多敌人的钢盔、水壶及子弹壳。这时候，许多同志都高兴起来，认定大姐没有牺牲，大姐力气大，会从敌人那里逃回来的。这说法虽然有些天真,但也不能说没有这个可能。所以我也暗暗地等着,每次行军做路标的时候,也做得特别仔细。我相信总有一天,大姐依旧会那样憨笑着,突然向我们走来……可是,我们终究没有等到。

在大姐失踪以后,我精神恍惚。领导上这时又要我写个大姐的简历,要进行追功。平时我自认为很了解大姐,但一提笔要写的时候,却又什么也不清楚。我向老同志打听,老同志也说不出大姐到底是如何入伍,家在哪里。光知道她参加部队并不久。找到组织干事小俞那里去了解,小俞也只知道某年某月大姐立过二等功,某月某日又立了三等功这些,另外就给了我一张大姐的简历表,表上只在姓名、年龄下面写了"未婚"二字。我打开她遗留下来的背包,背包里只有几件半新的军衣,一双新鞋,都是部队里发的东西。除此之外,衣服里还夹着一张二十四开的白报纸,纸上工工整整地写了几个大字:"我要参加共产党。"第二行只写了一个"我",下面就没有了,好像有千言万语,不知从何说起。大姐识字不多,还只念到语文第二册呢!这张纸下面是几张歌纸,这大概是为我收集的。

大姐,大姐,告诉我,你想说的是什么?……我寻找、搜集大姐的一切资料,但结果只是越加地怀念,别的什么也没有。

事情已经过去多年了,但最近有个老同志对我说,大姐确是没死,只是负了伤,回到了自己家乡,说是有人还在这里看见过大姐。这又重新挑起了我的希望,我要找到大姐,知道大姐的一切……

"咳……往年唱歌,咳哟咳咳……口难开呀!……"忽然,从对面山拐里传出一阵悠长响亮的歌声,是个男高音,音很高,很圆润。在这傍晚的山上听来,更觉辽阔响亮,我放慢了脚步又听他唱道:

"……如今唱歌哎……哎哟哟随口来,唱得人间哪哎……变天堂……"

"……变天堂……"回声在山谷里回响,然后又翻山越岭,飞到老远老远的地方,逐渐消失。

仿佛是这歌声唱出来的,我面前忽然出现了一小片电灯光。大概是张家冲到了。我奔下坡,跑到有灯的地方一看,原来是建筑工地在开夜工。一座高大的房架已搭好,在正门上面竖着"红山礼堂"四个浮雕大字,新上的油漆,红鲜鲜地映着灯光。

公社的负责干部到县里开会去了,一个会计看了我的介绍信后,就带我走了好一段路,到了住宿的地方。这是山头上的一个小小的自然村,有几间屋子也都没有点灯,在一个土墙院门上,挂了一块牌子,隐隐的好像是"红山饲养场"几个字,大概这小村不是一个住家的地方。会计带我走进一间屋,点上灯,和我谈了几句话就有事走了。

这屋子不大,有两张床。一张是给我准备的空床,一张是有人的,床上挂着一个夏布小帐子,床边一张三抽斗桌上,乱七八糟地堆满了东西:许多书,墨水瓶子,几枝带梗的棉花,还有一面小小的圆镜子。这些书也是各式各样的,有小学课本,作文簿,戏考,歌本,小说,卫生常识,兽医问答,植棉经验等等。书里还夹着各种叶草,大红大绿的剪纸、窗花。看样子,我这位同屋的同志兴趣范围很广。

我铺好了床,却又不想睡。四周静极了,只有屋前的两棵白杨发出沙沙的声音。

我不知道大姐的故乡从前是什么样的,我也不知大姐从前在这里怎么生活,但我却看到了大姐今天的故乡:白色的小气象台,电灯,未完工的大礼堂,还有在山谷里回荡的歌声"变天堂""变天堂"。大姐要是真的没牺牲住在家乡,那么现在她该怎么样了?年轻了?爱说话了?也唱那个"人间变天堂"的歌么?……一想到我是和大姐在同一个地方呼吸,我就制止不住地激动起来。

"爱珍!"突然,我清楚地听到有人叫了一声大姐的名字,一凝神,声音没有了。我的心狂跳起来。一会儿,又听到"卜卜卜",有人在那扇木栅板窗上敲了几下。

"嗨!我找到个好地方啦!"是个男子喉音,声音里带着几分欣喜。我压抑着心跳,一步跨出门去。

门口,一个小伙子笑吟吟地站着,身后背了一个大箩筐,一件白布衫敞着怀,正用毛巾抹着胸前的汗。他一见我,愣了,慢慢地收起了笑容。

我问他:"你找哪个爱珍?"

"我、我是……就是找这里的爱珍。"他讷讷地说着,一边将箩筐悄悄地放在地上,看了我一眼,就转身飞也似的跑掉了。我看看那箩筐,是满满一筐青草。我对自己的这种神经紧张,也觉得有些可笑。

月亮很亮,把屋前两棵高高的白杨树,映照得越发巍峨挺拔。树底下,远处的山坡上,依然闪烁着工地上那片电灯光,我想,明天一定要打听到大姐的下落。

我回到屋里躺下不久,就听得砰的一声,有人撞开门跳进来,接着就有个人猛扑到我床前,拉着我的手说道:"你是城里来的医生吧!"我没来得及回答,对方又说道:"哎呀!医生,我盼了你整整两天了。"

这个人说话的时候,我才算看清了她。这是一个年轻姑娘,顶多十七八岁,面色黝黑,两颊圆鼓鼓的黑里透红。头发很短,一边用牛皮筋扎了粗粗的一束,撅在头上。滚圆的肩膀,紧绷绷地裹在一件短袖花布衫里。一双漆黑的眼睛含着笑意,在我脸上转来转去。

"你有病?"她那种急切的神情,使我马上想到了这一点。她听我一说,忽然抽出手,退到对面的床沿上坐下,长叹了一声说:

"唉！我还不知道生病是个啥滋味呢！是兔子病了。"

"兔子病了？"我感到有些意外。

"是啊！我头天晚上去，还是好好的，第二天去，就看见原先孙家的两只毛兔打喷嚏，流鼻涕。到了中午，两只'青紫蓝'也传染上了，也不想吃食了。这事给夏大伯知道，他准又不许我干了。"她脸带愁容地说着，和她刚才进门时的样子，好像完全变了一个人。我只得把我不会给兔子看病的道理，向她说了一番。

她听了没做声，两颗黑豆似的眼睛盯着煤油灯。半天，突然站起来斩钉截铁地说道："病一定会治好。"说着一把将我拖了起来，要我去看看。这是硬赶鸭子上架，我向她解释，去看也是没用。结果她并不是拉我去出诊而只是拉我到门外，她朝黑魆魆的周围指点着，说："你看，这里，这里，这里，都要盖养兔场，马上就要动工。……"月光下，我看见一大片空场地，场地的那边是一个高坡，高坡边可能有一条溪水，风停歇的时候，听得见潺潺的流水声。白杨树在沙沙地响，猛然间，我记起了什么。

那小姑娘依旧热情奔放地在说话："……兔毛比棉花好，那我们就多产些兔毛好了，又没人拦住我们，你说是吧？唉！医生大姐，你还没看见那些兔子呢！从前我上学的时候，每天走过这里，总要跑进来看看，回家迟了也不知给我妈骂了多少回。好容易夏大伯批准我来养兔子。……唉！我工作还不到两个月呢！……"小姑娘在企图说服我，可我脑子里现在是另一回事……

……大姐拉我靠树坐下休息，有流水声，间或有马嚼叮当，我眼面前是黑糊糊的一片，难道我和大姐就在这里休息的？……唉！山区里有树有水的地方多得很呢！

"你知道这里有一个叫张爱珍的人吗？"大概我问得突然，小姑娘呆了呆说："我，我就是张爱珍呀！"

"啊！"我望着她圆鼓鼓的面颊，一脸稚气，两颗黑豆似的眼睛

29

正惊愕地盯着我。我摇了摇头,心里有些激动。

小姑娘见我摇头,眼珠一转,拍手说道:"哦!我知道了。你一定是找南窑头那个张爱珍吧!高个子,党员,小麦丰产模范,对不对?"

"她有多大年纪?"我心又乱跳起来了。

"她属兔的,比我大三岁。"

啊!不,我要找的张爱珍不是年轻的丰产模范,也不是向往一辈子养兔子的小姑娘。我找的是大姐,是那微微驼背、苍老而又粗壮的大姐。大姐和这些充满幻想、生气蓬勃的年轻姑娘有多么不同啊!然而,她们却又是这么奇怪地统一在一起。祝福你,年轻的张爱珍,幸福的姑娘。

小姑娘始终仰着脸,眼睛一眨不眨地望着我。我忽然想起了她的兔子,便拍了拍她那结实的肩膀,随口安慰道:"不要紧,兔子总会好的。"

"对对对,兔子跟人虽不一样,可是病总是一个道理,你看什么药合适就给点什么药吧!"她高兴了,又恢复了原来的活泼。

回到屋里,她在我身前身后地忙,又给我打水,又给我挂帐子,又给我敲钉子挂手巾,手里忙着,嘴里就滔滔不绝地说她的兔子,直到熄灯睡下了,她才稍稍安静。停了一会儿,我正要睡着时,她抬起身来,又说话了:"医生大姐,你知道兔毛能做些什么?"

我只好说:"用处很多吧!"

"用处可大呢!做呢绒,做皮袄,做毛线,做……"她详详细细地给我数说了兔毛的用途。

我"哦"了一声,不想再说话了。屋子里又静了下来,只剩门前的白杨在喧哗。

"医生大姐!"她轻声地又说了,"你看见过兔子生小兔子以前,把自己胸上的毛拔下来给小兔子做窝吧?真神,过几天我带你去看,啊?"

"好。"

屋里又静了。忽然她长长地叹了一声,自言自语地说:"唉!嘴也真刁,好好的草它只吃个苗苗。"说罢翻了一个身,一会儿便发出了轻微的鼾声。

月光从窗外泻进来,我看见那两棵白杨树的尖顶在微微摇曳,发出沙沙的声音,仿佛在告诉我什么秘密。

白杨,白杨,你知道大姐在哪里?她睡了吗?

白杨树在摇曳,沙沙……沙沙……

天刚一亮,我对面的小姑娘就不见了。外面,炎热的太阳还没升起,天边的浮云已被烧红了。地上一眼望去,却是一片青绿。晨风已送来远处啪啪的甩稻声。

这里果然没有住家,有几间房子,好像也都是仓房和饲养场。那院门上挂着"红山饲养场"牌子的,是所旧瓦房,一共有好几间,院门门额上还留有一块阴纹石匾,上面刻了三个大字:"伴云庵"。庵后的山坡上,是一片细细的苦竹。原来这里本是个孤庵。现在这个庵里,想必是住着小姑娘的宝贝兔子了。

我寻路到溪边洗脸,刚走了几步,猛地给人从后面拦腰抱住了,接着是咯咯的笑声。我知道是小姑娘,可还是给吓了一跳。回头一看,见她两颊红红的,身上晃晃荡荡地穿了一件粗蓝布大褂,身腰肥大得出奇,两只大袖子高高地卷到臂肘上。她放开我,双手在我面前一摊说:"拿来。"

"什么?"

"药呀!你又不给啦?"她担心地望住我。

我只得将乱吃药的恶果详细地说了一下,又教她多从护理方面着手,如兔子的住处要背风,干燥,多让它们活动等等。她开始是眉头打着结,又苦起脸来,后来一听护理得好也能治病,又高兴活跃起来。她抱住我一条膀子,欢叫道:"医生大姐刮刮叫。"拉我转了一圈,突然又将我的毛巾抢过去,朝溪里一丢。毛巾是干的,浮在水面,便立即顺流而下,我望着毛巾迅速地漂去,只恨得对她跺了一脚。她顽皮地看着我,见我急了,便一转身笑呀叫的,顺着溪流奔去追毛巾了。两只赤脚在溪边的圆石上,巧妙地一纵一跳。一转眼,她已嘻了脸,拎了条水淋淋的毛巾回来了。

我觉得这天,这水,这山岗,这孤庵,这大姐的故乡,都被这姑娘添上了一种鲜明的色彩,变得更加明亮。

小姑娘似乎还不肯罢休,又拉了我的手,硬拖我到饲养场去参观。

这里可真正是一个兔国家,屋里靠墙的地方,全是竹栅兔笼,兔笼上叠兔笼,像个楼房似的。每个笼子的小门边,还都挂着一块牌牌,牌上写着兔子的品种、名称,和小兔出生的年月日,一切都井井有条。小姑娘是个能干的养兔家。

小姑娘一进到这屋子,好像立即换了一个人,神态变得十分严肃认真,正色地向我开始介绍:

"这是苏联的良种,叫喜玛雅。"她指着一对毛略卷的大兔子说。她介绍得很熟练,但她这一本正经的神态,和她那圆鼓鼓的红脸颊很不相称。我有点想笑,又不敢笑出来。她引我走到另一个兔笼前,笼里是一对灰色短毛兔子。

"它叫力克斯,性子最躁,像刚从山上捉来似的,你看它吃的黄豆,糟蹋得最多。"她说着,弯腰在笼下面一颗颗地拾起力克斯打翻了的黄豆,接着又介绍道:

"上面的是勋狐,它刚生小兔子,所以给它开的营养饭,吃的稞麦,好让它下奶。"她介绍着,并开始窥探我的反应,看我是不是有惊讶或兴奋的表情。

我确实感到惊喜,而且激动。这大规模的兔场;这品种名贵的兔子;这有条有理的管理;特别是这有远大理想的饲养人——年轻的公社社员,她(他)们已能按照自己的理想、特长,在从事自己心爱的工作。这里,就是大姐的故乡。

我心里的东西,大概流露得不多,甚至还有些冷淡的样子。这一点却狠狠地刺激了这位养兔姑娘。她突然拉了我的膀子,一手向那些兔笼一指,不平地说:

"你不要把这些看得平平常常,你倒仔细看看。"说着将我拉到一个笼前,打开笼门,从里面捧出一只淡紫色的大兔子来,一边好像在跟我争辩似的说:"你看看,这是青紫蓝,是南美洲的兔子和野兽交配成的品种。你仔细看。"说着,她逆着兔毛,轻轻地吹了一口气,柔软的兔毛被吹得竖起来了。我认真地看着,却没看出名堂来。她看我不言语,便叹了一口气说道:

"唉!你还没看出来么?这兔毛从根到梢有五种颜色,多美!"

我摇摇头,表示没看出来,心里也觉有些抱歉。她斜眼看了我一下,默默地把兔子捧回笼里,啪哒一声关上笼子,淡淡地说道:"走吧!"说着也不看我一眼,就朝外走了。

小姑娘是生我的气了。一句话不说,鼓着脸,噔噔噔地往前走。

当自己美好的理想受到损伤,确是一件不能容忍的事,甚至会豁出命去。大姐在院里是个出名的粉团子性格,别说从没见她发过火,就连火星子都没见她冒过一点。但有一次我见她生气了,气得那么厉害。说起来,也不是什么大事。只是有一次,我们住的那家房东家的小媳妇很会唱小调,有一个夏天晚上,大家在乘凉,小媳妇也在场上纺线,她就给大家唱了许多当地的小调。大姐静静地听着,一句话也没说,后来就走过去代那小媳妇纺线,要她坐在一边尽量地唱。那小媳妇当然高兴,就拉开嗓子大声地唱。大姐一面纺线,一面默默地听着,直到深夜,大家才散。谁知回到家里,那个房东老奶奶却一把抓住小媳妇的头发,连打带骂,定要问小媳妇晚上在外唱唱笑笑,是为了什么。我们又气愤又好笑,在一边也无从劝起。这时忽见大姐脸发白,嘴唇发抖,上去一把将小媳妇拉到身后,眼睛直盯着那老太婆,说道:"解放啦!你知道吧!她将来还要到台上去唱呢!……"平时只会对人憨笑的大姐,这时眼睛里像要冒出火来,说话的声音也变了。这一下,把在场的人都弄呆了。大家做梦也想不到大姐会这样地激动,更不了解大姐为什么对这事这样特别地愤恨。那个老太婆平日也知道大姐和气,这时也惊得闭不拢嘴。

第二天,我发觉大姐神情抑郁,说话更少了,常挂在嘴角的那丝笑容也不见了。我跟她说话,唱歌给她听,她只是看看我,一声不响。这情形继续了好几天,一直到我被批准了当实习护士的那一天。这是我久久盼望的一天。我兴奋得到处奔跑,重复地告诉同志们,又慌慌地要来一件白罩衫,套在身上。在我忙乱的当儿中,大姐露出了笑容。她站在我面前,帮我拉直罩衫,说道:"你高兴吧?"我说:"当然高兴。"过了半晌,她又问道:"你为什么高兴?"

"这是我的心愿,现在实现了,当然高兴。"我心心念念地想当护士,拼命地学文化,这一切大姐是都知道的,现在她偏来问我。其实,大姐那股高兴的神气,也并不下于我,这一天倒好像是她实现了什么心愿的样子。我也就随口问道:"大姐,你有没有什么心愿?"

"我么?"她想了想说道,"有,我有一个很大的理想。我巴望革命早早成功,像你这样想做护士的就当护士,想唱歌的,就痛痛快快唱歌。"说着,她朝小媳妇住的小西屋看了一眼。那里正传来单调沉闷的纺车声:咯吱——吱,咯吱——吱……

当时我不大理解大姐的意思,后来更是忘掉了。现在这小姑娘把大姐这话,重又推在我的面前,而且显得这么鲜明清楚。

小姑娘噘了嘴,仍在我前面走着。说不清楚我这是一种什么心情,我突然觉得她就是大姐的女儿,大姐的理想。我迫切地想亲近她,和她谈谈大姐。我赶上去,搭着她的肩膀说道:"小爱珍,在想什么?"

"我在想,兔毛要有花儿那样的颜色就好了。医生大姐,你说这可能不可能?"

"可能的。"

"你怎么知道可能的?"小姑娘有些高兴了。

"也是一位大姐告诉我的。这位大姐就是你们张家冲人,就是我要找的张爱珍。"接着,我对她讲述起大姐的事来。她睁大眼睛听着,听到后来,忽然一拍手说道:

"原来你要找的这位大姐爱唱歌呀!你怎么不早说?你快到我们文工团去打听,保险打听到。他们选拔文工团员的时候,全乡会唱歌的人都考试过,他们都认识。"

"……"怎么跟她说呢!这位年轻的公社社员。我想,从她那里是打听不到大姐的什么东西了。

我们正谈得热闹,忽听背后有人叫了一声"爱珍",这次我是明知叫的小姑娘,心里却还是颤动了一下。回身一看,见是昨晚穿白布衫的小伙子,又背了一个箩筐,远远地站在门外向小姑娘招手。大概又是来送青饲料的。

我当这人也是兔场的饲养员,小姑娘说不是,他是社里文工团里的。小姑娘一见他来,便飞快地跑出去了。

奇怪,文工团员每天给饲养员姑娘送青草。他是爱兔子,还是爱养兔子的人呢?……我心情十分愉快地开始了第一天的工作。

这一天里,我到大队里调查他们保健站的技术设备情况,我到中队里和卫生员谈话,我也见到了公社的夏书记,我一遍一遍地向他们讲述大姐的姓名、年龄、外貌,但他们都摇摇头,干脆地回说没有这样一个人。

怎么能相信呢!我走在路上,明明觉得大姐就躲在那个山拐后面,只要我一转弯,她就会含笑地迎面走来。

我相信大姐没有死,大姐就住在这里。

傍晚,我回宿舍去,走过那个工地时,见"红山礼堂"已经完工,里面正围了许多人,在吹吹打打,拉拉唱唱,十分热闹。我正想进去看看,不防人堆里钻出那个小姑娘来,她眉飞色舞地一把拉住我嚷:"啊呀!你怎么这时候才来?报告你两个好消息。"她兴奋得脸绯红,大概实在是给这两个好消息憋坏了。她告诉我的第一个好消息是:公社文工团明晚要在这新礼堂里正式演出;第二个好消息,恐怕是使她最高兴的一个,是社里决定扩建养兔场,而且马上动工。

小姑娘大约无法表达她的欢喜了,就一下跑到打锣鼓的那里,夺过鼓槌,使劲地擂起鼓来,打锣的跟着她的鼓点,就敲起"急急风"来。霎时,满场的锣鼓声,激得人心都跳跃起来。小姑娘一边急速地擂着鼓,一边嘻开了嘴,嘴里露出一对尖尖白白的虎牙,更显得满脸的稚气……

爱唱的人痛痛快快地唱吧!爱兔子的人就大群大群地养吧!我激动地走出大礼堂,见原来在这里的电灯光已移到一个新地方去了。上夜校的人群,都夹了书,踏着急促的步子走了过去。我走近我住的小村,见那两棵白杨树,宁静地伸向高空。大礼堂那边,仍传来激奋人心的锣鼓声。

爱唱的人,就在舞台上痛痛快快唱吧!爱种棉花的,就在连成片的土地上大显身手吧!想做护士的,有保健站;爱家禽的,有大规模的饲养场……大姐的话,重又带着新的含义,新的内容,在我耳边响着。我越加相信大姐没有死，大姐就住在这里，我能找到她。

第二天，我抱着欢乐和希望跑得更远。跑了两个大队，工作很顺利；但希望仍只是个希望，心里有些怅然，早早地就回来了。回到小村里，田野上空正回荡着收工的钟声，割稻的男女社员，都拿着镰刀，半披着单布衫，笑笑说说地回家去。小村本不是住家的村子，这时倒反更加寂静。

一抹夕阳斜照在饲养场的门墙上，门前场上已堆了许多木材、石灰，扩建工程已经开始，想必小姑娘今天要乐疯了。我推门进去，想看看她那些小宝贝，却意外地看见她还在场里。

她背对着门，一动不动地蹲在兔笼前，身边放了一个小木桶，木桶里是水浸着的黄豆。我上前叫她，却发现她在哭，眼泪大颗大颗地从颊上滚下来。我惊得呆了，这是出了什么事了？看看兔子，兔子正掀动三瓣小嘴唇，安闲地在吃黄豆。我拉她起来，摇她，问她，她只摇摇头。我站在她身边，不知该说什么才好。

一会儿，她用袖子抹了一下脸，给兔子又加了一些豆子，怔怔地看着兔子说道：

"我苦恼……"说了半句，眼泪又掉了下来。

她竟有苦恼，这是我想不到的。又静了一会儿，她舔着流到嘴角上的眼泪，说："我没技术，我不懂，我承认。今天夏大伯来看兔子，发现好些兔子身上都长了癣。我没办法，我只会喂它们吃。"说着，她索性捂了脸抽泣起来。

上次听她说，她来饲养兔子是自己争取来的，好像领导上不是十分放心的，所以我小心地问道："夏书记说什么了没有？"

她摇摇头说："没有，夏大伯他什么也没说。可是把兔子养成这个样，我自己要撤自己的职。"说完，她撩起衣襟狠狠地抹了把脸，提起小桶，就往外走。

她走了老远,突然又想起什么,回过来对我说道:"今晚上大礼堂有戏,你别忘了去。"说完,拎了小桶飞快地走掉了。

太阳已经落山,天上只剩下几片红褐色的云。场上的木料堆,发出一阵阵新鲜的树脂香味,使得那一丝儿的晚风,也好像特别清凉起来。小姑娘的苦恼,确实是一个苦恼,但不知怎的,在这苦恼中,我总觉得有一种难以形容的甜意。

远处不知哪个性急的小队,已嚯嚯地吹起集合哨子。大概是该动身去看戏的时候了。大姐曾对那个房东老太婆说过,她将来还要到台上去唱呢!如今真的上台唱了,我怎能不去看呢?

可是事情就有这样不巧,临时一个卫生员来拉我去看了一个急诊,等我赶到大礼堂时,戏都快演完了。台上正在唱的那个演员,正是常给小姑娘送青饲料的小伙子。身上穿了不知哪里觅来的破烂衣服,大概演的是一个从前的故事。他唱得很好。我看见小爱珍端端正正地坐在前排,身上换了一件花短衫,入神地注视着台上,看样子,还是不怎么高兴。我忽然想到,兔子生癣,用硼砂水洗洗也许会好。

散场回到宿舍,小姑娘还没有回来。我躺在床上等她,想跟她说硼砂水的事,但她一直没回来。我硬撑着眼皮等着,可是渐渐地小爱珍的苦恼和那小伙子响亮的歌声混搅成一团,我迷迷糊糊地要睡了。正蒙眬中,听见窗外有人说话了:

"我也说你演得不好。"这是小爱珍的声音,嗓门老高。

"你说哪里演得不好?"这是那小伙子,声音很轻。

"哪里?哪里?不是跟你说过啦!"听话音,小姑娘的心情还是很坏。

"刚才说的,不是人家的意见么?"

"我的意见也是这样。你根本不懂从前人过的日子,地主把你卖了壮丁,老婆在后面哭着,你还走得那么利索,动作那么快,这根本不对劲。比如说,你们剧团种的那块棉花试验田,棉秆长得这么高,这么猛,要是在结铃的时候,有个人把那棉秆都砍断了,你难过不难过?你不跟他拼命?你还会乖乖地跟他走得那么快呀!……"

小伙子沉默了,我的瞌睡也醒了,心里估计,小伙子大概也开始苦恼了。静了一会儿,又听小爱珍长叹一声,说:"唉!我心里烦得很,不谈这些。还是你唱个歌吧!唱一个悲一点的。"

我想,明天我要做三件事。第一是出诊去看兔子的癣;第二是找夏书记,建议把小姑娘仍留在饲养场;第三,我身边还有一张大姐的照片……这是最后的希望了。

窗外果然有了歌声,声音压得很低,听起来好像很远的地方在唱。曲调并不悲,不过唱的人,故意把调子拉得长长的。

白杨树好像也理解这对青年人的心情,格外柔和地发出沙——沙——的声音。我到底沉入了梦乡。

一早起来,小爱珍照例已不在了。场上已有许多来扩建兔场的工人在走动,说话。夏书记正和他们比比画画,说着什么。我等他办完事,招呼他过来,就把我准备好的建议提了出来。他听完以后,笑了笑,拉我一起坐在树荫下一块方石上,说道:"这两天,她很麻烦了你吧!"接着就告诉我,领导上已决定让她到一个短期训练班去学习。他摇着头,喷着嘴,有些得意地说:"现在这些青年人呀,真是!这小鬼的娘是大队里的棉花丰产模范,就一心希望女儿和自己一起侍弄棉花,可她就偏偏爱兔子。一碰就跟人说,这是她的理想,将来兔毛要比棉花还多。好吧!理想总得支持,不懂就去学吧!你说对不对?"

"对!去学。"我高兴得真想替小爱珍欢呼一下,但手里捏的那张照片,又使我忐忑不安。

场那边"哗"的一声,"伴云庵"的半边墙一下拆倒下来,蓬起了一股灰尘。我终于伸出手,把照片给了夏书记,请他仔细想想。夏书记看了半天,说:"我不认识。不过这人的脸模子倒和一个人有些像。"

"谁?"我差点站起来。

他看我这么紧张,就按了按我的肩膀,笑着说:"这人不是你要找的这位同志。"接着问我昨夜的戏看了没有,我说只看了一点。

"可惜,我说的这个人,就是昨夜戏里演的。这是真事。"夏书记说着,朝"伴云庵"那边看了一眼。那边正在整理碎泥砖,丈量地皮,新的墙基已经画好了。他看了一会儿,就对我说起这个故事来。开始,我不大注意听,我从他手里拿回照片,只呆呆地看着大姐那憨厚的笑容。

夏书记的故事是从一个女孩子开始的。大致是从前这个村里,有过一个出色的女孩子,不但长得好看,更难得的是她有一副极好的嗓子,又会唱许多山歌小调。她不是本村人,是有一年北边发大水,她跟了娘流落到张家冲,后来娘在七霸天地主家帮工,讲好是光吃饭不拿钱的。娘俩住在地主家后面半间破屋里,就此在张家冲落了脚。

村里人看这小姑娘长得好,唱得更好,就都叫她小凤儿,每天到了晚上,总有许多人到地主家后门口,想去听小凤儿唱唱。有时小凤儿能溜出来和大家玩玩唱唱,有时却不能。她在地主家说是白吃饭,可是什么事她都得干。后来,村里人想听她唱,就想出了一个办法:晚上听歌时,轮流帮她干活,冬天帮她编凉席,夏天帮她纺线……

听到这里,我心里猛地给什么东西触动了一下。大姐咕吱吱地摇着小媳妇的纺车,小媳妇坐在一旁尽情地唱着。大姐知道小凤儿的故事么？大姐听她唱过歌么？……我开始注意起来，但又觉得夏书记说得太简单了。

所以小凤儿唱歌，不但没耽误活儿，反而是做得更多更快。可是就这样，还是不行，好像小凤儿一唱，大家一乐，七霸天心里就难过似的，他干脆就不准小凤儿再唱。

当时，正是大伏天。晚上，谁都瞅个空子，到场上来吹吹风乘个凉，小凤儿也来了。大家又照例围拢来听她唱，也照例有人把她手里的线垂子接过去，帮她捻线。小凤儿犹豫了一会儿，还是拉开嗓子唱了。她唱山上的树，唱山上的花，唱穷人的痛苦。唱了不知多少歌，唱得大家哭了又笑，笑了又哭，直唱到月亮下去，大家方才散去。小凤儿拿了捻好的一大团线，轻轻地走进了后门，当她关好门，反身要走的时候，猛然看见地主七霸天笑着站在当院，小凤儿顿时打了一个冷战，身上根根汗毛都竖了起来。

七霸天朝她冷笑了一阵，说声"你乐去吧！"就将手里的白铜水烟袋，照准小凤儿的头上打了下来。小凤儿头上一麻，便即软软地坐倒在地上。血顿时顺着辫子往下淌。

等凤儿娘跑来，门上地上都是血，小凤儿脸已变了色，嘴唇都发白了。凤儿娘一痛一急，便得了个心痛病。从这以后，村里便看不见她娘俩的影子了。一直到立秋以后，凤儿的娘给抬出来埋了；七霸天的后门口，也出现了一个女人，头上包了块污脏的破布，像小凤儿又不像是小凤儿。背后那根乌亮的大辫子不见了，只有一个微微驼起的背，红润的脸变成了两张松松的黄皮，歌声不见了，连那清脆的说话声音也不见了。小凤儿跳过了青年时代，直接进入了中年。当村里的孩子，在山上放牛挖野菜，用童音喊起号子来，她就会痴痴地听着想着，只有在她这样凝神静听的时候，人们才会想起她就是小凤儿，她还只有十八岁呢！

第二年，山北开了个石灰窑，来了一批挑石灰的汉子。其中有一个青年,每天挑石灰要走过七霸天的后门,一天来回三次,天天如此。那个青年也是个爱唱的人,每天挑了担,一边跨着大步,一边就高声地唱。一唱,小凤儿就痴痴地听。几个月以后,那青年不但走着唱,还坐下来唱了。小凤儿要是一天听不见他的声音,也就会站在后门口,一站就是老半天。再后来,青年跟小凤儿说话了,小凤儿也对他说话,不过她的声音已变得嘶哑了。

这时候七霸天算盘一敲,觉得这样下去自己会一文也捞不到,便一转手,把小凤儿卖给了"伴云庵"的当家师。从此,小凤儿被关在孤庵里,给尼姑挑水、烧饭、种菜园,再也见不到那个青年。只是每天听那青年在山下唱过来,唱过去,一天三次。为了和那青年见面,小凤儿不知给当家师罚过多少跪,夏天里跪在当午的太阳下,冬天跪在雪地里;在大殿里那盏长明灯下,小凤儿一夜一夜地跪。

许多日月过去了。忽然有一天,那青年的歌声没有了,后来一直也没有出现,那挑石灰的青年被拉了壮丁了。这以后,走夜路的人经常会听见,在"伴云庵"的半山坡上,有人在低声地唱,唱的那声音,连狼都跑得远远的,不忍听……

"后来小凤儿一直没结婚是不是?"我竭力地压制住自己的感情,想说得平静一些。

"是。你怎么了?"夏书记注意地看着我。

是她,是她,她头发里的疤,她未老先衰的外貌,她唱歌,她……我一把抓住夏书记,问道:"她在哪里?小凤儿在哪里?大姐在哪里?……"

夏书记拍了拍我的手,说:"你想疯了,这不是你的那位大姐,我说的是小凤儿。后来小凤儿跑掉了,有人见她在北面那个山上跳了崖……"

"小凤儿没有死,她参加了部队,她就是大姐。"我想争辩,但一想又何必争辩呢!

"哗"的一声响,"伴云庵"的另一堵墙又推倒了。小爱珍满脸愁容地走来,低着头对夏书记说道:"夏大伯,我没把兔子养好,你撤我的职吧!"

夏书记朝我挤了挤眼睛,正色地对她说道:"你有撤职的思想准备,很好。我们现在正在说一个故事,回头再和你谈吧!"

小爱珍一听夏书记这话,眼圈又红了,她一手扭住夏书记的衣服,有些撒野地说:"不要讲故事,你先说现在的事,该撤职就撤职吧!"夏书记见她急了,便一边挣脱她的手,一边说:"松手,我这衣服可还不是兔子毛做的。"说着便告诉了她去学习的事。

小爱珍一听,掉头就跑,跑了一段,又跑回来抓住夏书记的手一阵乱摇,摇完了又跑,跑了几步又回头喊道:"兔子交给谁呢?"夏书记打发她走了后,转脸又对我摇头啧嘴,说:"现在的青年人,真是。"眼光里流露出十分的骄傲和满意。

我现在才明白,大姐那个很大很大的理想是这样大,这样丰富。这里包括了一切,有雪白的棉花,五种颜色的兔毛;有舞台,训练班……夏书记走了,饲养场的新墙基已打好,正一层一层地砌高来。

忽然小爱珍摇着一张纸,从饲养场里朝我奔来,一边叫道:"快看,这是夹墙里拿出来的。"我过去接来一看,是一张发黄的卖身文契,被卖的人二十一岁,叫蒋月珍,共卖大洋十五元整,下面是一个已发褐色的血手印。小爱珍站在一边,眼睛睁得大大的,好像世界上发生了一件奇怪的,使人不能理解、不能想象的事。

无法想象就不要去想象吧!我把文契叠起放进口袋。现在,大姐,小凤儿,还有这个二十一岁的蒋月珍,她们是一个人还是几个人,这都不是重要的了,重要的是她们的理想、心愿,现在都成为现实。她们不敢想的,现在已有人在做了;她们不敢要求的,现在随手可得了。

旁边的白杨树上，飞快地溜下一个人来，是那个文工团里的小伙子，他正给这个扩建工地装上了扩音机。喇叭突然大声唱起来，白杨在摇摇摆摆，仿佛白杨在唱，在唱过去的和今天的，唱五彩缤纷的未来，唱一切的一切……

一九五九年二月

春暖时节

　　天还没有亮,第一部出厂的电车发出轰隆轰隆的声音驶了过去。静兰像给人推了一把,从睡梦中直坐起来。她看着天色还早才放了心,轻轻地从床上爬下来。她怕惊醒睡在旁边的丈夫,也不开灯,摸黑给大宝二宝踢掉的被子盖上,又顺手将丈夫明发撂在椅上的一件外衣挂好,方才心满意足地拿起菜篮。这是静兰的老规矩,每逢星期天,更准确一点说,凡是明发在家吃饭的日子,静兰总要起个大早,到菜场上去给明发买几样合胃口的小菜。

　　"静兰!""吱呀"一声门响,到底把明发惊醒了,"这么早,到哪里去?"

　　"买菜去。"静兰见丈夫醒了,也蛮高兴,作兴他会告诉她想吃什么。便问道:

　　"明发,你想吃点什么?"

　　"随便。"明发翻了一个身又睡了。

　　"随便。"静兰心里像回声似的响了一声,总是这样,"随便"。吃什么?"随便"。穿什么?"随便"。家里买些什么东西?也"随便"。可他和厂里的什么老师傅,甚至和他的徒弟说起话来,却是顶顶真真,一点也不讲"随便"了,这使静兰心里有点难过。她从早忙到晚,买菜烧饭,洗衣服;天明的时候做针线,天黑得看不见了就结绒线;夏天不摇扇子,蚊子叮了就脚跟脚擦一下,一双手从没停过一分钟,为的是要一家人都高兴舒适。但是丈夫却总说"随便""随便",好像家里的一切,都可有可无似的。

静兰轻轻地叹了一口气走出门来。马路上空荡荡的,好像比白天宽阔了许多。路灯仍亮着,道旁铺着一团团的树影。路上静极了,只偶尔有几部送牛奶的车子驰过,车上的奶瓶磕碰得叮叮当当,一会儿声音远了,一切又是那么寂静,只听见自己的脚步,在水门汀的人行道上发出嚓嚓的声音。

这两年来,静兰模模糊糊地感到自己和明发中间,好像隔了一道墙。说起来,明发没对她发过脾气,也没什么地方对不起她,每月薪水一到手,就如数地交给她,有时也陪她去看看电影,可是静兰在他眼睛里,已找不到从前那种温柔而又感到幸福的光泽了。为什么呢?她不知道……

路灯一齐熄灭了,天已发亮,蓝湛湛的天上,剩有几颗晨星还未隐去,路上车辆行人也渐渐多了起来。

"家里有柴有米,袋里有小菜钱,这样的日子还不满足?"静兰暗暗骂自己,想摆脱这种沉闷的心情。

小菜场里已十分热闹,许多时鲜货的摊子上已围满了人,一些摊前冷落的菜贩,都大姊大嫂地招徕着顾客。静兰买了满满一篮荤素小菜,正想回家,却看见一个鱼摊的木盆里,堆满了指头这么粗的淡水虾,一只只透明发青,活蹦乱跳。

"虾,这么大的虾!"静兰心里亮了一下,毫不犹豫地花了九角八分钱称了一斤。静兰是个俭省的人,平时用一两角钱也要打算一番的,而且虾也并不是明发酷爱的小菜。她觉得,重要的不是吃虾,而是虾给她,给明发,给他们整个家庭会带来一种甜蜜的回忆……

"虾,这么大的虾!"

解放后的第三年,明发有了工作,生活像一个病人得到医治那样,缓过一口气来。静兰从乡下带了孩子,搬来和明发一起住了,生活安定了,也不愁柴愁米了,有一次,也是星期日,静兰在菜场上买回来一斤大活虾。"快来看,虾,这么大的虾!"静兰把虾放在脸盆里,虾就在盆里跳蹦着,爬着。明发和两个孩子围在盆边看,拿草棒去逗,父子三个乐得哈哈大笑。

"记得吧,明发?"

"记得,静兰,怎么不记得。"明发抬起头来,温柔地看着妻子,又把孩子一边一个地搂在怀里,于是丈夫和妻子沉浸在同一个回忆里。

是解放前两年的一个夏天,静兰带了两个孩子住在乡下,明发从城里失业回来,乡下没有田地,一家四口怎么活下去呢!人总得活下去啊!于是夫妻俩每天晚上轮流到河边去钓些小鱼小虾。钓一夜,有个斤把鱼虾,天明就拿到镇上去卖,卖掉就买点六谷粉回家糊口。有一天晚上,静兰走了很远,到下游的一个河湾里钓了一夜,第二天天一亮,静兰提了竹篓,狂喜地奔了回来:

"虾,这么大的虾!"

明发一看,果然一只只透明发青的大虾,在篓里乱跳。

"真好,有一斤多重呢!"明发看着妻子那疲乏而又兴奋的脸,心里沉重得像压了一块铁,但他还是说了一句表示高兴的话。

孩子还小,不懂大人这些辛酸,他们只晓得肚子饿,看见大虾就要吃。当他们看见爸爸把虾倒进竹篮,要提着上镇去卖的时候,他们跟在后面哭了,明发心里立时像给千万个鱼钩钩住了那样,他看看孩子,看看自己一双粗大的手,这双手什么不会做?能在机器上车出各种精密的零件,能对付最硬的钢铁,现在这双手却提了一只小竹篮,到了镇上他还得把竹篮放在脚边,大声地叫卖。他鼻酸,暴怒,他恨这社会里的一切。他暴躁地甩脱跟在身后的孩子,含着泪大步地走了。

在幸福中回想一下艰辛的往事,总带有甜意。明发和静兰就这样,一个紧紧地抱着孩子,一个无限幸福地望着这个爸爸,两人没说一句话,但心里想着同一件事,产生同一种感情,他们感觉当前的生活美好、幸福。特别是对静兰,作为一个妻子来说,没有比这更满足的事情了。

静兰买好虾,慢慢地往家走,心里一遍一遍地细嚼着过去的这一切。不过她想得最多的,不是解放前卖虾,而是解放后那一次买虾。她从头至尾都记得清清楚楚,当时明发的一言一笑,一个眼色,一个细小的动作,她都像温习一课已能熟背的课文一样,又细细地嚼了一遍。她记得那次买虾回来,直到她把虾煎得红彤彤的端到桌上,明发始终那样温柔地望着她,仿佛在说:"静兰,我们同甘共苦,我们到底熬出来了……"每次静兰想到这里,就会独自笑起来,现在她看看篮里那些大活虾,又微微地笑了。

"静兰,你发痴啦?"有人拉了她一把。

静兰吓了一跳,抬头一看,原来是隔壁的朱大姐,她那胖胖的身子挡着路,正在大声招呼自己。朱大姐本来是里弄里的妇代会主任,一个月前,里弄里组织了生产福利合作社,她就在静兰参加的那个做送话器的组里做生产组长。她原先做过两年纱厂的工人,人很直爽。她一把抓住静兰,满脸郑重地说道:"我们组今晚上要开个生产会议,有任务。"

"哦!"静兰应了一声。

"你到底来不来呀?"朱大姐嫌她态度不够明朗,急了。

"我来。"每次开会,静兰大都是到的,不过总是一面结毛衣,一面旁听,自己从不发言。她觉得她来开会,只是来听听大家有什么决定;大家决定什么,她就做什么。朱大姐晓得她这个毛病,就又追了一句,说:"静兰,你也要大跃进,准备发言呀!"

静兰低头笑了笑,说了一个"我……"便没话了。朱大姐无可奈何地用指头点了点她,就匆匆地走了。

静兰走到家门口,看了看篮里的虾,就止不住地心跳起来。明发会说什么呢?他会走过来看,会笑,大宝他们也会围过来……前几年那种看虾的欢乐情景,仿佛又出现在静兰面前了。她抑住自己的激动,推门进去,一进房,她发现屋里十分肃静,孩子醒了,倒在床上看书,明发披了一件上衣,头发搔得都竖在头上,头也不抬地趴在桌边,在纸上画着什么。她出去的时候放好的脸盆、漱口水,还是原封没动地放在那里。房里的空气竟显得十分严肃。静兰只得把到了嘴边的话,又咽了下去,悄悄地将虾装在碗里,又将碗放在五斗柜上最显目的地方。然后就打发孩子梳洗吃早饭。可是等孩子吃完早饭,都上外面去玩了,明发还是埋了头在画,在写。静兰有些沉不住气了:"明发,我今天买到虾了。"

"哦!"

"你看,这么大的虾!"静兰竭力把话说得平静,可是声音已不大自然了。

"哦!"明发还是没抬头。

"明发,你看……"

这次明发回过头来了,他看见静兰手里拿了一碗大虾,怔怔地站在那里,他好像才听明白她说的话:"买到虾,好,好。"他表示高兴地笑了笑,立即又回过头去在纸上画开了。那笑容使她想起他上班去时,哄着孩子不要跟他出去的神态,他现在好像不但忘却了那辛酸而又甜蜜的回忆,而且连话也不愿和她多说了。

静兰拿着那碗虾悄悄地走进厨房,眼泪一下涌满了眼眶。

如今已经是立春时节了,但是她心里却觉得冰凉的,她现在越来越明显地感到自己和明发中间隔了一道墙，她并没有感到明发的世界比她宽，明发关心的东西比她多，他爱的东西比她的崇高；她只感到受了委屈，她的眼泪流出来了。

静兰心里真是翻江倒海，思绪纷乱，手里却静静地剪着虾的胡须，一只一只，仔仔细细地剪着。星期天的这顿中饭，就在这种心情下烧煮停当，而且，也没有忘记给明发温好四两花雕。到了晚上，她也没忘记开会，一到时间她就找了两双要补的袜子，拿上针线，到生产组去开会了。

一个月以前，里弄里一开始成立生产福利合作社的时候，静兰就参加了，她觉得大家都参加，她也就应该参加。开始那几天，她有些不习惯，一到了下午工间休息的时候，就朝家奔，去看看孩子放学回来了没有，有没有闯祸，开水有没有用光，后来才比较习惯了。在生产上，叫干什么她就干什么，一干就是头也不抬、实实足足地干上八小时。组里的姊妹们表扬她，说她工作勤恳、踏实，她除了高兴以外，也感到意外。她觉得跟在家里做那些家务一样，并没有特别出劲。有人也批评她，说她工作不够主动，她也觉得对，不过却有些茫然，不知该怎么个"主动"法。

这天晚上的会上，朱大姐动员大家姊妹要拿出干劲来，七天完成一万只紧急订货。朱大姐说完，工厂里来的代表发言了，他从口袋里掏出一张皱巴巴的纸来，于是又讲又念，还说了许多数目字，好像静兰每天晚上算小菜账那样。不过他说的数目可大得多。开始静兰没完全听进去，也不大懂他算的这笔账，但她看到他说话时那种聚精会神的认真样子，又想起了明发。他一早趴在桌上画什么呢？也是这种皱巴巴的纸，也是这种聚精会神的样子。大概，也像这位代表一样，要去动员大家加紧生产吧！这种事情有什么让人着迷的地方呢？今天，她开始想了解一下，就认真地听下去了。

会议进入了讨论阶段，静兰照例是坐在一边听，不过今天她虽说没有发言,但是她认为有些人说的,跟她想的一样。而往常,她却是既没说又没想。散会以后她发现自己破例地没有做完带来的针线,两双袜子她只补了一只半。

静兰回到家里,已十点多钟,明发和孩子都睡着了。她不想睡,也不想做什么活,就在桌边坐了下来。她觉得自己脑子里乱七八糟地塞满了许多东西,但当她坐下来要想清理一下的时候,忽然脑子里又变得空空的什么也没有了。

桌子上放着明发画过的那些纸,皱巴巴的,上面却精心刻意地画了许多框框圈圈,不过不知为什么,最后都给明发自己粗鲁地在上面打了个大叉叉,第一张这样,第二张也这样,一起是二十四张。

"他多认真,哪里是个'随便'的人啊!"静兰把纸头一张张地抹平叠起,一时心里又仿佛塞了许多东西。

隔壁十六号里有人在敲门,是朱大姐回来了。她总是这样迟回来,也总是这样大声大气地叫门,她一叫门,会使整个一条沉睡中的弄堂,顿时变得热闹起来。她一边敲门,一边大声地喊。她丈夫是个电工老师傅,也是个见了工作就忘了吃饭的人。朱大姐一喊门,他早就答应着走来开门了。可是朱大姐还是大声地说他,晚上听起来,声音特别响:

"人家工作忙得要死,你倒好,这么早就放倒了。"

"咔嚓"一声,她丈夫把门开了,一面说道:"哎唷,不得了,做了屁大一点工作,每天晚上都像中了状元回来一样。"

"怎么?你看不起我做的工作?"朱大姐话说得很凶,可是声音里带着一种说不出的得意。

"不敢,不敢,我每天晚上能够给你开门,还觉得十分光荣呢!"

"扑哧"一声,朱大姐笑了,接着,门吱地关上了,弄堂里又恢复了原有的寂静。

静兰站起身,打开窗户,深深地透了一口气,她觉得闷极了。

她不比朱大姐起得迟,也不比朱大姐睡得早,朱大姐忙碌辛苦,她也没有闲着,明发更不比朱大姐的丈夫差,为什么他们是那么和谐,而自己却是这样?为什么?……弄堂里黑魆魆的,没有人,也没有声音,只有她和朱大姐紧挨着的两个前楼里,射出两方块灯光,映照在对面墙上。墙上还留着欢送支援外地建设的大字标语,字迹还十分新鲜地留在那里:"把青春献给祖国",白墙黑字,在灯光下,显得越发庄严而挺拔。

…………

静兰回头朝明发看了看,明发侧着身,显然已经睡熟了。她是多么怜恤他,他白天累了一天;但是想到他现在全然不像过去那样把她放在心上,心里不由得还是一阵难受,赶紧熄了灯,躺到床上。她觉得这一切——朱大姐的笑声,大大的虾,明发打了大叉叉的纸片,工人代表说的那许多数目字,还有"把青春献给祖国"……这许多声音、形象,一下子都集合起来,向她指点着什么。她心里很不平静,想了许多。最后一组数目字紧紧地抓住了她:七,一万。这是今天开会的时候,大家说得最多的,七天,完成一万只订货……

时钟指向十二点,一部进厂的电车,仍发出那种轰隆轰隆的声音驶了过去。一个平常的星期天结束了。

第二天上工,静兰像平日那样,头也不抬地干了起来,不过,平日她做生活的时候,心里好像什么也不想,又好像什么都想,而今天脑子里却反复地、固执地出现一个东西:七天,一万只,七天,一万只。越想越嫌自己做得慢,结果速度并没加快,反而弄了一身汗。看看朱大姐,她没在工场间做生活,一个人蹲在院子里,在小心翼翼地摆弄一个旧电风扇。

"难道她不着急？"静兰觉得奇怪，等到下了班，就走过去问她在干什么。朱大姐是个爱说爱笑、咋咋呼呼的人，现在她却满脸严肃，悄悄地说道：

"我在做机器。用机器来剥胶质线的皮就快了。上次我参观工业展览会的时候，看见过这种机器。"

"机器？"静兰立即想到明发那许多打着大叉叉的纸片，"我们能做吗？"

"能，怎么不能？"朱大姐皱紧了眉头，说，"机器上要用一个圆盘，这么大，木头的也行，你是不是有办法？"

"我？"静兰先是摇着头，后来想了想，就看着朱大姐，胆怯地说道，"我家柴爿堆里有一个圆树墩，可不可以拿来自己削削看？"

"可以，可以，怎么不可以。"朱大姐的嗓门又高了起来。

"那我去拿来试试。"静兰匆匆跑回家，在柴爿堆里翻出那块圆木，放在一旁，就跑步到食堂买回饭菜，又迅速地抹净桌子，拿出碗筷，叫大宝等爸爸回来吃饭。做好这一切，她才拿起圆木，走向工场间。

和朱大姐一起，用刀削，用砂皮磨，手上起了泡，木盘到底做出来了，静兰回家比往常迟了许多，也很累，可是心里有一种平日没有的愉快。

她回到家里时，孩子们告诉她说，他们跟爸爸已经吃过饭，爸爸已经到工厂去了，他要加一个夜班。她在桌边坐下来，发现明发给她留的菜很多。孩子们在一旁看妈妈吃饭，一边告诉说，爸爸把好菜都留给妈妈了。

"哦！"静兰高兴地应了一声，却又无端地一阵鼻酸。刚才做木盘的喜悦，现在已变得很淡很淡了。

直到第二天上工的时候，静兰才又想起那只木盘，"到底能不能用呢？"她匆匆奔进工场间，只见迎壁"民主台"里，新贴了一张大红大字报,许多姊妹都围在那里看。静兰照例不大关心这里的事,她在人堆里找不到朱大姐,转身要走的时候,偶一抬头便吓了一跳,原来那红纸上面竟写有自己的名字,"为什么写我?我怎么啦?……"静兰赶紧悄悄地退到人堆外面,仔细地读了起来。大字报里表扬她和朱大姐敢想敢做,技术革新,里面还特别提了她主动找木柴的事,同时,大家希望她们早日成功,使完成一万只任务更有保证。静兰看得脸热心跳,她再也想不到自己削了一块柴爿,竟会得到这样大的表扬。这时,姊妹们发现了她,便围上来,唧唧呱呱地一齐对她说起话来。她听不清楚哪个人对她说了哪些话,但她听懂大家对她说的是同一件事:要求她们赶快把机器做成功,可以代替手工劳动,可以提高工作效率,可以笃笃定定完成一万只任务,可以证明家庭妇女不但勤劳而且智慧,可以使她们这个小小的生产组,能像工厂那样大跃进。静兰看着姊妹们的一张张热切的脸,只是不断点头,说不出话来。

  这一生中,她劈过多少柴爿,劈好劈坏,哪曾有人来问过一声半句。柴潮生不着火,煮不熟饭,顶多是一家人迟些吃饭。然而今天……静兰恍然悟到昨晚劈的已不是什么柴爿,而是机器上的一个圆盘,是社会主义建设中的一块小砖小瓦……

  "你又发痴了?"朱大姐从背后一把抓住她,说道,"我这样大声叫,你都听不见。快走。木盘不行。"

  "木盘不行?"静兰脑子里"轰"的一声,顿时将种种想法都赶得干干净净。现在她知道这东西的成败,关系有多么大。便跟着朱大姐跑到试验的地方,专心一意地研究起来。

  木盘比较硬,压下去连胶质线里的钢丝[①]也切断了,朱大姐提

[①] 钢丝:应是铜丝,作者沿用那个时代人们的惯常叫法。类似的,"橡皮"应是"胶皮"。

议木盘轮上装一条有弹性的厚橡皮,静兰也同意。于是两个人去找了一条自行车的破轮带来,可是包上去一看,轮带上有凹凸的花纹,转起来有的地方便吃不着力,不能用。

"我到旧货摊上淘淘看,会有平的厚橡皮的。"有了具体解决办法,静兰就有了着力的地方了,便和朱大姐分工,朱大姐在家修配零件,静兰出去找橡皮。

太阳从东面移到正中,又从正中偏向西边。食堂里开了中饭,接着就做晚饭,六点钟一敲过,食堂的黑板上写出了晚饭的菜单,开始供应晚饭了。静兰的两个孩子大宝二宝,在弄堂里像着了火似的找妈妈,朱大姐跟在后面,也亮着嗓门见一个人就问看见静兰没有。静兰中饭没有回来吃,下午的时候,曾见她兴兴头头地回来过一次,橡皮买到了,很平,很厚,但是包到木盘上去,总也包不平服,后来,人就不见了。

这时候,静兰正蹲在一个皮匠摊跟前,看皮匠师傅把橡皮包上去又拆掉,拆掉又包上。橡皮有两个银圆那么厚,任凭皮匠师傅手艺再好,总也包不平服。

傍晚,天阴霾霾的,风里的寒气更重了。走路的人都加快了脚步。静兰和皮匠却都是汗涔涔的。皮匠做得似乎越来越不耐烦,越来越没信心,静兰心里也就越来越乱。从前她赶不完一件活儿,顶多是大宝二宝穿不上新鞋,或是明发没及时穿上毛衣,现在这活儿可是关系到整个生产组,关系到工厂里的生产任务。静兰从来没担过这样重的担子,也从来没尝过这种焦虑的滋味。她不断地给皮匠师傅说好话,打气,可是皮匠抬头看了看天,把小榔头朝工具箱里一丢,把木盘、橡皮推到静兰跟前说:"不行,橡皮太厚,我也要收摊了。"

静兰抬头一看,天色果然暗下来,才猛然想起晚饭,想起饭票菜票都在自己身边,她拿了东西就朝家跑。十几年来,静兰从没有这样疏忽失职过,她明知道这没什么大不了,明发不会因此对自己怎么样,孩子也受不了多大委屈,但她还是止不住地心慌。

奔到家一看,明发正做中班,还没回来,孩子正热腾腾地在吃饭,大宝告诉妈妈说,朱家妈妈开会去了,说是开完会要时间还早就来找她;又告诉说,饭菜也是朱家妈妈买的。

"哦!"静兰见明发没在家,心定了一些,但另一种忧愁又袭上心头,"要是橡皮包不上怎么办呢?"她肚里很饿,但捧着碗发呆了。

窗下有组里的姊妹们在问大宝:

"妈妈回来了没有?""木盘弄好了没有?"

静兰越听心里越紧,匆匆扒了一碗饭,叫大宝好好带着弟弟睡觉,自己就拿了橡皮和木盘跑到工场间里去了。

静兰一个人坐在电灯底下,用刀片小心翼翼地削着橡皮,她要把橡皮削薄,再包上去。但削完一看,橡皮是薄了,不过厚薄不匀,高一块低一块,根本不行。不行,她再削。她削了一条又一条,削到第三条又报废的时候,她停住手了。仿佛看见姊妹们那一张张期待热切的脸,那张红艳艳的大字报,工厂代表拿了那张皱巴巴的纸,充满信赖的声音,以及朱大姐那副焦急的神情。

"明天是第三天了,任务完不成怎么办?"静兰含了满眶眼泪,泥塑木雕似的坐着。谁家的自鸣钟当当地敲了十二下,"明发该回家了。孩子们踢被子了没有?……"多年习惯了的思虑,这时突然闯了进来,但是它们闪现了一下,立即就被手里那堆橡皮赶跑了。

"怎么办?总得想个办法。"静兰抹去了眼泪,但泪水一下又涌满了眼眶,看出去那块橡皮好像变得更加厚、更加臃肿了。

"静兰!"在寂静的春夜里,这一声呼唤,犹如一声霹雳,静兰震了一下,回头一看,见明发站在门口。

"明发！……"静兰说不清为什么，眼泪再也制止不住，一发簌簌地掉了下来。

"怎么啦，静兰？"明发走近她。

静兰虽说为做不出木盘着急，但是看到丈夫来了，还是异常高兴，她擦着眼泪，把制造木盘的事说了一遍。明发听着，皱起的眉头松开了，也没说话，伸手拿起橡皮和木盘，看了看，比了比，然后说道："干脆拿这厚橡皮做个滚盘不就行了？"

"对！对对！"静兰眼睛都发亮了，但想了想又说："可怎么把它弄得很圆很圆呢？"

明发说："到我们厂里的车床上一车，不就行了。"

静兰吃足了这堆橡皮的苦头，她还有些怀疑，还想问一问，可明发已连拥带推地拉她出了门。

马路上静静的，路灯在风中微微摇晃，电车已经没有了，两个人就在马路中央并肩走着。

"这东西我们天亮就要，你看来得及吧？"静兰轻轻问了一句，在静夜里听来，声音显得特别响。

"来得及，来得及。"明发十分有把握地回答着。静兰没有做声，东西没做好，她总有些担心。

马路边一家消夜点心店还没打烊，店堂里亮着日光灯，座上已没一个顾客。明发不知是真饿了，还是要显示他那个"来得及"，也不管静兰同意不同意，拉了她走进店，坐下来要了两碗什锦面。

时间这么紧迫，还要来吃消夜，静兰有些不以为然，不过她又怕真的饿坏了丈夫。她不安地坐着，不时抬头望望店堂里的电钟，心事重重地沉默着。明发坐在对面，细细地端详着妻子，他觉得自己从来没有像现在这样爱过妻子，也从来没有像现在这样感到生活的美满和幸福。他在为加快社会主义建设事业提高指标，妻子也正在为这个努力。他们不说话，但想着同一件事，犹如回忆起解放前他俩钓鱼糊口时,产生了同一种感情。

什锦面好容易端来了,静兰习惯地把面上的浇头都夹到丈夫的碗里,自己就埋头吃了起来。她不知面是咸是淡,她脑子里只有一只橡皮圆盘在转动,圆盘一会儿变成椭圆形的,一会儿又变成带棱角的,一眨眼,它又恢复了本来那个样子⋯⋯

"我们的女将辛苦了,该多吃一点。"

静兰忽然看见伸过来一双筷子,筷上夹着一只鲜红的大虾⋯⋯

她全身震抖了一下,抬头看见丈夫正温柔地、无限疼爱地看着自己。

啊!这目光,静兰是多么熟悉呵,但她又觉得十分陌生,仿佛比她熟悉的更好更美。静兰有些忸怩,但又泪水盈眶,那一道摸不到、看不见的"墙",已消失得干干净净。

这一切思绪,霎时向静兰一齐涌来,使她激动、震撼,久久不能动筷,但是这一切又像海浪那样,汹涌地扑上来,然后又迅速地退去。当她还没完全弄明白这一切为什么突然到来的原因,就听见黄浦江边海关大钟优美而庄严地打了一下——深夜一点钟啦,静兰突然醒了过来,意识到真正重要的问题还没解决,今天天亮机器能否转动起来,这是关系多么大的事啊!她看了看明发,明发也正好在看她,这次静兰眼里没有泪水,也没有羞怯,她用目光催促着他,就赶紧动手去剥那只大红虾的壳,剥着又想起自己星期日买虾的事来,不觉脸微微红了。

走出店门,静兰抱了木盘橡皮,和明发肩并肩走在马路中央。整个城市都入睡了,马路上只有团团的树影在摇动。

"明发,你保险车得好吗?"静兰仍是放心不下。

"傻瓜,我是干什么的?钢铁在我手里,也要叫它圆就圆,长就长,这么一块橡皮对付不了?"

"你能保险？"

"当然保险。"

两个人紧挨着走着，不说一句话，但觉得他们的心贴得这么紧，他们为了同一个目的，走在同一条路上。

夜深了，风也大了，忽然隆隆一阵雷响，接着就洒下几点雨来。明发脱下一件外衣，披在妻子的肩上，两人迅速地跨着大步向前走去。

第一声春雷响了，风里虽然还有一丝寒意，但静兰却觉得温暖极了。

一九五九年九月八日

静静的产院

晚霞的颜色越来越深,越来越深,最后变成淡墨画似的几笔。公社产院外面的篱笆上,那些粉色的小花,也分不清朵数,形成模糊的一片,天色晚了。

谭婶婶挑满了一缸水,连气都没有歇一口,就忙着给两个休养的产妇吃饭。在她这样的年纪,有这一份精力,这是她觉得自豪的。忙完了饭,她走到中间屋里来,伸手"啪"的一声扭亮了电灯,霎时,这一间办公室兼产房立即变得那么宽敞高大起来,一切东西都好像放着光一样:产床上平展展的白单子,产床横头的白色屏风,白木的三屉桌,白的墙壁,白的屋顶……谭婶婶觉得奇怪,这些东西给电灯光一照,怎么就比平时白得多、漂亮得多呢!她眯起了眼睛,把这一切打量了又打量,同时想起昨天公社杜书记告诉她,养猪场场长张大嫂的二丫头荷妹,已在城里培训毕业,回来就派到产院里工作。产院增加了一个力量,产院飞快地在发展。谭婶婶心满意足地笑着,伸手"啪"的一声把灯扭熄。

"点灯不用油,不用油也得节省点用。"她重新点起玻璃罩的洋油灯,走去撬开煤炉,放上消毒锅,把一切要消毒的东西通通放进去煮。

产妇睡了,消毒锅里的水还没有开。灯光一暗,仿佛远处的声音听来特别清晰,河那边电动抽水机隆隆地响着,俱乐部里的无线电收音机声音开得老大,从球场上传来几声短促的哨声。青年突击队的那些小伙子,昨天忙了一中午,在球场上空拉电线装电灯,现在大概就在雪亮的电灯下抢球玩呢!谭婶婶摇了摇头,打心里不同意,不赞成,玩皮球算个什么正经大事,也值得这么开了电灯来干!现时的年轻人真是不知轻重,不懂甘苦,好了还要好,好了还要好。谭婶婶抬头看看屋中央的电灯,它带着乳白色的玻璃罩,静静垂挂在昏黄的灯光中,心中又是得意,又是感叹。

什么叫产院?什么叫消毒?休养?电灯?刚解放那时候谁听说过?妇女生孩子,就像走近鬼门关。一九五〇年,谭婶婶的媳妇生孩子,胎胞就是给产婆拿脚踩下来的。到了一九五六年初级社的时候,现在公社的杜书记,那时候是社长,要她到镇上医院里去学习新法接生,告诉她说这也是革命,是跟封建落后势力作斗争。谭婶婶学了一个月回来,夹了两个卫生包,身上饭单①一扎,她就是产院,产院就是她,到处给人接生,到处宣传卫生科学,和旧的接生婆展开了斗争。

斗争可是不简单啊!添人口的人家不相信她,冷淡她,旧产婆骂她,造她的谣,自己本事又确实不高,连产妇要打一支针,都要往医院里送。工作上兢兢业业,还要受那些倒头气;工作上有了一点疏忽,就更不得了。有一次,一个难产妇,谭婶婶大意了一下,送医院迟了一步,小孩坏掉了。这一下真叫翻了天。一个旧产婆叫潘奶奶的,也夹在里面,硬说小孩是坏在谭婶婶手里的,于是产妇家里吵得更凶了。谭婶婶躲在家里越想越气,旧产婆手里坏掉多少孩子,人家一句怨言没有,反说是命里摊的,自己工作上有一点过失,人家就恨不得把她生吞了。她想想实在受不了,就跑到杜书记

---

① 饭单:围裙,多在做饭时穿着。

跟前掉眼泪。杜书记正在场里浸种,听了她的话,也没言语,只是把两只生满老茧的大手搓得嚓嚓响,想了想才说道:

"老嫂子,我们这一辈的任务是不简单哪!社会要在我们手里变几变,形势发展这样快,各种各样的旧思想旧习惯还会少得了?所以我们做工作就叫做干革命,我们学习也叫做干革命。不会的得赶紧学会,不懂的就得赶紧学懂。"

…………

"做工作是干革命,赶紧学会,赶紧学懂。"现在提到这话,谭婶婶自己也觉得没有什么可挑剔的了。

人民公社成立以后,杜书记说要组织一个产院,拨给了三间房子。谭婶婶在这房子里,自己做了一张办公桌,弄来了一张高脚产床,发展了五个床位,这三间房子,再也不是普通的三间房子了,这是一所幽静整洁的产院。

"这不是跟医院差不多了吗?"谭婶婶兴奋得晚上睡不着觉,从产妇咬着头发,坐在脚盆边生孩子想起,想到那张高腿的产床;从自己三十九岁做寡妇想起,想到现在进产院做了……做了什么呢?她想来想去,想不出一个恰当的名目来称呼自己的职务,最后,她只能悄悄地用了"产科医生"这个名称。第二天,她起了一个大早,把自己脑后那个发髻剪掉了,短短的头发,在耳后一崭齐,杂着几根半白的发丝,显得又庄严又精神。大家见了她,也好像带有一种前所未有的敬意,不过,大家还是亲切地叫她谭家婶婶。

在这里,在这所"跟医院差不多"的产院里,谭婶婶不但剪掉了发髻,她还学会了打针,打肌肉针、静脉针,学会了做产前检查,学会了量血压、抽血、缝线、拆线。每每碰到一些小手术,请镇上医生来动手术的时候,她就从从容容地做助手。对她的熟练沉着,医生也夸奖,甚至有的医生进一步要她自己学着动些小手术。谭婶婶笑笑,有些得意,同时觉得这些医生,把这产院要求得跟城里的医院一样,她又觉得好笑。谭婶婶对这一切都感到满意,不是没有道理的。

锅里的水嘶嘶地响了,谭婶婶心里翻腾了一阵,就望着电灯,恨不得立时来一个产妇,她真想在电灯光下面接接生,就像在镇上,在城里的医院里一样:产妇躺在洁白的产床上,躺在雪亮的灯光下……

忽然"啪"的一声,电灯亮了,谭婶婶吓了一跳,回身一看,一个面孔黑黝黝的年轻姑娘,扛着行李,一手拎着一只氧气瓶,浑身热气腾腾地站在门口。

"婶婶,你不认识我啦?"那姑娘笑眯眯地站着没动。

"是二丫头!"谭婶婶跟二丫头的娘,还是做姑娘时候的好朋友,直到现在老姊妹俩还要好得很。她高兴地接过她的行李,安排她坐下,心里却有些奇怪,这里电灯刚装上没几天,这孩子一进门,怎么就知道有电灯,即使知道,那她又怎么晓得开关在哪里?好像产院里本来有电灯,应该有电灯,有电灯是理所当然的事情,谭婶婶开始是奇怪,随后就觉得有些不大入味。

电灯光下,荷妹那黑里泛红的长圆脸像涂了油一样,大眼睛亮晶晶地东看西望。

"婶婶,我派到这里来工作了。"她说着就把地上的行李一把拎起来扛上肩,放到里面角落里。那么大一捆行李卷,少说也有八十来斤,可是放在她实鼓鼓的肩上,就像是纸扎的,轻巧得很。谭婶婶看她这一身力气,又不由得高兴了,这孩子在城里住了一年,倒还没有娇惯。

荷妹回身坐下,就要谭婶婶介绍些产院的情况。

"好!"谭婶婶答应着,心里暗暗地称赞,这丫头做事情倒像个大人,老练认真,"二丫头,你这一来,真是给你婶婶添了条膀子啦!"她说着,走到门边,伸手"啪"的一声,把电灯扭熄,然后移过油灯,就在荷妹对面坐下。

"其实,差不多的情况你也都知道。这产院负责附近两个大队的产妇。跟我一起工作的,还有一个周嫂嫂,现在她害喜①,回家休息去了。产院成立这两年里,我们一共接了三百五十六个宝宝,还都顺顺当当。"谭婶婶一说到这些问题,不由得话就多了。三百五十六个,这可不是容易的啊!这要担多少风险。特别是产院还没有条件自己动手术,很多情况,就得当机立断,该请医生的就请医生,该送医院的就送医院,差一点点,作兴就会坏事,所以谭婶婶说到这里,特别加重了语气:

"二丫头,这可是一副风火担子,担子不轻啊!两年里,我们没出过什么事情,大人小孩都是平平安安,一个人进来,两个人出去。产妇等小孩一落地,就躺在床上,不要她动一动了,烧、洗、煮,弄大人,弄小孩,都是我们来,到出院的时候,一个个都长得胖胖的……"谭婶婶滔滔不绝地说着,说着似乎还不够,就站起身来,开了电灯,带荷妹去参观。她知道开了电灯看,效果会更好。先走进西边一间产妇住的房间,房间相当大,靠边放着五个铺位,床是各式各样的,有单人小铁床,有相当大的木板床,但都放得很合适,收拾得干干净净。荷妹不停地点着头。

有两个铺上睡了人。谭婶婶一高兴,便更加详细地介绍说,一个已生了四天,一个是前天才生的,是个初产妇,叫阿玲,是丰产田里的小队长,还是一个先进生产者。

"婶婶,这里有没有碰到过产妇不顺产的情况?"荷妹提问了。

"怎么没有,风险也就在这些事上,一看苗头不对,就得赶紧给医院打电话来救护车。"

"要是来不及呢?"

---

① 害喜:指妇女怀孕初期种种感觉不舒适的反应。

"打电话请医生来!"

"要是产妇产后发生变化呢?"

"打电话嘛!"

谭婶婶看了看她,觉得她问题太多,但也没说什么就领荷妹出来。

"婶婶,我们在哪里洗手呢?"荷妹忽然问。

"洗手?"谭婶婶不明白为什么忽然问这个,"洗手当然在脸盆里洗。"回答以后,她又辨了辨这问话的味道,心里又是一个不快,但她还是把三屉桌上的三个抽屉通通抽开,想展览一下里面的东西。这里面有橡皮手套,有冬天产妇生产时穿的棉腿套,有各种针药,补血的,止痛的,止血的,还有几针麻醉针剂,这里面每一样东西,都标明着产院发展的各个阶段。但是荷妹根本没有理解婶婶的意图,她歪了头,翘起了像刷把似的小辫子,东张张,西望望,好像在寻找什么,发现什么。

"二丫头,这里不能和城里那些大医院比。"谭婶婶有些生气了,话也加重了分量。

"对!"荷妹一点也没觉出话里的责备意味,径自推窗开门,向外面张望起来,最后,她索性跑出去看件什么东西了。

谭婶婶把抽屉一只一只关好,她现在不想再给这姑娘说什么看什么了,"跟她没什么可谈的,早些打发她去睡觉。"谭婶婶虽然这么想,可是心里还是闷闷的。

"婶婶,可有了办法了!"荷妹眉飞色舞地跳进来了,"婶婶,我们自己可以做土造自来水,人家托儿所都用自来水洗手了,我们产院里更需要这个。我看过了,井并不远,只要墙上打一个洞……"

谭婶婶一直看着荷妹,也不言语,听到这里便打断她说:"你来看看床铺吧!"说着就转身走向东屋,指着一张空铺说:"周嫂嫂不在,你就睡这里吧!"

"这不费事呀,婶婶,也不用花钱,装好了就不用提水,不用担水,只要一压,水就自己从竹管里流进来,好透了!"荷妹还是不懂眼色地跟在后面叨叨。

"荷妹,你刚来,还是看看再说吧!"说罢,谭婶婶就走进厨房,端消毒锅,封煤炉。

第一次见面,谭婶婶对荷妹的印象不能说好,但是要说坏,她也说不出坏在哪里,就是觉得不顺眼,不入调。"看她问的那些问题,什么产前,产后,顺产,难产,这个,那个,她就没问问她娘,她自己是怎么生下来的……"谭婶婶想到这里,觉得自己和这样一个孩子生气,也不值得,同时又十分感叹:"这些年轻人,从他们记事起,就看见自己是吃白米饭的,叫他们看,有田种有饭吃是应分的,上学读书也是应分的,现在这产院、电灯、拖拉机也是应分的,他们哪里懂得甘苦,懂什么甜酸苦辣!……"谭婶婶觉得,冷淡她也不对,还是应该跟她好好谈谈。谭婶婶弄好炉子,走进房去,见荷妹已把床铺弄得整整齐齐,她人却蹲在地上,仔仔细细地在打量一只从前人家盛米用的大木桶。她一看见婶婶进来,便跳起来,从床上抓起一只口袋似的白护士帽往谭婶婶头上一套,欢乐地说道:"婶婶,我特地给你做的,以后你接生的时候就戴着它,头上有细菌。"

谭婶婶一把抹下帽子。头上有细菌她承认,可是几年来,她光扎一条饭单接生,也没见什么细菌掉下来过,偏她花样多。这一下又把谭婶婶刚刚鼓起来的劲道打下去一半,但她看看荷妹那副高兴样子,帽子也确实做得精巧,只得勉强笑了笑说:"你快睡吧!没事熬灯油干吗!"

"哦!"荷妹驯服地脱了衣服上床了。

"二丫头,"谭婶婶坐到荷妹床边,开始跟她谈了,"这次你培训回来,你娘高兴吧!"

"高兴。"荷妹睡在被窝里甜蜜蜜地笑了。

"不容易呀,二丫头。现在是什么都有了,什么助产士呀,产院呀,——从前那个时候,女人生孩子就像过一次关。你妈生你的时候,肚子痛了两天两夜,汗像黄豆一样地滚,人家还把她的头发吊在床栏上,不让她躺下去,要她撑一把雨伞……"

"撑一把雨伞?……哈哈!"荷妹觉得又奇怪又滑稽,十分好笑。不管婶婶解释这是迷信的说法,说产妇撑了雨伞,血污鬼就不敢近身了,可她还是弄不清生产和雨伞的关系,两者怎么会联在一起的。谭婶婶看她躲在被窝里笑得咯咯的,就叹了一口气,只得把话题转到今天妇女的幸福上来:

"你们现在是做噩梦也梦不到那种罪了,有时候,你们还要嫌这个不好,那个不够,好了还要好,好了还要好。我们年轻的时候,可是做梦也不敢想有今天这样的日子,什么产院、医生,什么卫生、营养,孩子一落地,产妇就只管躺着,洗呀,烧呀,都有人来侍候,要不是人民公社,哪里来?年轻人也要懂一些甜酸苦辣。"

"对!"荷妹光滑年轻的脸上,立即笼上了严肃的气氛。谭婶婶见自己的话收到了效果,这才稍稍放心。她转身想回自己床上睡觉,忽然一扭头发现外间的电灯还耀眼地亮着,这是刚才荷妹那一串提问,弄得她连电灯都忘了关。谭婶婶赶紧出去,向四周又打量了一番,稍稍收拾了几件东西,这才啪的一声,扭熄了电灯。

"你看,现在又安了电灯,日子真是步步高……"谭婶婶回进屋来一看,荷妹那一截刷把似的辫子歪在一边,一只手垫在枕下,她已甜甜地睡熟了。

"这是她们生得逢时啊!"谭婶婶看着她那副无忧无虑的睡态,正感叹着,忽然,荷妹睁开眼来,喃喃地说道:

"婶婶,明天我们做自来水,哦!……"说着,眼睛又合拢了。

"这做梦也想自来水,现在的年轻人,怎么都像是一个先生教出来的。"谭婶婶摇着头,走到自己床边,一口吹熄了油灯。

外面月亮很大,四周围了一个白蒙蒙的风圈,现在树叶儿的影子躺在地上一动不动,可是明天会有大风。

…………

第二天一早,谭婶婶跨出房门,心里就是个老大的不快,原来荷妹已把两个产妇掇弄起来,站在房里做操呢!三个人嘻嘻哈哈,又弯腰又踢腿。

产妇做产后体操,不是稀奇事,谭婶婶老早就在医院里看见过,但她不想在自己产院里实行这个,一则是她不喜欢女人家,特别是产妇,拍手顿脚地来这一套,而且她自己也学不上来;二则是乡里人坐月子,就讲究吃、睡,没兴过这个。如今荷妹一来,不管三七二十一,就把医院里的规矩搬过来用。谭婶婶心里很不自在,便过来制止。她神态严肃,话也很有分量,可是这三个人好像情绪一点也没受到影响,仍做着操,荷妹还笑眯眯地说道:

"婶婶,这比吃药好,又活络筋骨,又帮助子宫收缩。"

"这很好,比整天瘫在床上好!"那个先进生产者阿玲也帮着说,接着另一个产妇也说做操好。谭婶婶看她们都说好,自己反倒没意思起来,只得勉强笑了笑,说,"你们说好,那你们做吧!"

"婶婶,一会儿我们来做水管吧!哦!"荷妹一点也没忘记土造自来水。

"哎呀荷妹,你一桩一桩地来嘛!一桩没弄好又是一桩。"谭婶婶说完就走了出来。

一天到晚,谭婶婶的手脚是不肯停的,可是今天她走到中间屋里摸摸,又到厨房里走走,好像做什么都不实在。听产妇房里又热闹起来,荷妹喊着"二二三四",两个产妇一边做操一边笑,三个人不断地嘻嘻哈哈。

本来安安静静的产院,现在好像有一股什么风闯了进来,把一切都搅乱了。谭婶婶想了想,就拿了一只竹篮,迅速地走出了产院的大门,她想出去,离了这里,眼不见为净,去养鸡场给产妇领鸡蛋。

产院到一大队的养鸡场有二里多路,她慢慢地走着,脑子里空空的,又像是满满的,她觉得不开心。为什么不开心呢?她说不出来。"唉!大概是自己越老越不知足了,有什么可不开心的呢!"她说服自己,又给自己证明没有发生任何不开心的事。

太阳快露头了,棉田里一片绿,青青的棉桃中间,杂着几朵迟开的白花,过不了多久,又该要忙采棉了。出早工的社员已经下田来了,女社员都认识谭婶婶,老远就招呼起来,这里叫"谭婶婶",那里叫"谭婶婶";这里告诉她小毛已经断奶了,那里告诉她阿芳会走了。这一阵子招呼,把个谭婶婶的心都招呼开了花。她不断地点头,笑着,大声地问候一个人,又大声地责怪另一个人,她觉得自豪,觉得幸福,什么烦闷不开心,都一齐飞向九霄。

谭婶婶又愉快又开朗,竹篮的环子套到肩膀上,走路的步子都变得活泼起来。

养鸡场前面有一口塘,里面种的水浮莲,看上去整个塘面就是一块绿地。谭婶婶走近塘边,忽然看见潘奶奶(人民公社成立以后她在养鸡场工作)弯了腰,哈着背,蹑手蹑脚地在水边走。

"这位老姐姐在做什么呀?"谭婶婶站住脚,看了半晌也看不出个名堂来,就忍不住叫了她一声,潘奶奶却连头都没回,越发专注地看着前面地上,忽然,她一下扑上去,同时,有一个东西从她手边"扑通"一声跳入塘里,原来是只蛤蟆。

"看,给你吓跑了。"潘奶奶回过头来,嗔怪了一句。

"潘奶奶,想弄个癞蛤蟆玩啊?"

"嗨,鸡吃这个东西,可是大补的补品呢!"潘奶奶知道谭婶婶是来领蛋的,就和她一起向鸡场走去。她手里拎着一个小罐子,罐里已有几只蛤蟆。

"老姐姐,你养的鸡可真娇贵,还得喂补品啊!"谭婶婶看她一头花白的头发还蓬着,却一本正经地提了一罐蛤蟆,觉得又有趣又可敬。

"你知道,我们现在在比赛。"潘奶奶好像是在说一件绝大的秘密,声音放得轻轻的,"一个人管二百五十只鸡,看谁养得好,鸡生的蛋多。要鸡生蛋多,这就得给它吃得好。鸡最好是吃树上那种卷叶虫,可是大家都搞绿化,树上连个虫影子都给药水洒跑了,就只好动脑筋给它摸点螺蛳,找些这个煮煮吃,好歹总算是个荤腥。"潘奶奶说着,自己也笑了。

谭婶婶看着她那张布满皱纹的笑脸,显得又和善又聪明,心里觉得奇怪,人的思想一变,相貌竟然也会跟着变。记得她做旧产婆那个时候,她那张脸可是又薄又寡,谭婶婶在社里积极推广新法接生,她简直恨透了,动不动就骂上门来,有时候又跑来哭吵一顿。现在却变得眼睛有神了,脸也光彩了,还有……总之,谭婶婶觉得潘奶奶变得可爱可亲了。

"革命,真是了不起啊!社会变了样,人也变了样。"谭婶婶看着潘奶奶,又想起了杜书记的话。

养鸡场院子里,挂着一张一人多高的竞赛表,谭婶婶仔仔细细地看了又看,领了蛋出来,又独自站着看了一会儿,她看见在潘奶奶名字上的红色箭头,头昂昂地翘得最高。"变了,潘奶奶变了!"谭婶婶刚平静不久的心绪,仿佛又有个什么东西在搅动,她为潘奶奶高兴,但她又觉得不安。

在回来的路上,棉田里的女社员,还是跟她打招呼,拉住她谈几句私房话,谭婶婶仍然点头,仍然微笑,可是心里再也没有刚才那种欢快的感觉了。她觉得一切东西都在变化。今天听见某某人的儿子会开汽车了,某人的姑娘调去学拖拉机了。明天作兴潘奶奶成了先进工作者,后天又会有个什么呢?……田野里大沟小河挖成了网,抽水机日夜地响着,电灯也有了,后天又将来个什么呢?……谭婶婶突然清楚地感到,现在过的日子,是一天不同于一天,一天一个样子。她不安起来了。

是的,生活正在迅速地发生一个巨大的变化。

谭婶婶回到产院,还没跨进屋子,就愣住了。这里也改了样子。这一间那么细心收拾过的办公室,粉刷得雪白的产房,现在却是满地的木屑竹片。凳子放倒了,那个盛米的木桶已在靠底的地方凿了一个洞,几支新砍来的竹子横在地上,门口烧了一堆火,火焰还没熄灭。还有,还有那雪白的墙上,已打了水桶大的一个洞,荷妹在洞边接竹管,那两个产妇也在递这拿那地帮忙。她们一见谭婶婶回来,立即欢呼起来:"谭婶婶快来看自来水!"

"自来水?对,还有自来水……"谭婶婶扶起一张凳子坐下,她觉得向她涌来的东西太多,她累极了。

荷妹突击了半天,料想婶婶见了一定会又惊又喜。她拭着汗,等了半天,婶婶却一声不响。她迷惘了。

"婶婶,水自己流进来不好么?"

"……好!"水自己流进来怎么不好!当然好。不过谭婶婶不能理解,荷妹为什么要这样着急地去弄它,好像是没自来水就不能生活似的,便开口说道:

"二丫头,乡里当然不像城里那么方便,我们什么都学城里,肩膀也怕碰扁担了,这可不好。"

"对!"荷妹收敛起笑容,认真地说道,"不过婶婶,乡下不是永远都是乡下,我们现在可以做到有自来水不去做,还是肩膀碰扁担,这可不是光荣,这是落后……"

谭婶婶迅速地朝荷妹看了一眼,荷妹咬住嘴唇不响了。

"荷妹说的倒是一句老实话,谭婶婶。"阿玲心直口快地说道,"能做的不做,这不是落后?这样一来,不是又省事,又卫生,又科学,回去我也推广去。"

"是啊!"谭婶婶答应着,心里猛地动了一下,这些话好熟啊!自己曾经说过的,三年前头,推广新法接生的时候,自己对许多人说过"又卫生,又科学",对妇女说,对妇女的男人说,对婆婆说,对妈妈说,其中对潘奶奶说得最多。现在……谭婶婶看看刚做起来的自来水管,荷妹带来的氧气瓶,白色的护士帽,还有荷妹那对亮晶晶的眼睛,最后,谭婶婶看着那盏静静垂挂着的电灯……

"婶婶,"荷妹刚才把团支书说过的几句话咽回去,可是,到底没忍住,还是吐出来了,"婶婶你知道,我们现在往前面奔,不是奔个衣暖肚饱,像从前那样。我们现在奔的是共产主义啊!你看,我们现在有电了,我们还要想办法来利用电,电疗,电打针,早产儿用电暖箱……"

仿佛有一股看不见的风暴席卷而来,仿佛滔天的巨浪向前扑来,它们气势磅礴,排山倒海地向前推,向前涌,谭婶婶忽然非常清楚地理解了三年前潘奶奶的心情,那时候为什么潘奶奶对她跳脚,又对她诉苦,为什么有时候虎了脸,有时候又苦了脸,谭婶婶现在知道,那是她恐慌,却又不肯承认自己落在时代的后面。

"难道,我现在就像三年前的潘奶奶?……"

天,骤然间阴了下来,树枝在空中乱舞,昨晚有风圈,现在果然起大风了。她站起来,想找些事做,她习惯地抓起了水桶扁担,但恰好这时竹管已接到井边,荷妹欢呼起来,阿玲她们也拍起了巴掌,她又悄悄地把扁担放下来,她不知所措了。她竭力想在这时候也找一点事来忙一忙,跑一跑,以证明自己在这里的作用,可是什么也想不起来。真奇怪,平常匆匆而过的时间,今天却拉得那么长,那么长……

"谭婶婶,彩弟要生了!"下午,一个男人气喘喘地扶着一个快临盆的产妇走来。

谭婶婶跳起来,立刻浑身来了力气,手脚也利落了,荷妹也立即丢下那些竹管跑来帮忙。彩弟迅速地被安排上了产床,那两个休养的产妇也回到自己床上躺下,产院里,一切都恢复了正常。

谭婶婶容光焕发,对彩弟的丈夫说道:"你这个冒失鬼的脾气还没改呀,怎么让她走了来的!"

在这种场合,再不在乎的男人家也会腼腆起来,彩弟的丈夫不好意思地笑了笑,规规矩矩地告诉谭婶婶,说是他现在做了汽车司机,刚才接到大风警报,车子要去拉芦席,就顺便把她带来的,现在汽车还停在外面大路上呢!说着就拜托了一番走了。

人一高兴,话也就多了,更何况彩弟这一对小夫妻在谭婶婶接生的历史上留下过有趣而有意义的一段!按说,这也可算是产院的前史。原来彩弟生第一个孩子的时候,正好是谭婶婶学习新法接生刚回来不久,半夜里彩弟要生了,彩弟的丈夫就骑了脚踏车飞来接谭婶婶去接生。谭婶婶那时候还没有什么经验,彩弟又是一个初产妇,心里就嘣嘣直跳。加上夜里又有点冷,天还下着小毛雨,她坐在脚踏车后面,两条腿直抖。彩弟的男人又是个毛毛糙糙的小伙子,一心想着妻子要生产,自己要做爸爸了,就仿佛屁股后面火烧起来一般,把车蹬得飞快。一个急,一个抖,三错两岔,车子一下撞到田埂上,两个人都摔出去好远,谭婶婶腿上还擦掉了一大块皮。现在他那个儿子都已六岁了,可是谭婶婶看见他,还是叫他"冒失鬼"。

"冒失鬼,你现在开汽车了,再冒冒失失的,就要闯穷祸了!"谭婶婶对着彩弟丈夫的脊背,追了一句。躺在屏风后面的彩弟笑了,谭婶婶回过身来,又得意地笑了。她想把这段往事告诉荷妹,让她知道,六年前,这里的新法接生是怎么样开始的。可是荷妹只跟着笑了一阵,并没有追问什么,她戴上白色护士帽,穿了白罩衫,扭开刚装好的自来水洗手,消毒,然后就坐在床边,给彩弟按摩,教她在生产时该怎么呼吸,开始做无痛分娩的工作。

现在,谭婶婶面对这一切,无论自来水管也好,荷妹那熟练准确的动作也好,心里很安然。彩弟夫妻俩,使她记起了自己过去的光荣,她在新法接生上做过的种种努力。她心平气和,慢条斯理地用酒精擦着手,而且到底找了一个机会,把彩弟生第一个孩子的故事告诉了荷妹,甚至还把腿肚上的伤疤给她看了看。荷妹笑得弯了腰。

"那次接了你那位宝宝回来,第二天潘奶奶在我门口,跺着脚,整整骂了我半天,说是我抢了她的生意。"

"那你不把擦破的腿给她看看。"彩弟这一说,又引起三个人一阵大笑。

"我们这是提的陈年旧话,现在人家在鸡场里工作得可好啦!"谭婶婶感慨地说着,眼前又出现了潘奶奶名字上的那支高昂着头的红色箭头。

外面的风呜呜地越来越大了,田里、村头的广播喇叭一齐响了起来,公社杜书记的声音在说话,要求大家迅速盖好田里的蔬菜,挡好棉田,不让吹掉一个棉铃。社里一切的机械、人员都出动了,汽车声,人声,广播里的鼓动口号声,忽而被风送进产院,忽而被风带得远远的。风,摇着玻璃窗,磕撞着门,但是最后它只能在窗外徘徊,吼叫。

天黑下来了,谭婶婶伸手"啪"的一声开了电灯。风不住地刮,但产房里暖暖的,电灯光连晃都不晃,坚定地照着产床,照着产床边的一老一少,照着产妇,等待着将诞生的婴儿。

谭婶婶像个身经百战的老战士,有把握地守卫在被保护人的旁边。产妇依赖她,信任她,把自己和将出生的孩子,一起交托给她,而她,面对着这种信赖,腿不会抖了,心也再不会慌了,她也不用坐在脚踏车后面,也不用再怕摔跤,明天也再没有一个潘奶奶会来对她跳脚。她像一个正正式式的特种兵,像荷妹一样,像大医院里的助产医生一样,像那些跟大风作斗争的社员一样,是在自己的战斗岗位上,守候那喜悦而又紧张的一刻。

…………

彩弟躺在雪白的产床上,一会儿闭上眼睛休息,一会儿又眯起眼睛望着耀眼的电灯,不断微笑着,她想着老大老二不同的出生情况,想着他们的将来:

"婶婶,你说我这个老二跟老大只隔了四五年,老二的福气比老大要大几倍啊!"

"照老法说话,生的时辰好。其实,人民公社早几年,老大还不是一样用亮堂堂的电灯迎出来呀!"

风在屋外旋转,这里显得特别地宁静。彩弟好像有点疲倦了,但她想了想又说:

"要说时辰生得好,那么老二比老大好,老大比荷妹好,荷妹又比你谭婶婶好,你说对不对?"

荷妹给彩弟按摩着,心里微微不安起来了。她迅速地朝谭婶婶看了一眼,可是谭婶婶并没有在意,对彩弟说道:

"那也不见得,不管老大老二,他们长大了,就不知道我们怎么搞的土改,怎么成立合作社,又怎么组织人民公社,像荷妹,她文化科学好,可是她就不知道什么叫老法接生……"谭婶婶话还没有说完,彩弟打了一个呵欠,迷迷糊糊地要睡了。

产妇的阵痛感消失了。

无论是老法、新法接生,都知道,产妇打呵欠要睡,这是一个令人十分头痛的现象,婴儿需要很快用钳子钳出来,不然婴儿会闷死,产妇也会有生命危险。

风拼命地摇撼着树枝,电灯光一动不动,更耀眼地照着雪白的产床,照着沉沉欲睡的彩弟。手术是个小手术,只需要十多分钟,可是,谭婶婶霍地站起身,说了一句:"我打电话去!"就掉转身向门外冲去。等荷妹追到门口,外面黑洞洞的,已不见一个人影,只有风在旋转,在吼叫。

抗着顶头风,谭婶婶飞似的向队部办公室奔去,风掀着她的衣裳,在她耳畔呜呜地叫。去给医院打电话,这不是第一次,可是今天,谭婶婶心里刮起了大风。

电灯,电灯下面雪白的产床,床上躺着产妇,一切都如理想中那样,可是她,她只能跑来打电话,前年是这样,去年也是这样,如今有了电灯,有了汽车,有了拖拉机,可她还是这样跑来打电话,眼看着救护车把产妇从雪亮的灯光下接走,而产妇需要的,只是一次十几分钟的手术,只要拿起剪刀和钳子。谭婶婶第一次感觉到,给医院打电话,竟是一件这样难受的事。奇怪的是,自己在这以前,打过多少次这样的电话,竟然会那么心安理得。

天黑得这样浓,这样厚,风在横冲直撞。广播喇叭里杜书记那清楚的声音在响着,在田野里,在屋顶上,在村头,在道旁,都有他那响亮的、坚定的声音在回响:"……社员同志们,大风想吹掉我们的棉铃,我们决不答应,我们种一棵就要收一棵,不让一颗青棉桃落下地……"大风想把这声音撕碎、卷走,结果却是把这响亮坚定的话语传得更远更远。仿佛在谭婶婶的耳畔,在谭婶婶的心里,它又轻轻地说:"老嫂子,我们这一辈的任务是不简单啊!社会要在我们手里变几变。形势发展得这样快,各种各样的旧思想旧习惯还能少得了?……"谭婶婶抹着汗,放慢了脚步。

黑洞洞的大路上,前面射来两支雪白的光柱,一辆卡车满载着芦席,迎面飞来,从谭婶婶身边一闪过去了。公社培养的第一批司机,已站到战斗岗位上了,第一批拖拉机手,也站到岗位上了,第一批产科医生……谭婶婶不知该给杜书记怎么说,给社员们怎么说,给那些开拖拉机的、开汽车的社员,养鸡场的社员,给潘奶奶怎么说！忽然,一张年轻的、黑油油的脸跳了出来,她笑嘻嘻的,扎了两把刷帚似的小辫子。

"荷妹!"谭婶婶站住了脚,清楚地记起来了,当自己跑来打电话的时候,荷妹那张年轻的脸上,确确实实是十分镇静。公社培养的第一批产科医生也站在岗位上,并没有跑来打电话。谭婶婶掉转头,又向产院飞奔起来。产院有了自己的医生,产院走上了一个新的阶段,谭婶婶眼前忽然豁亮起来,荷妹这一个年轻的医生,仿佛是在刚才那一霎间,才来到产院,才进入谭婶婶的心里。

风用一种巨大的、看不见的力量,在后推着她,拥着她,迫使她好像是脚不沾地地在向前走。

谭婶婶回到产院,荷妹正在穿一件消过毒的隔离衣,神情并不是想象中那样镇静,她稍稍有些紧张,但并不慌乱。彩弟仍是昏昏地半睡半醒。

"婶婶,我看不能等了。"荷妹急促地说道。

"快吧,孩子!"谭婶婶声音里带着无限的温存。

"我有些怕,我只实习过两次,都有医生在旁边看着的。"

"不要怕,孩子,有我在这里,你看婶婶这腿上的疤,第一次总有些慌,结果不都是平平安安地过来了。"谭婶婶洗了手消过毒,拿起抽屉里的橡皮手套,帮荷妹套上,然后退在一边。

各种各样的感情忽然汇集在一起,变成一种说不清的情绪,谭婶婶她兴奋,她高兴,她羡慕,她对自己不满。她看荷妹戴了大口罩,庄严地走来走去做准备工作,刀钳发出叮当的声音。她觉得这一切,和头顶上那盏耀眼的电灯,是那么调和,那么相称。

"彩弟说得对,老二比老大好,荷妹比我好,生辰八字是假的,可是出世迟一些到底好。"

屋外,狂风哮叫,但是在这呜呜的风声中,仿佛杜书记那坚定响亮的声音仍在回荡——"所以,我们做工作叫做干革命,我们学习也叫做干革命……"

"不！出世早，就该站在前面，一定要站在前面。可以学，杜书记，我要学，我要干革命……"谭婶婶挺了挺身子，向荷妹走去，她觉得自己的腿又像第一次接生时候那样颤颤的。

"荷妹，让我来学学吧！"

荷妹抬头，见谭婶婶怯怯的，但又是那样勇敢，那样坚决地站在自己面前。在这一刹那中，荷妹几乎记起了这个产院的全部历史，推行新法接生的全部斗争过程。她想起了谭婶婶怎么在半夜里，荡在脚踏车后面去接生；她也想起了谭婶婶是那么自豪那么珍惜地扳动那电灯开关……

"婶婶！"荷妹要不是身上套着隔离衣，她要跳上去抱抱婶婶；要不是时间紧迫，她要对婶婶说，婶婶是这样年轻，这样坚强。但是现在没有时间了，她只是激动地叫了一声婶婶，说：

"对！手术一点也不难，你做，我在旁边看着。"说着就帮婶婶穿戴起来。

谭婶婶扭开自来水，又仔细地洗了手消过毒，走到产床边。

一切都如理想中一样，可是现在谭婶婶却看不见产床是那样的洁白，电灯是那样的耀眼，她自己是那样庄严地响动着刀钳，她听不见风声，她也不知道荷妹用棉花球给她拭汗，她只看见荷妹指点她的手势，耳畔只听见杜书记那坚决响亮的声音，忽然，"哇"的一声，婴儿哭了，是个男的，又一个小"冒失鬼"。谭婶婶刚直起腰来，一把就被荷妹抱住了：

"婶婶！"荷妹高兴得眼里含了泪水。

"谭婶婶！"里面房里两个休养的产妇也跑了出来，原来她们都为彩弟担心，都没睡着。谭婶婶笑着坐到椅上，她抬头看见电灯，电灯真亮啊！现在，谭婶婶觉得这个静静垂挂着的东西，不仅仅是个照明的电灯，在它耀眼的光芒里，蕴藏了一种看不见的力量,这力量可以用来电疗,用来抽水,用来打针,用来救活早产儿,用来……谭婶婶仿佛又听见杜书记那坚定的声音在耳畔响:"老嫂子,我们这一辈人的任务不简单啊!社会要在我们手里变几变……"

"放心吧!杜书记,我们做工作叫做干革命,我们学习也叫做干革命,我们赶紧学嘛!"谭婶婶在心里对杜书记下着保证。

狂风似乎被杜书记那个坚定响亮的声音慑住了,它开始畏缩退却了,夜,又恢复了她恬静的常态。两个产妇围着荷妹围着谭婶婶,纷纷说这老二硬是生的时辰好,正赶上公社有了自己的产科医生。马蹄钟上的时针已指向午夜十二点,这里,这个静悄悄的产院,和全中国一起,和各个农村、各个城市一起,正走向明天——明天啊,将是一个多么灿烂、从古未有的明天!

一九六〇年四月二十五日午夜

三走严庄

> ……如果我们能够普遍地彻底地解决土地问题，我们就获得了足以战胜一切敌人的最基本的条件。
>
> ——毛泽东

　　晚上，没有风，却飘着雪花。它们悠然地飘下来，悄无声息地落在路上，落在冬麦上，落在战壕里。远近的村庄，不时闪出一星两星的灯光，这家那家的屋顶烟囱里，时不时有火星冒出，淮海前线的军民，正在欢度一九四八年最后的几个小时。

　　我从前沿给战士庆功拜年回来，独自走在雪地里，脑子里还是活动着前线的景象：敌人那些灰白色的空投飞机，仓仓皇皇地飞来，给包围圈里的敌人投下一些吊着木箱的降落伞，又仓仓皇皇地飞了去。降落伞还在空中飘飘荡荡，包围圈里的敌人已乱了营，他们像饿疯了的狗，从地下冒出来，互相抢着，夺着，打着架。我们的战士，却坐在缀满松柏红花的工事里，看着，议论着。一个大个子战士幽默地说："为啥要抢？集中起来，统一分配嘛！"

　　"你去当他们的总司令就好了。"另一个战士说。

　　大个子认真地说道："不是吹，我当他们的总司令，保管他们挨不了饿——缴枪，过来吃大馍。"

"哈哈……"工事里发出一阵震耳的哄笑。接着,不知哪个兄弟连,接连向抢东西的敌人打了两枪——进行"劝架"。这种劝架法真是百灵百验,枪一响,果然那些抢的,夺的,打架的,都一齐放手,钻下了地。战士们又发出一阵快活的哄笑。忽然,笑声中响起一阵哨音,炊事班给前沿战士送来了热腾腾的新年晚饭。

大个子眯缝着眼,津津有味地咬着白面包子,一边说:"这面一定是咱胶东送来的。"

"是济南!"

"是泰兴的!"

"是……"

啊!雪白雪白的面。我吃着这雪白的包子,想起了千里以外那一个小小的村庄。她曾经说过,磨了白面等我,我想,这白面也许是严庄来的,是收黎子,是来全他们送来的!我激动地在心里断定,"是她,是他。"

雪,好像下得更猛了,地上一片洁白,但是路上已有一行深深的脚印,步子很大,是走向前沿去的。我索性把军帽耳翻上去,让雪花飘到我热烘烘的脸颊上,想借此平静一下内心的激动。但是这样做,并没效果,我脑子里像翻了江倒了海,许多连贯的和不连贯的事情,许多记得的和已淡忘了的事情,忽在此时此地,一齐向我涌来……

去年,一九四七年,正是高粱红的时候,我和军区民运部的老马同志,第一次来到了严庄。严庄不算是个新区,但这地区地方武装力量不够强,还残留了一部分政治土匪,他们勾结地主,经常有活动,甚至半夜里抬了铡刀进村,找我们的村干部。因此这地区的土改工作就有些特殊,农民一方面是迫切地要求土地,一方面又有顾虑,不敢要土地。我和老马去严庄的任务,就是协助政府,在那里搞土改试点工作,要发动群众,要进行土改,同时要组织农民自己的看家队。

严庄是个好地方,庄前庄后一抹平地,只在地平线上,淡淡地勾出一些高山的轮廓。我们由区队员带领进庄的时候,虽然是大白天,可是庄里肃静无声,静得叫人不安。我们首先来到农会长严来全的家里。来全是个三十多岁的愣汉子,正和他的爹在砌院墙,一见我们两个穿军装的进去,他呆了呆,神色有些紧张,接着就把我们引到屋里,"乒乓"把大门关上,然后才招呼道:"来了,同志!"

村里那种出奇的静寂,来全的关大门,这一切使我立即在心里作了一个决定,明天一定要争取文工团来一个小队,在这里演出一下,那时候叫做"轰"一下,大锣大鼓,唱唱跳跳,要把这种令人不快的寂静赶跑,要让人们敞开大门跟我们说话。

来全把大门一关,屋里顿时黑洞洞的,看不清人面,只听见老马开门见山地在问来全,这庄里基本群众的情况怎样,积极分子多少等等。坐久以后,我才发现这屋里还有一点光源,这是从我背后的一个窗户里照进来的。原来,房里一个大炕的墙上,开有一扇窗,光,就透过这纸窗照了进来。而且,在窗前的炕头上,还端端正正坐着一个妇女,有二十多岁,这大概是来全嫂了。她全身坐在亮处,低眉垂眼地在做针线,好像根本没看见她家来了两个陌生的客人。我当时想,这个来全嫂,恐怕是属于那种不问外事、安分淑静的妇道人。

老马和来全谈着如何串联群众,培养积极分子,怎么开齐心会搞土改,来全都全神贯注地听着。可忽然,我见他冲我后面直皱眉头,我回头一看,见那位宁静的妇女,不知什么时候已悄悄地下了炕,靠在房门框上听我们谈话。尽管来全对她又皱眉又瞪眼,她却只当没看见,依然倚在那里听老马说话。我一回头看她,她还大大方方地朝我笑了笑,然后才悄悄地走了开去。来全听老马说完贫雇农要团结起来,斗争地主,分配土地,立时勒勒袖子站起来,一手拉开两扇大门,说道:"行,豁上去干了!"

大门一开,房里亮了。但朝外看去,村里还是鸡不啼狗不吠的,一点声息也听不到,只见来全爷仍埋头在砌墙。这顿时给了来全一种压力,他青筋爆爆地踌躇了一会儿说:"要是群众不跟上来怎么办?"

"只要真正发动了群众,群众会跟上来的。"老马断然地说。

这时,我一回头,发现来全嫂,她又悄悄地倚在房门边,脸上露出一丝笑意。

区里来人联系,说是这几天区武装就在这一带活动,要我们放心工作,于是老马就决定,先做三天培养积极分子的工作,然后召开贫雇农外加中农的齐心大会。当晚,老马睡到另一个积极分子家里去,我就睡在来全家,和来全嫂通铺。

住在来全家,我并不十分乐意,这家人好像是风水关系,都不爱开口。来全的爹,整天嘴里咬着一拃长的小烟袋,埋头干活,埋头吃饭,不说话的;来全嫂呢,不知天性是沉默寡言呢,还是头脑有些封建,一天里没听见她有过声音;来全有事喜欢找老马谈,可对我总有一点腼腆。于是我的谈话的对手,就只有来全六岁的儿子小全了。他倒肯说话,也喜欢我,我在他家待了半天,他就跟我熟了,常常倚在我的腿上,指着庄外的土地说:"我娘说,往后这地里打的粮食,全是俺们自己的了!"

"是,全是自己的了。"我捏着他瘦瘦的小手腕,肯定地回答他。

"那,咱们过年也能吃白面饺子啦!"

"现在麦子还没种下,等明年吧,明年过年,就吃白面饺子啦!"

孩子高兴了,在锅上下苞谷糊糊的母亲转过脸来,也含笑地朝我看了一眼,可是仍然没有说话。

第二天下午,我出去串了几家门子,晚上回来睡觉时,来全跟他爹在外屋已睡得呼噜噜的;里屋的炕上,小全也在娘身边发出均匀的呼吸;来全嫂躺着没动,好像是睡着了,又好像没睡着。我不敢惊动他们,也没解绑腿,就拉了被子躺下了。

"女同志,你没睡着吧!"来全嫂轻轻地说话了,并且还朝我身边挨了挨,"你说,我们分地主的地,那红契呢?"

这可能是她考虑了好久的一个问题,我连忙跟她说,原来的地契是反动政府搞的,都不能算数,拿来一把火烧掉,人民政府重新另发土地证。

"对!"她似乎解决了一个重大的疑难,缓缓地吐了一口气不响了,身子也一动不动,好像立时之间睡着了。可是我从感觉上知道她没睡着,也许眼睛睁得大大的,还在想着什么。果然,一会儿她又开口了:

"女同志,你不想家吗?"

"要是大家都蹲在家里,谁出来打反动派,穷人怎么翻身呢?"

"对!"她似乎又解决了一个难题,说了一个"对"字,又不响了。看得出来,这个妇道人绝不是一个榆木脑袋,我对她产生了兴趣,于是我问:"大嫂子,你叫什么名字?"

她没回答,在被子里轻轻地笑了,一会儿,说:"咱没念过书,没名字。"

"小名呢?"

"小名难听死了。我在家顶小,我娘就叫我个收黎子。"

收黎子,收黎子,这天晚上,我念着这极动听的名字睡着了。

第二天我把收黎子的情况向老马说了,他要我多和她谈些妇女解放的道理。可是这一天我一直忙,忙到日近正中的时候,我到底把文工团拉了过来,并在村中一块谷场上拉开了场子。锣敲起来,鼓打起来,弦子一响,歌声飞扬,孩子们跑来了,爷们娘们走出来了,人们笑起来,拍起巴掌来,村里那种死水样的寂静,被冲得干干净净。地主"独眼狼"的黑漆大门开了一条缝,又立即严严地关了起来。我们演一阵,宣传一阵,有的人越靠越拢,有的人靠拢又走开,只有那些孩子们,始终是站得最拢,靠得最近。来全分开人群,给我们挑来两桶茶水。见了他,我想起了收黎子,我在人群中找她,但没找到。我瞅了一个空儿跑回去,见她仍像昨天那样,端端正正地盘腿坐在炕上,任那引人的歌声掌声一阵阵传来,只顾低了头做鞋。

"收黎子,你怎么不去看戏?"我说。

她没回答,只抬头朝我笑笑。我坐到炕沿上,一定要她说出道理,她才含笑说道:"那合适吗?"

"有什么不合适?……"我正要给她大讲一通,她笑眯眯地打断我的话说,"你说唱歌光荣不光荣?"

"光荣!"我说得十分坚决。

"那你唱一个我听!"

我没想到她还会这么俏皮,一时倒愣了。她却笑眯眯地拉住我膀子又问了:

"昨黑,你说把地主的红契都拿来烧了,要是地主把它藏了呢?"

又是一个意外的问题,我只得说:"藏了?那还能找不到?"

"人家把两个大包袱藏到土地庙后头的草垛里去了,你能找到?"收黎子仍是笑嘻嘻地看着我说。

我忽然觉到,这位淑静而又有点封建的收黎子是多么关心土改,她关心红契,关心浮财,更可贵的是,她在言语之间,对反动势力没有丝毫的畏怯。这才是土改中真正的骨干分子。我兴奋起来,一把抓着她的胳膊说:

"收黎子,你敢不敢分地主的地?"她却仍是那样安静,笑了笑说:

"这,我不当家。"

《夫妻识字》的歌声夹杂着笑声送进屋来,我对这位端坐炕上的收黎子不禁又气又爱,只得说:"嫂子,现在男的女的都一样了。"我还想多跟她谈些妇女解放的道理,但听见外面在鼓掌知道快换戏了,我是管服装的,只得匆匆地跑了出来。

这天晚上轮到我上半夜放哨,可是刚燃完一支香,老马披了条夹被来换我的班了。我回去睡觉的时候,来全照例和他爹已睡得一呼二哈,收黎子却没有睡,点了一盏灯在捻线。看我回去,她欢喜地招着手叫我在她身边坐下,捏捏我的衣服,问我冷不冷,累不累,又站起身,在灶肚里掏出一只连衣烤熟的玉米,放在我面前,自己就看着我吃。我正饿,吃得很香,她看着笑了,然后说道:

"咱这里要是真的分了地,就不会请你吃这个了。"

"大嫂子!"我对她的称呼老是不能确定下来,有时我觉得她是个一般的老百姓,我只能称她一声嫂子;有时又觉得她是我一个亲密的同志,就直称她收黎子。这时,她又像是我的母亲,我心里有些激动,说道:"真的,当然是真的要分地,这是毛主席说的。"

"毛主席说的?那就分定了!"她也兴奋起来,声音可是放得更低了。

"分定了。"

"要是咱这里的人,心不齐呢?"

"慢慢教育,会齐心的,明天我们就要开个穷爷们的齐心会。"

她听了,对灯出着神,然后慢慢地说道:"那就好。"说完就收拾睡下了。我觉得收黎子要求土地迫切,是个好骨干,只是她总觉得女人低人一头,这一点思想不好,所以就引着说:"收黎子,你知道分土地的时候,要是男的分三亩,女的分几亩?"

"你不是说,现在男的女的都一样了,男的要分三亩,女的也分三亩呗!"

"你知道男女都一样了,那你也该出来说说话,管管事。"

"我出来说话?说什么?那不把人大牙笑掉了?"她躲在被窝里,自己先就觉得好笑了。

又是这一套,"不合适呀!不当家呀,不怕人笑吗……"跟她怎么说呢!我一口气把灯吹熄,索性躺下不响了。一会儿,她倒又在我耳边轻轻地说话了:

"我说,地主把地契藏起来也不要紧,要是咱的政府站住这里,他拿着也是白拿;要是反动派过来了,反正没咱的日子过,他有没有地契总是个财主,你说是不是?"

"是,你说得很是。"我十分赞扬她。的确,她想得非常透彻,可她就是把这些道理收在肚里,不敢开口,不敢往外拿。唉!收黎子,收黎子……

睡梦中,我忽然给一个大嗓门吵醒了,"你懂个啥!"这是来全的粗喉咙。我翻身坐起,朝外屋一看,见收黎子低了头在灶上捣蒜,来全拿了一根烧火棍,在她身边挥舞着,喊着,天已大亮了。

"你轻一点不行?"收黎子说着,连眼皮也没抬一抬。

"一个娘们,也学得咋咋呼呼,分地,分地,这是你们说的话吗?"来全仍对她发着威,不过声音已经轻多了。

"有啥说不得,顶多像我娘那样。"收黎子开口了!

我又悄悄地躺下,怕把他们这场争辩打断,但是来全已看见了,他咽下了要说的话,挑了水桶出去了。

当天,我把这情况告诉了老马,老马沉默了半晌,才慨叹似的说:"所以说,土地改革是挖封建势力的老根,老根动了,别的也就得动动。"

贫雇农齐心大会,第二天就在来全家的堂屋里召开了,二十多个给地主、反动派压榨得黄了脸、弯了腰的穷爷们,从天傍黑起,就一个一个地溜进来全家里。收黎子出来给灯里添了油,加了两根灯草,就走进里屋,一直没露脸,而且连房门帘子也放下了。

会议一开始,来全简单地说了几句团结起来斗争地主的话。说完了,大家都没开口。他等了一会儿,看看大家只是抽烟咳嗽,不知怎么就来了火,红了脖子,猛地一拍桌子,粗了喉咙喊道:

"要地的留下,豁出来干,不要地的出去!"他这一拍桌子一喊,不但把来开会的人都吓得怔住了,就连老马和我也都愣了。有个别胆小的,当时就抖抖索索地站起来说:"来全……你是知道我的,我……"说着就想走了。随着又有几个人站了起来。眼看一个准备了四天的会议要给他喊垮了。老马连忙站起来,但还没开口,我身边的房门帘子一动,收黎子垂着眼皮,站在房门里,怯怯地说道:"老少爷们,我说,咱们还是要地。"

她这轻声细语的一句话,竟比刚才来全拍桌子大喊更出人的意外,那些站起的,要走的,都一齐停了下来。收黎子的嘴唇虽然微微有点哆嗦,但是话却说得很稳很清楚:

"咱们祖祖辈辈从没说要分地主的地,结果也没个好日子。像我娘,本庄的爷们都知道的,她给地主害死了,还给地主的狗拖。我说,倒不如分,闯个活路。"收黎子说完了,才抬起眼,迅速地向大伙扫了一眼,就立即隐到房里去了。屋子里肃静无声,也没任何的动作。来全张开嘴巴,似乎也给自己媳妇的这番话镇住了。过了一会儿,只见他猛地往起一站,腰带一勒,哑了喉咙喊道:"老少爷们,不分没咱的活路了,今天咱们滴血盟誓,抱成一团来赌个咒,准定分他狗日的地。"

小屋里给他这几句热血沸腾的话一喊,气氛立刻激烈起来,当即有两个青年热气腾腾地站起来说话。正在这时,一个花白胡子的老人,忽然从人丛中走过来,一手拿着一只咯咯叫的雄鸡,一手拿着一把刀,准备给大众滴血起誓。

会一散,我们就连夜组织了看家队,并立刻派出岗哨,监视恶霸地主"独眼狼"。严庄苏醒了,严庄的人民,再也不贴着墙根走路,而且有了笑语,有了歌声,他们双手举起压了他们几千年的大山,把它摔得粉碎。

在丈量土地、分户插标签的时候,来全抱了儿子小全,在分给他的土地上撒欢打滚,收黎子噙了眼泪,只是一味地笑。我是多么不愿离开这些翻了身的人们,但是我们要走了。

走的那天,南边隐隐地有炮声,收黎子帮着我铺单子,叠棉被,打背包,又默默帮我把背包背上。小全也一直缠住我,一直不离开我。我嘱咐收黎子,以后要大胆出来说话办事,别再躲在家里。她宽慰我似的柔顺地答应了一声,并且拿起事前准备好的一卷高粱煎饼,放在我手里说:

"等明年,咱们的麦子起了身,磨了白面等你。"

我说:"收黎子,我,我们一定会来,也许是麦前,也许是麦后,也许天天都来,我们一定会取得胜利!"

人们有了土地,还需要枪,征得上级的同意,老马把那支步枪留给了严庄,然后和来全一家告辞。

部队天天行军,有时五十里,有时七十里,大片大片的土地从我们脚下伸展开去。地里的庄稼苍黄了,成熟了,然后,我们走的路边,就是光秃秃、黑油油的土地。那大片大片的土地,又落下麦种。麦种具有穿山之力,它不畏严寒,不畏风霜,在土里渐渐地发芽了,出苗了,然后绿茵茵地满铺在黑土上。四八年的春上,麦子才一拃高,收黎子还没能磨好白面等我的时候,我又二次来到了严庄。

我们部队为了消灭一股敌人,放出一个口子,让他们进到袋里来,最后,就在严庄的东面歼灭了他们。战斗结束以后,照例有一两天的休整,于是我想起了严庄,向领导请了半天假。

我赶到严庄的时候,天已大黑了。我人还没进庄,迎面就扑来一股强烈的布焦臭,我的心不禁怦怦地跳了起来,我们在东面消灭的这股敌人,可能正是走严庄过去的。

严庄怎样了?收黎子怎样了?老马那支枪是埋起来了,还是继续背在严庄人的身上?我一弯腰,朝庄里小跑起来。

"你给我站住!"猛不防黑地里跳出一个人来,向我大喝一声。我一听这口音口气,顿时欢喜起来,严庄的人在放哨。他们翻了身,绝不会让历史倒转,过去的日子重来。我激动地跑上前叫道:"老大爷,是我,是我呀!"

"你倒是站住不站住!"接着枪栓一响,子弹上了膛。我多么想扑上去抱一抱这位老大爷,但我只得站住了脚。那位端着枪的老大爷走过来了,星光下看得清楚,这是来全的爹,是那个整日不吭声,嘴里老咬着小烟袋的来全爹。在土改中,他没说过一句话,可是有会他必在一边旁听,不管是领导人员的碰头会,还是骨干分子的讨论会,是请他了还是没请他,他一律出席旁听,可我从来也没想到去注意他,去问问他,他有什么意见有什么想法。现在,他在放哨,端着枪神态庄严。严庄的哨兵,来全的爹,我激动地叫了他一声。他呆了一呆,凑近看了一会儿。他认出来了,他抢上一步,把枪夹在胳肢窝下面,用他那双粗糙的大手,一把捏了我两只手,摇了半天,才哽咽着说:"可盼回来了……"

"大爷,你们受苦了!"

"苦倒没啥。"他用一只手抹去了一颗滚下来的热泪,一只手仍紧紧地抓着我。

"来全他们呢?"我看见他在放哨,有些担心。

"来全带着庄里的青年支前去了。"

"哦!"知道他们平安,我放了心。

"来全嫂呢?"我问。

"小全娘……她在。"他不知为什么打了一个顿。

我急切地想去看看收黎子,便匆匆告别了这位守责的哨兵。我一转身,看见旁边大槐树上,还绑着一个人,这是给我们枪毙了的恶霸地主独眼狼的婆娘,她面对庄里,垂着头。星光下,我看见庄里许多草房没有了,只剩下一些残缺焦黑的泥墙,墙里墙外,碗碴破棉絮铺了满地,但是那些烧剩的焦木断梁,已整齐地堆在一起,空场上也排满了一堆堆砌屋用的泥砖,在朦胧的星光下,严庄显得安静而又严峻。

我在来全原来的屋基角落上,一个临时搭起来的茅草地庵子里看到了收黎子。她稍稍黑瘦了一些,眼睛显得大了,正席地坐在一层薄薄的麦秸上,静静地低着头,在油灯下专心一意地修理一只筛面用的筛子。她将那极细的马尾,在筛子的破洞上慢慢地织出经纬,织得是那么细,那么密。仿佛,她仍坐在家里的暖炕上,这里也没有敌人来过,这低矮的草庵,这麦秸的地铺,外面那倒塌的泥墙,也并不存在。啊!收黎子,你是看不见,还是全不在乎?却是静静地低着头,在准备麦收用的工具。

她一抬头看见我,并没觉得奇怪,朝我笑了笑,但是接着她一反素来的安静沉着,站起身团团转地忙了起来。她开开锅盖,拿拿水瓢,抱一把草,又打开一个什么包包。她手忙脚乱地忙了半天,给我端来了一碗热水。经过这一阵忙,她平静下来了,又恢复了她原来那种从容不迫的气度,拉着我的手,坐在我身边。我问她敌人来的时候,她怎么过的。

"蹲野地呗!"她说得很简单。

"来全呢?"

"他?他带了看家队,捎了那支枪,到处转悠,到东放一枪,到西放一枪。"她说到这里笑了,大概是想起了这些零星枪声的效果吧！我看看屋里只有她一个人，便问道："小全呢？"

收黎子把眼光避开了，停了一会儿说道："你知道，分了地以后，小全是多高兴，种上了麦以后，他就老去地里望，计算着今年过年吃白面饺子。咱们分的那块地就靠着庄，你是知道的。敌人来了以后，我们都蹲在野地里，又冷又饿，可孩子还惦念那块麦地，说：'娘，反动派会不会把咱下的麦种掘了？'我说：'他们掘不光的。'他又问：'地主要把咱的地拿回去了呢？'我说：'地是抬不走的。'可是这孩子还是不放心，求我说：'娘，我人小，让我悄悄回去看一下吧！'你说我能让他去？反动派在庄里站了两天，'独眼狼'的婆娘就威风得不得了，把中央军的官儿请到家里供起来，要报仇祭夫，又是倒算，要杀人要放火，我能让小全回村吗？谁料到半夜里，我打了一个盹儿，这孩子就跑回去了……"收黎子停住了话，把油盏里的灯草拨了拨，压抑了一下感情。我想起绑在树上那个婆娘，身上还穿着黑绸小袄，禁不住连牙根都痒了。恰好这时挡风的草帘子掀开，钻进来一个老头，问道："来全家的，那婆娘讨口水喝，给不给？"

"不给。"我觉得这老头问得多余。

"给吧！老爹，让她活着看看咱们的天下。"收黎子平静地跟那老头说着，完全像个指挥员。那老头"哎"了一声，信信服服地走了。收黎子回过头来，又接着跟我谈下去。我仔细地看着她，收黎子好像也没什么两样，她仍然是收黎子。她瞅着灯光，慢慢地说着，说得很仔细很清楚，使我如同跟她一起经历了那一刻钟。

收黎子发现小全不见了，她知道孩子上哪里去了，她也知道孩子是不会回来了，她不哭也不做声，只是呆呆地坐着，来全带了看家队不在跟前，大家怕她憋坏了，劝她放声哭一下。她摇摇头，还是不哭也不做声，一直等到日头傍山，她才开口对大伙说：

"我悄悄去看一眼，看一眼就死心了。"说着她就走了，谁也拦不住。她一走,庄里人怕她有闪失,就赶紧派人去找来全。

夕阳西下,蒋军最忌怕的夜,即将开始了。收黎子连爬带走,来到严庄西头的土岗上。她看见焦黑的严庄在冒烟,火舌舐过的门洞,像一张一张乌黑的大嘴。几个中央军缩着头抱了枪,踢着地上的枕头、筷子,踩着碎碗碴和晒干的辣椒在放哨。风,跟着他们的脚跟扬起灰烬,然后又在树上打起唿哨……

"小全在哪里?……"严庄沉默着。

收黎子忽然明白,仅仅把反动派从严庄赶跑是不行的,赶到哪里,哪里就会出现严庄,是敌人,就得干脆彻底地消灭,而不是赶跑。收黎子暂时忘了小全,忘了那种单纯属于母亲的痛楚,她趴在土岗上,什么都看在眼里,什么都记在心里。就在这时候,她忽然看见来全从侧旁爬来,铁青了脸,大口地喘着粗气。来全没说话,只是带她绕过庄子,把她带到东头"独眼狼"屋后的松林里。收黎子刚在松树后面伏下,只听见屋前的场地上传来一个孩子的喊声,"不!不!咱不跪!"这是小全,小全在喊着什么?……收黎子心都发颤了,一把就夺去了丈夫手上的枪……

二十年以前的事情,今天还能允许重演?母亲曾经挨过的命运,能让它再落到孩子的身上?收黎子九岁的时候,父亲出去闯活路去了,母亲为了交不起"独眼狼"家的租子,就在这块场地上,地主要她下跪两片瓦,上举两块砖,朝北跪一宿。寒冬腊月,收黎子就趴在这块场地上,趴在娘身边,哀哀地哭了一宿。第二天,娘脸上盖了一层霜,站不起了,就在这块场地上咽的气。整个夜里,娘对收黎子说的话只有一句:"要记牢。"

"砰"的一声,老马留下的那支枪响了。敌人不知哪里来的枪响,顿时惊慌失措。收黎子颤颤地拿着枪,挺立在松林前面,虽然没打到敌人,她也觉得快意。来全一把把她推进松林,拿过枪对准场上骚乱的敌人又打了一枪,然后和收黎子回身飞奔。收黎子挣脱手,回过身来,她要最后看看小全。她看见儿子安静地躺着,面对长空,躺在敌人的血泊中。周围的敌人在叫喊,枪在响,风在上空厉声尖呼,儿子是在战斗中停止了呼吸。收黎子回转身,狂奔起来,她不是逃,而只是在高速度地飞跑,向一个目标,一个她认定了的目标飞跑。严庄不再沉默了。

收黎子把灯火拨得更亮,又把手指上沾到的油,仔细地抹到自己乌黑的头发上,然后说道:

"我从来也没想到,枪,竟是那么好,那么重要。"

"'独眼狼'的婆娘逮住了,你们准备怎么处理?"

收黎子抬起眼看看我,然后一句一句、一字一字地说道:"怎么处理?咱有政策,咱也不打她,不骂她,只要她站在那里,看着我们把新屋盖起,看着我们喝甜的吃香的,到那个时候,就把她送区里去公审。"

难道收黎子还需要什么慰藉吗?从她那里,我只感到一种强烈的自信和力量。这自信和力量,将迅速地使这里出现成片的新屋,更多的粮食,将推动胜利加速来到。我着急起来,我要赶紧回队伍去,去完成我所能做的一切工作。但这时候,刚才那个老头又来了:

"来全家的,烧剩下的木料都归拢了,看样子,家家都缺大梁料啊!"

收黎子沉吟着没做声,老头子见她没回答,也不催促,掏出烟袋,蹲在一边抽烟,耐心地等候收黎子考虑。

"老爹,我说自家有树的,就放自家的树;自家没树的,就到'独眼狼'屋后松林里去砍,你说行不行?"

"行!"老头子像刚才一样,信服地应了一声,抬腿就走。收黎子考虑了一下,又说:

"我跟你一起走,再和大伙商量商量看。"

"商量啥？就是这个法儿！"老头子不以为然地说。

收黎子站起身来，她好像完全忘了还有一个我坐在那里，直走到门边，才想起了我，回头对我说道："回头咱再叙叙话，你可不许走啊！"说完就飞快地钻出草庵，消失在黑地里了。

草庵子很矮，我靠坐在地铺上，从挡门的草帘缝里，望着外面黑沉沉的夜空，我想象不出收黎子怎样和大伙儿商量，怎样在分配那些木料。我一闭眼，过去的收黎子，还是端坐炕上，含笑地说："那合适吗？……"不过，这形象很快地退远去，退远去，迅速近来的是一个脸孔黧黑、动作敏捷的妇女，她站在松林里，大树倒在她的脚下，对绑在树上的婆娘庄严地说道：

"看着！看我们盖新屋，看我们吃香喝甜，看我们人民坐江山！"

……灯光在摇曳，时间仿佛发出一种金翼抖动的声音，从我耳边流过，我蒙眬地睡去了。

我给一阵烟呛醒了，睁眼一看，我身上已盖着被子，草棚里满是烟雾蒸汽，收黎子坐在门边的缸灶后烧火，隔着淡淡的白烟，脸上映着闪耀的火光，她越发显得沉静柔和，并不像我想象中那么英武。

"才二更多天，再睡一会儿吧！"她看我掀开被子，便说道。

"不早了，你办完事啦？"

收黎子叹了一口气，说："来全他们那些看家队走了，我们要看家，要建设，这担子可重啊！"

看家队出了门，他们支援解放战争去了，严庄的人，担起了看守这份大"家"的任务，严庄的主人们，他们的力量正在越出它的范围，推动历史向前。

"担子虽重，你们可干得不含糊。"

"还不含糊呢！"收黎子转过脸，扫视了一下周围，说道，"要能在割麦前,把屋子通通盖好,这就好了。"收黎子没有笑,但话里却充满了喜悦。

"好了,我要看的,已看到了,我所惦念的,也都可以放心。寒气也重了,该已是后半夜了,我站起身,重新紧了紧绑腿,决定要走了。

"慢点走!"收黎子站起身,揭开锅盖,顿时热气冲上棚顶。锅里是半锅开水,锅边上贴着六个红面饼。她把开水灌满我的水壶,把饼用布包起,一起递在我手里说:"做了几个饼,给你路上做干粮。"

"收黎子,这是干什么?"那边瓦盆里明明放着野菜糊糊,她却叫我吃高粱面,我有些生气了。

"咱等麦子收起就好了……"收黎子垂下了眼皮说,"我想叫你先吃一点……"

"等咱的麦子收起,我再来吃吧!"我把饼放回她的手上,背上那只热腾腾的水壶,转身走了。我知道我这样做,她会难过的,但我没有另外的办法。我走了几步,收黎子没有送我,手里托着那包饼,呆呆地站着,这使我心里不安起来,又回头说道:"收黎子,我过两个月来,你可要磨好白面等我呀!"

"我送来。"她好像决定了一个问题似的,说了这一句,可是身子仍是没动。我只得走了,走出好远,再回头看看,见她已靠在草棚门边,手里仍托着那包热气腾腾的饼。她身后那一点微弱的灯光,把她衬得十分高大。这时庄里已发出"嗒""嗒"砍树的声音,严庄的人在制大梁了。

我走了,远离了严庄,可是我觉得胜利伴同着收黎子总跟着我,每一个战士后面都有她,手里托着那包热腾腾的饼,微黑的脸上,沉静而坚决。不管我们行军到达宿营地,还是从前线换下来休息,是在深夜还是清晨,只要我们轻轻一叩老乡的门,她就会立即跑来拔栓开门；我们累了饿了，立即会有热热的洗脚水，滚烫的地瓜汤或是小米粥；我们出发了，每人的肩上，都背有一条长长的干粮袋，袋里是炒麦粉，也许是馍馍干，这是她给我们备的干粮。当我们走在路上，觉得燥热口干的时候，她又抬来了一桶一桶的凉茶。有时，她悄悄地在我们口袋里塞两只滚热的鸡蛋，或是一把红枣。我们的脚上，穿着她缝的袜子，她做的鞋。她叮嘱我们的话，往往只有一句："要彻底地消灭反动派遭殃军，保住咱的好光景。"

是了，大爷们，大娘们，小全的爷，小全的母亲，我们的力量汇集在一起，就能战胜一切敌人，因为，我们的名字叫"人民"。

雪，悄无声息地飘落着，附近一棵蛀空了的老树，给雪压得发出轧轧的声音，然后轰通一声，折断了倒在地上。远远的村庄，不时闪出一星两星的灯光，这家那家的屋顶烟囱里时不时有火星冒出，淮海前线的军民在欢度一九四八年最后的几个小时。

我能想象，严庄和这里一样，大地上覆盖着白雪，人们住在新屋里，在过年。收黎子呢，她……也许正盘坐在暖炕上……雪越下越大了，路上那一行脚印，已蒙上了一层新雪。我极力地想象着收黎子现在的形象。前面响着鞭子，来了一个大车队，赶车的都是女的，车子没到跟前，就听见她们尖声吆喝牲口的声音。为首的一个，个子不高，头发和嘴巴都裹在一块大肩布里，只露出一对秀长的眼睛，她拉着马笼头，大步大步地走来。

我想：沿这条路向前，就是前沿阵地，她们这是要把车子朝哪里赶啊？

"同志，你们车上装的什么？"我拦住了她们，为首的那个喝住了牲口，上上下下地打量了我一番，然后说道：

"粮食！"

"你们知道前面是什么地方，你们要把粮食往哪里运啊？"

"不知道,咱们是跟咱队长走!"后面那些女民工,也上来说开了。

"哪一位是队长?"我看定了为首那个秀长眼睛的,可是她朝我笑了笑,说:

"不是我。喏!"她向雪地上的脚印点了点头说,"我们队长前头联络去了,我们跟她的脚印走,不会错的。"这位灵透了的大姐回答得既有条理,而且十分沉稳。不知什么道理,她这神态引起了我一种想象,这想象顿时使我跟她亲热起来,便说道:"看,这样走多冒险,要是你们队长摸到敌人那里去了呢?"

女民工先是愣了,接着,那个秀长眼睛的"噗"的一声笑了,回头对同伴们说道:"咱们的队长会摸到敌人那里去?"

"哈哈哈……"于是所有的女民工都一齐大笑起来。她们在笑我,笑得毫不留情。

"打碾庄,打济南,咱队长都到过前线,她会摸到敌人那里去?"女民工自豪地说道。看样子她们有一位极能干、威信极高的队长。

"同志,不管怎么说你们大车不能再往前走。"我还是耐心地说。

"不行,没队长的命令,咱不能停。"那个秀长眼睛的说着,便一扬鞭子要走。正这时,突然空中亮起了一串耀眼的照明弹,霎时,树影摇摇,雪花像一只只白蝴蝶,在强烈的亮光中飞舞,四周一片银白。十来个雄赳赳的女民工,更加鲜明地站在我面前。她们有的梳髻,有的背后拖着大辫子,大棉袄外面,一式束着皮带,腰上扣着小水瓢。照明弹并没引起她们的注意,一个个回到自己的大车边,准备出发。我仔细地一个一个地看着,寻找着,我总觉得在她们中间,会有那张熟悉的脸。这当然是痴想。她们拉着牲口的笼头,赶着车,一个个从我面前走过,沿着她们队长的脚印走去。

"喂！同志，你们队长叫什么名字？"我忽然觉得非问问这位队长的名字不可了。

"严正英！"远远传来女民工的回答。

"严正英！"我说不出我是高兴还是失望，"为什么不是收黎子呢？"

回到驻地，看见我的背包上，搁着一只木碗，碗里是新炒的黄豆。这一定是房东家的大龙干的，早上就听见他缠着娘要炒豆吃，而且已经给我说好，一定要请我的客。

我把豆放在枕边，吹灯睡下。

半夜里，我给一阵窃窃的笑声惊醒了，睁眼一看，原来路上那一队女民工来了，她们一边烤火，一边压低了声音说话，这显然是怕吵醒我。我也就领了她们的情，假装没有被吵醒的样子躺着不动。

"粮食送前线，送前线，枪声都听不见，就算送到前线啦？"这是那个秀长眼睛的声音，话语当中，好像要把粮食送到阵地上去，才算送到了前线。

"叫我们送后勤部呀。后勤部，后勤部，总要靠后一些的呀！"

"谁说靠后一些？你没听队长说，兵马未动，粮草先行。咱处处要比解放军先走一步呢！"

渐渐地，她们已不大照顾我这个睡觉的人了。

"你们猜，二蔓为啥光想前线、前线的往前冲？"坐在我铺边的一个妇女提出新问题了。这一问，不论是主张送前线的还是主张送后勤的，都一起挤了问："为了啥？"

"找人！"

"哈哈……"笑声几乎把屋顶都掀上天去。

"哈哈……你们怎么又退回来了？"我刚想去凑个热闹，突然，屋门开了,雪花和寒气扑进屋来。跟着,进来一位妇女,这是幻象,还是真实?是她,是收黎子。她穿着一件男人的棉袍,前襟撩起,扎在腰间,头上包着手巾,两颊冻得绯红,站在当门说道:

"大嫂子,大妹子,牲口喂饱了,人也暖和了,我们走吧!"

"收黎子!"我从床上直坐了起来。

"啊!"她走到我床前,看清是我,呆住了,然后两手紧紧地箍住了我。

"好吧,严庄!"话不知从哪里说起才好。

"好,好,都好。今年麦子收得很好,秋粮也不错。春上来全也参加了队伍。"

"原来你认识咱们队长啊!"这时,那些快乐的女民工又奇怪又高兴地围着我们,压在我们的肩上。

"你看,她会摸到敌人那里去吗?"秀长眼睛自豪地瞥了自己队长一眼,仍没忘记我在路上说的那句话。

"是,她不会。"我看着收黎子,心里想起那个盘腿坐在炕上的妇女。

"你,你怎么改了名字?"

"入党的时候,支部给我起的。"收黎子还是那样沉静而有些羞涩地说。

是她到过济南碾庄的前线?到过那炮火纷飞的前线?我想起她席地坐在废墟上,静静地用马尾修补面筛的事来。是她,是这位收黎子。其实,这一点也不难想象。

"房子呢,都盖好了?"这些话都不是我想说的,可是说出来了。

"盖好了,早盖好了。'独眼狼'的婆娘也公审枪毙……"收黎子话还没说完,原先坐在我铺边的妇女俏皮地接过去说:"瞧,咱队长倒看到了熟人,咱那个大妹子,怎么偏偏找不到她那个人的呢！"

"哈哈……"这一阵大笑，惊得院里的马长声嘶叫起来。收黎子站起身说道："天不早了，等我把粮车送到地方，完成了任务，回头再来看你。"说着就带着妇女们，一阵风似的走出门去。一会儿，门外响起清脆的鞭声，马喷着鼻子，车声辘辘地走了。

我真傻，难道这还用去看吗？既然严庄很好，人也很好，那么，自然是新房子盖起来了，地里长着庄稼，庄稼在成长，人在成长，这一切都明明白白，难道还需要再走一次严庄？

东边天上已微微露白，敌人的运输飞机又嗡嗡地响着，想来冒雪空投；但在白雪的掩盖下，它们找不到方位，只能在上空呜呜哀鸣。我披衣起床看见门外雪地上，到处是极深的车辙和脚印，逶迤向南而去。

一九六〇年十二月十六日零点整

同志之间

文工团要一分为两,各随部队出发,于是我们炊事房也就要暂时分分家。跟部队向南的一部分,任务比较吃重,部队要从敌人当中插进去,直捣到他们的屁股后面,所以去的人身体都要棒一些。事务长年龄比较大,就分到另一路,我这个才提拔的上士,暂时就任了南面这一路的事务长。原来是四个炊事员,这一分,我这边就分到了老朱和老张两个。

行军战斗的时候,炊事工作可不简单。别人吃好饭,洗好碗,朝皮带上一扣,出发号一响,就开步走了;我们炊事房却还要刷锅、收拾粮草,弄半天才能上路。上了路还要比队伍走得快,赶到前面打前站。到了地方,同志们洗脚吸烟休息了,我们还得称柴草、要公粮、买菜做饭。总之,这是个十分吃重的革命工作,更何况这次出发,要去跟敌人走插花、变队形呢!

分到了老朱、老张两个人,我倒挺高兴,心也定了一些。老朱和老张工作都很好,年纪虽然都不轻了,性格脾气也不一样,可是他俩在一处就像豆腐跟萝卜配在一起,特别合适。

老张比老朱稍大,有四十一了,人长得胖乎乎的,身材又高大,有一点像庙门里站着的那四位仁兄,可是脾气却出奇地温和。温和的人,大都是慢性子,他也这样,一句话总要分成三截说。别人给他吃个馒头,他对你笑笑;给他吃个拳头,他也会朝你笑笑(当然敌人除外)。老朱呢,却长得瘦瘦精精的,工作埋头苦干,十分顶真。他原来是个战士,作战很勇敢,受过几次伤。就是脾气偎,说话好冲人,嗓门又来得高。只要碰见他认为不对的,不管对方是谁,他要说什么,就非倒完不可,多一句没有,少一句也不肯。老张呢,可并不这样,你要说,你就说吧,他却只是对你笑笑。所以他们两个在一起,老张就会感到热闹,而老朱却觉得寂寞,两人怎么也发生不了摩擦。现在他俩分给了我,我心里挺乐,这等于我手下既有文臣,又有武将,要什么拿得出什么,我这个当家的,不就好做得多了。

可是,临出发前,领导上说炊事房工作忙、人太少,又临时派了一个同志来帮忙,这是一件好事;可我一瞧来的这个人,不禁倒抽了一口冷气。

你道来的是谁,原来是团部通讯员小周,外号"机动员"。他跳跳蹦蹦地跑了来,嘴里唱着自己改编了的歌:"月光下,有人找你谈话——原来是你的妈妈……"兴兴头头地跑来向我报到。这小家伙一件单军装盖住大腿,两条浓眉,一双乌溜溜的眼睛挺有神,笔挺地站在我面前,样子挺机灵。我知道他人虽小,完成任务却十分坚决,是个好小鬼、好同志。但是,他们三个人凑到一起……我,我说不上这关系有多么复杂、多么难以处理了。

要把这关系闹清楚,话得从小周说起。小周只十六岁,是全团最小的一个。他虽说在团部当通讯员,可是全团各部门的工作,都会有他的份儿。舞台工作组忙了,他就去刷景片、敲钉子;服装组人手不够了,他就出去借服装;群众演员少了,他更是兴高采烈地把嘴巴子涂得鲜红,上台当演员;所以大家叫他"机动员"。全团的同志都喜欢他,他和同志的关系也都很好,但他对炊事房老张的感情,却又和一般同志不同,关系特别亲密。老张爱吸烟,有时宿营地比较偏僻,就会经常断档。这当口,小周就会挖空心思去想办法:发动驻地的孩子去找旱烟;死皮涎脸地到吸烟的同志身上去抄靶子;出去送信的时候,则从首长那些洋铁皮烟盒里打算盘。弄到了一两支烟,他就飞似的跑到老张那里,把两支揉得皱巴巴的纸烟,悄悄递给他。老张对小周,更是无微不至:从把着手教他打绑腿开始,一直到政治思想,都顾得周周到到。每个月发了津贴费,要是不花几文在小周身上,他就会一个月都过得不痛快,所以小周把老张简直当作父亲看待,有时候还要撒个娇。这些都是好事,在革命队伍里,也原是平常的事情,可是问题复杂就复杂在不是他们两个人,如果光是老张和小周两个,当然没问题;如果光是老朱和小周两个,问题也还不会这么复杂。头痛的是他们三个凑到了一起。

　　这种复杂的关系,还是上次过年前,部队在杨庄休整时候产生的。有一次,老张跟我上城里去采买了一次,拉了高高一驮子的菜回来,青菜、萝卜、笋干、粉丝、牛肉,什么都有。老张一回来,就悄悄地叫小周晚上到伙房去一次。

　　晚上,小周一路唱着"月光下"这支歌子,高高兴兴地到伙房来了,他知道老张叫他去,一定有好东西等着他。果然,他一去,老张笑眯眯地从锅里端出一碗热气腾腾的粉丝汤来,面上还浮着猪油、葱花,香喷喷的,馋人得很。小周最爱吃粉丝,一看这情形,知道是老张为自己做的,也就不客气,坐到小矮桌边,埋倒头就呼噜呼噜地吃喝起来。老张咬着旱烟袋,坐在一边草铺上,乐滋滋地望着小周。

　　一个吃,一个看,两人心里都有说不出的愉快。正在这时候,老朱忽从外面闯了进来。他和小周本来没什么特别好,也没什么特别不好的。这时候一见小周在伙房吃东西,特别又是晚上,心里就有些不乐意,脸也就拉长了。他掀锅看看,又到灶门望望,也看不出什么名堂来。但他还是憋不住问了：

"老张,今天公家买回来的粉丝呢?"

要是换了我听见这话,我马上就会联系到小周碗里的粉丝,就会赶紧来个声明。可是老张不,他慢慢地从嘴里拿出旱烟嘴,指了指房角说:"喏!不是搁在那里!"老朱朝屋角里望望,那里果然堆了一大堆干粉丝,也看不出什么问题。于是他盯着小周的碗,又说了：

"老张,你可不能把公家的东西送人情啊!"

这话说得再露骨没有了,谁听了都会跳起来,可是老张仍是不紧不慢地敲着烟锅,说:"嗯!那当然啦!"

他们这么说着,小周在一边早停筷不吃了,脸涨得绯红。这小鬼平时乐呵呵的,可是小性儿一发起来,头颈硬硬的,也是个不饶人的家伙。眼看一场小小的风暴已快酝酿成熟了。

如果这时老朱有一点点历史的眼光,从老张一贯的忠实厚道来看问题,这也就根本没事了。可老朱又偏偏是个不会转弯想一想的人。他认为老张回答得还是含糊,就直截了当地问了:"老张,小周吃的这粉丝哪里来的?"

"这……"老张不但没动气,反而朝老朱龇牙一笑,在自己小口袋里掏了一阵,掏出一个小纸球,摊开,抹平,递给老朱说道:"你看,这不是发票?是我自己另买的二两。……"他话还没说完,旁边小周可就开了口了：

"老朱,你怎么尽用旧社会眼光看人,还这么不相信同志。"声音颤颤的,看得出他正压着好大一股气。老朱一听他说自己是旧社会眼光,也就来了气,加大了嗓门说道:"同志,人家都像你这样,伙房变成菜馆子了,公家的油盐柴火还不够用呢!"

"不吃好了!"小周说着,一摔筷子,站起来了,"你头上带了两块疤,算了不起了。"小周说罢就气冲冲地走了。

105

老张在一边一直插不下嘴去,只是皱起了脸,连连喷着嘴说:"你看看,你看看,这有多不好。"老张大凡碰到什么紧要关头上,他就会说"你看看,你看看",好像他一说"你看看",对方马上就会省悟明白过来似的。

小周走了,老朱看老张还在说"你看看",这一股气就冲着老张来了,"你看看,你看看,看什么?这就是你培养的好同志。"

"你看看,你看看,你也不调查研究,就发开言了。你看,这不是我现买的一两油?公家的东西,就能随便用了吗?"老张拿着一只盛油的洋瓷碗,心里直叹着气。他万想不到自己高高兴兴买的粉丝,会有这样的结果,而且最糟糕的是引起了同志之间的不团结。他觉得事情是由他引起的,他有主要责任,便叹了一口气,懊丧地说道:"是啊!得怪我不好。"

老朱心里虽然余火未熄,可一看他这样,也就没了词儿,躺下睡觉了。

事情本来也就这样完了,可是第二天晚上,兄弟团要来演出,中午的时候,小周偏偏又接到任务,要到军区送信;军区离我们驻地有三十多里,走一个来回,就赶不上看戏了。于是小周愁眉苦脸,老张也不由得跟着惋惜,最后老张到底跟事务长商量,把伙房的大青骡借给小周。小周喜得蹦呀跳的,跑到后院去拉骡子。

"不行,骡子打背①了。"老朱正在后院拌料,头也不抬地说。

"事务长同意了。"小周没有停步。

"同意了也不行。"老朱直起腰来说。骡子是真打了背不能骑了,可是老朱说话就是这个硬腔,外加对小周有些意见,话就特别来得生硬,"我说你穿了军装就得像一个兵嘛,怎么走几里路还怕苦啊!"

---

① 骡背给马鞍子擦破,发烂了,叫打背。

小周气得脸通红,也不要骡子了,转身就走。以后就咬定老朱对自己抱了成见,再也解不开这个疙瘩。

小周和老朱一闹意见,可就把老张给挤扁了。

有一次南镇逢大集,又正是星期天,各班自己包饺子。老张得了空,就带了小周去赶集,想弥补一下上次吃粉丝的那点遗憾。

这天天气不大好,天阴沉沉的要落雪,风很冷。小周脸吹得通红,一路上就打算到集上怎么吃,连脚上的冻疮也不疼了。走了七八里路,谁知离镇不远的一条河泛水了,把路都淹了。虽说是春水,可还是挺冷,水面还浮着冰碴。两人站在水边,顿时没了主张。老张看看小周,他正呆呆地望着镇上,满脸的失望。要再绕路走,时间也来不及。老张想了一会儿,就松了绑腿,卷起裤脚,对小周说道:"你不许动,坐在这里等。脚冷了就起来走走,我一会儿就来。"说完就蹚水走了。

结果,当然小周吃到了许多东西,老张自然也高兴万分,两个人兴兴头头地回来了。

老张回到伙房,老朱正在灶下烧水。老张就坐下来,把两条冻麻木了的腿,贴在灶壁上取暖,又拿出烟袋吸烟,心里正十分自在,老朱便问他这半天上哪里去了。他讷讷了半晌,含含糊糊地说:"上集了。"说着就站起身,想走开了。

老朱一看他这样,就偏钉着他要问个明白。老张没法,只得老老实实地说了,最后说了一句:"孩子嘛!……他们不吃谁吃。"

"孩子嘛!"老朱学了他一句,说,"我就看不惯你这种做法。人要成真金,就要放到火里去炼。"老朱把一块树疙瘩狠狠地往火里一撂,"你呢!偏要给他搭凉棚,造暖房。"老朱越说气越大,嗓门也提高了,可是说了半天,老张只是吱吱地吸着旱烟,一声不响。这就使老朱更加来了气,便冲着老张说道:

"和尚道士念经,我唱唱,你也得念念。我说了半天,你总要表示一个态度呀!"

老张一听要他表示态度,心里更为了难,一口一口地喷着浓烟,想了半天,才慢吞吞地说道:"孩子嘛!……"他一说出口,便马上想起刚才老朱就是嫌的这一句,所以又赶紧刹住,顿了一会儿,说道:"你这话也有道理……不过,孩子嘛!……"老张对自己说的话也很不满意,不过他又实在想不出别的话来,自己也觉得很苦恼。老朱一看他这副样子,也就没了劲儿。

瞧!他们三个人就是这样一个关系。不在一起还会有事,在一起了,不是要我的命吗?不过领导上既派了小周来,我也不能把他退回去。只好叫大家收拾东西,准备出发,可心里却总是担心。

果然,伙房发完了干粮袋,部队要集合出发了,问题来了。

原来小周打好背包,就把伙房的一杆一百斤的秤及装剩下的一袋粮食,都归到一起,放在自己背包上,准备行军时自己背的。可是他转身出去了一下,这些东西已到了老张肩上了。老朱一看自己背了不少东西,老张背上又堆了那么多,小周铺上却只有光光的一个小背包,便觉不快。见小周进来,便对老张说道:"你把东西给小周一点吧,他来伙房也是工作的。"

小周冷不丁地听他这么说,弄得一时摸不到头。等明白过来时,心里也来了火,也不给他解释,脖子一硬,脸上的气色就不是那么自然了。

两个人虽没吵起来,但我心里很不痛快,这样下去会影响工作,而且以后环境会越来越恶劣,同志之间的团结,更是重要。绝对不允许他们这样下去,一定得想个办法,要消除隔阂。我决定,到了宿营地,必须跟他俩分头谈谈。

这一夜行军到达宿营地时,天已大亮了,伙房忙着做饭,又要抓紧时间休息。而且部队越走越深入敌后,还乡团的活动也厉害起来了,经常放冷枪。搞柴搞粮也有些麻烦。许多事情一来,我也就顾不上这个事儿了。他们两个虽没发生什么纠纷，可是仍不大说话，伙房里的气氛总是有些沉闷。

连续走了四五天，这晚上，走到半夜，队伍前面传下了"肃静""不许掉队"的口令，队伍接近了一条公路。这公路两头，四五里路的地方就是敌人，所以每个人都得紧紧跟上，一步都不许落下。

可是在过公路以前，队伍蹚了一条河，在过河以后，我发现老朱不见了。部队过了河，正以强行军的速度在前进。团部说，不能留人联络。我这时真恨透了我牵着的这头大青骡。老朱掉队，都是为了它。

这头大青骡是老朱的宝贝，每次行军他就牵着它，到了宿营地，他第一件事，就是给骡子搞吃草。昨天，老朱认为这头宝贝骡子打背了，就非要把骡子驮的油粮拿下来自己挑。当时大家都知道晚上要过公路，行军速度快，都不赞成他这么干，小周照例对他的事，没发表意见，结果，我跟他说了半天，他才算答应把自己的背包放在骡子上。

他一掉队，尤其在这样一个紧要关头上掉了队，大家都有些担心，不过能够安慰大家的是，老朱知道今天行军的路线和宿营地点，顶多他迟到一些，别的也没有什么。

天还没亮，部队就到了宿营地了。谁知刚进房子休息，又来了紧急通知，部队要立即出发，白天行军。我一听愣了，老张正在挑水，把水桶一放，木鸡似的站住了，半响才说："老朱怎么办？"

小周在解背包，这时悄悄地坐下，也没做声，两眼只是盯着忽闪忽闪的灯火。我考虑了一下，便叫他们赶紧收拾东西，自己便到团部请示。团部表示部队立即有军事行动，不能派人等他，更不能把行动地点留下。老朱能不能回来，只有靠他自己了。我听了心情十分沉重，回来便把这情况对他们两个说了一遍。

老张眼睛定定地又出神了，小周却迅速地站起身，走到门外。

这时天边已经泛白,远处零星地划过一两声枪响,有的部队已吹起了集合号。小周朝进村的小道上望着,一动不动地站了一会儿,直到团部吹集合哨子了才慢慢地走进来,背起背包、粮袋,又走到院里,把老朱的背包从骡背上拿下来,背在自己身上,牵起大青骡,走去集合了。老张看小周这样,又是难过,又是心疼,走上去想把老朱的背包拿过来。小周摇了一摇头,就低头走了。

部队出发了,老张和小周还是不断地回头,我心里也很难过。老朱这个人脾气的确不好,记得有一次,吃炸酱面,我看他们忙不过来,就去帮着炒酱。我一上去就把豆腐干子、酱、辣椒等一起倒下锅,炒了起来。老朱在灶下架过柴火,上来一看,刷的一下,就跟我变了脸,跳着脚对我发火:"你搞什么鬼?我们团里的同志有一半不吃辣的,你知道不知道?……"

我大小是个上级,他对我这副态度,我当时心里很生气,认为他有些不近人情。可是现在,我忽然记起他打兴华的事情来了,那时候,他还在部队里当战士,他打得十分顽强,庆功会上还谈过他的事迹,他头上那两处伤,就是那时候挂的花。

"小周,你知道老朱头上的伤疤是怎么来的?"我问。

"知道,打兴华的时候,他头上带了花,泡在水里,还坚持突击。伤还没有好透,他就又出院参加战斗了。"小周低声地回答我,眼圈红红的。

我们又都埋着头走路,谁也没说一句话。小周背了两个背包,背上堆得像个驼峰似的,牵了光背的大青骡,默默地走着,神色异常严肃。老张走在后面,手里拿了一根树枝,一边掸着骡屁股,一边不断地用手掌拭眼泪。

中午,部队在一个村子里大休息,团部召开了干部会议,说明部队今后行动频繁,而且马上要投入战斗,要大家乘休息的时候,精简东西,每人的背包不得超过四斤。我回来一传达,老张拿起了秤,一个个地现称。结果老张的背包最重,老朱留下的那个次之。老张打开背包,就把一些旧衣裳及一时用不着的东西简了。我又把老朱的背包打开,他人虽不在这里,背包还是得按照上级的规定精简。我代他留下一些换洗的衣服,一条被单,别的东西都堆在地上不要了。

老张站在一边,看看这件,说:"这是老朱自己买的,还没舍得狠穿,我给他留着吧!"看看那件又说:"这是老朱家里带来的,我给他背着吧!"又拎起一件穿脏了的、旧得发白的军装说:"这件也给他留着吧!"他这一说,大家又想起了老朱平时那些近似古怪的习惯。原来老朱一逢到出发、打仗,他也不管要挑担,要淋雨,要拔泥,他都要穿得干净整齐,所以往往就穿得一身新。但是一到驻地,有条件可以打扮打扮了,他却喜欢穿破的、穿旧的,自己的旧军装穿得不能再穿了,他宁可拿新的去跟人换旧的穿。这样,他才穿得舒服,使得出力。这一件来不及洗的旧军装,就是他拿新的去换来的。小周在一边看了半天,这时候走过来,索性把老朱的东西通通拾了起来,又放进老朱的背包里,说:"减我的吧!"说着就把自己的背包打开了。他的背包本来不重,没什么多余东西可简了。他看了看,就把被单、衬衣,连他最心爱的一个歌本也丢到地上。这歌本他已背了有两年了,本子的四角也都没了,挂在他嘴上的那个"月光下"的歌谱,也在这上面。一会儿,他又翻出一件单军衣,这是老张给他改过的,穿起来大小合适,样子挺好,他总舍不得穿,衣服还是新的。他拿在手里掂了掂,又偷偷地看了看老张,也悄悄地放在地上了。

他的东西不能再减了,而老朱的背包里,又实在有些东西可以不要,我说服了小周,把老朱的破衣裳减掉了两件,但是老朱那个装酒的水壶,说什么小周也不肯丢掉,也只好罢了。最后,老张背着小周,悄悄地把他那个歌本和那件新军衣又捡了起来,放到自己背包里,这样一来,老张的背包又是最重的了,他只得又将自己的东西丢了两件。

下午出发,一直走到下半夜才宿营。伙房在这种情况下,照例是不睡了,一到就搞粮食,动手做早饭。早饭忙完,我早困得要命,就搭了一块门板躺下了。可老张和小周两个,还呆呆地坐着。叫他们睡,两个都说有事。唉!哪里是有事,他们分明是在等老朱。

他们不睡,我也就睡不着。三个人,你看看我,我看看你,心里越加觉得沉重。

小周一直坐在屋门口,皱着眉,在想着什么。老张只是吸烟,旱烟袋吱吱地响着,空气十分沉闷。我禁不住睡着了,谁知睡了不到一个钟头,老张像着了火似的,把我摇醒了,他气喘吁吁地只是说:"你看看,你看看……"

"看什么呀,老张?"我见他这副样子,也急了。半天,他才指着小周坐过的凳子告诉我,小周不知哪里去了,他到处找也没找着,后来一个老乡说,有个小同志出村去了。老张含着泪说道:"怪我,我知道他这两天尽转一个念头。要是部队现在又要出发,那怎么办呢?……"

我一听这情况,心里明白了,这小鬼这两天眼睛眨呀眨的,我知道要有事。我来不及说什么,拉过院里的大青骡,跳上去打了一巴掌,就朝昨晚来的路上飞奔。我一边赶,一边心里直冒火。这小鬼太无组织无纪律了,光顾自己感情用事,别的就不考虑考虑。要是部队又行动了呢?要是碰上了还乡团呢?这不是白白的损失!我拼命夹紧骡子,向前赶,奔得我浑身大汗。跑了有半个来钟头,也没看到个人影子,我倒有些犹豫起来:也许他根本没有来找老朱,倒躺在什么地方睡觉呢!停了牲口,抹了抹汗,我想回头了。出来了这一刻,说不定部队又要行动呢!正这时候,我一抬头,望见前面一个小山头上,有一个小小的黑点,好像是个人。我一夹牲口跑到山前。一看,可不是小周吗!他正坐在山头上凉快呢!我这一气,可是动了真肝火了。一夹牲口上了山坡,一边就大声叱道:"小周,你还有纪律没有?"

小周坐在一块石头上,脸对着山那边,正抽抽噎噎地在哭,一听我的声音,就转过头来,脸上涂满了泪水,哭得越发伤心起来。

哭!哭也不行,我跳下牲口站在他面前,仍然大声责问道:"你还是个兵不是?就是你的问题多,一会儿闹不团结,一会儿又哭鼻子,无组织无纪律,你到底算个啥呀!"我这一说,他倒反而一头扑到我怀里,索性放声大哭起来,说道:"老朱不能回来了!"

唉!这一下,我倒为难起来。要推开他吧,不像话;要搂着他吧,也不像话。我只得拍拍他的肩膀说:"革命嘛!难免要有牺牲的。"好像是要证实我这句话似的,远处响了两声冷枪,小周骤然抬起头,不哭了,凝神望着山下,一动不动,仿佛那里马上会出现一个老朱,而且后面还会追着一个敌人。但是山脚下除了草和树在摇动外,什么动静也没有,没有老朱,也没有敌人。小周叹了一口气说:"老朱他不会不赚他几个,白白牺牲的。"小周说着,慢慢地跟我走回去。

"你不是说过,跟老朱再也搞不好了,怎么一下子那么佩服他起来了?"

"好不好都是同志嘛!"小周横了我一眼。

"要是他没牺牲又回来了,你跟他搞不搞得好呢?"

"……"小周没回答,停了一会儿,听他抽着鼻子又哭了。"你等等。"他忽然停住脚,翻身又跑上山顶,找了一块大山石下面的干净土,用树枝迅速地在上面画道:"向西向南,小周。"写完对我说道:"他不一定牺牲,对不对?"

"对,快走吧!要是部队突然又要行动呢?"事情的结果,竟是完全相反,倒过来我安慰他,劝他,把他好好地带了回来。幸好部队还没出发。

直到下半夜,部队才出发,走了十多里路就驻下了。前面部队已经打上了,估计在这里会驻个两三天。于是一清早,我们就分头去搞草搞粮,买菜买油,正忙着,忽见老张一脸的惊喜,手里拿一个油戥子,油还直往下滴,慌慌张张地跑进来叫道:"你看看,你看看……"一手指着门外。要等他说出看什么来,还不如自己看个明白,我便跑到门外一看,也不禁跳起来欢呼道:"老朱回来了!"

老朱浑身污泥,仍然挑了那副担子,不过,箩筐已摔扁了,扁担也断了,用树枝绑扎着,手里紧紧地拿着伙房里的那把菜刀,头发好像在两天之内突然长了许多,脸黑了,瘦了,面颊上还带了几点干了的泥巴,只有那对眼睛,仍炯炯有神。他站在那里呆呆地笑着,老张却给他笑得掉下了眼泪。老朱眼圈儿也红红的,但却大声说道:"哭什么?这也哭,眼泪不值钱了。"

我上前正要说话,小周已从屋里一步蹿了出来,扑上去就抱住了老朱。老朱一看小周,拼命忍住了眼泪,说道:"啊呀,你们让我放下担子嘛!"老张把他的担子接了过去,他才对小周说道:"你给我留的字,我看见了。"

老张挑着担子,在一旁傻笑,喃喃地说:"你看看,你看看……"

这一下,我的心彻底放下了。老朱回来了,思想工作也没啥可做了,部队也不行动,粮草也弄好了。晚上,我痛痛快快地洗了一个澡,想回去早些睡。可是一走到伙房门口,忽听老朱在里面粗声粗气地说:"不行,不行,不能什么都给他弄现成。"我一听,吓了一跳。又是什么不行了?难道又吵嘴了?我偷偷从门缝里一张,见小周已安安稳稳睡着了,老朱和老张两个人各跨坐在一条长凳上,正给小周打那种最时髦的布条草鞋呢。

"好了,好了,你只要给他起一个头就行了,要他自己也动动手。"老朱说。

"那你怎么还往下打。"老张果然停住手,笑嘻嘻地吸着旱烟说道。

"我打好这一只,给他做一个样子。"老朱大概觉得自己说得太温和了一些,于是又十分严厉地朝老张瞥了一眼,说道:"宠,是宠不出好小鬼来的。"

他们正谈得热闹,我悄悄地进去,见老朱手里打的那只草鞋已快完工了,老张那一只打了一半,放在那里。我也不打搅他们,就躺下了。一会儿,他们没声音了,只听老张吱吱地吸着旱烟,老朱嘶嘶地撕着布条,嘴里轻轻地哼着:"月光下,有人找你谈话——原来是你的妈妈……"

我闭着眼,细嚼着"同志"这两个字眼,想笑,但不知为什么倒滚出了眼泪。

一九六一年五月十五日修改

逝去的夜

一

终于看见了,是一扇朱红的门,不大,然而厚。外面挂的牌子是"配雷达爱士",据说,是"天堂"的意思。"天堂"在公共租界,从哥哥厂里到"天堂"的确很远,走了很多很多路,又乘了很多很多时候电车,现在"天堂"终于到了,她也要和世上唯一的亲人分手了。

她名字叫也宝,含义很浅显,是"富宝宝,穷也是宝宝"的意思,说明她父母也曾经有过愿望,要把她当作宝宝。这个愿望有没有实现过,她不晓得。她只晓得爸爸是给机器碾死的;妈妈呢,哭,急,饿,病,不知在哪一桩上送了命,只剩下她和一个在学徒的哥哥。她的名字也没有改,还叫也宝。也宝十一岁,哥哥虽然比她大四年,但也无法养活她,于是念佛的老板娘对哥哥说:"你拖不活她的,还是趁早放她的生。"并且表示自己愿意造七级浮屠,把也宝送到静心庵去做小尼姑,叫她修修来世。老板则不同,觉得把人奉给菩萨,还不如献给上帝,主张把也宝送基督教的孤儿院,死了就可以进天堂,比修来世快乐得早,并且他可以负责介绍。最后,

"配雷达爱士"胜了"静心庵",也宝就跟哥哥来到了"天堂"的门口。

天堂的门开了,一条光亮的地板,从门廊直通到天堂里面,可望见里面有人,却听不见一点声音,连衣裳的窸窣声也没有。也宝不敢呼吸,也不敢迈步。忽然,身后"咔嚓"一声,天堂的门下了闩,也宝转过身来,才看清给自己开门的,是一个人——叫她"女人"大概不会错的。她好像十八九岁,又好像二三十岁,穿着一件肥大的旧蓝布旗袍,脸雪白雪白的,鼻子削尖,额前的头发,是掉了以后又长出来的短毛,笔直地竖起。她微微动了动嘴唇,就转身在前带路。她走得很快又很轻,轻得像猫,不,轻得没有声音,像个影子。也宝跟在后面,她现在不但觉得冷,而且发抖。

一间大屋子里,有一个上了年纪的外国女人,是白种人,脸色倒红润,连她露在外面的颈脖子也是粉色的。看情景,八九成是天堂里的老板娘。第一,她说话响亮,响亮得屋子里都有应声;第二,她走路不是悄没声息的,而是自由自在地、让皮鞋的高跟磕在地板上,发出咯咯的声音;第三,她是外国人,脸又那么红润。也宝懂得,这种种只有老板或是东家才具有,但是这里的人喊东家,是称"妈妈"①的。"妈妈"朝自己看几眼,开口了,她说的什么,也宝一句也不懂,只听见旁边一个梳香蕉头的女人,连连"也"了几声,就对短毛女人抬了抬下巴,于是短毛女人朝也宝又动了动嘴唇,转身在前走。是同胞的缘故吧,也宝虽然听不见她说的什么,但根据她嘴唇的动作,猜出是"你留下了"这样一句话。

---

① 是英语"mother"的意思,指孤儿院的女管理人。

二

　　也宝知道了，那个短毛女人也是孤儿，不过她已十八岁了，名字叫圣信。天堂里的孤儿们八个一桌，围坐着缝纫，也围坐着吃粥，是神的恩赐，也宝在桌旁得到了一个座位。

　　于是，大家轻轻地走路，也宝也学着轻轻地走路；大家轻轻地简短地说话，也宝也轻轻地简短地说话；大家吃粥是用筷子轻轻送进嘴里，然后包住嘴吞下去，也宝也包住嘴吞下去。唯有大家的脸都是雪白雪白的，也宝一时还做不到。她的脸虽是黄瘦的，但还带有太阳光的痕迹，不过也不用担心，过个十天半月，不怕不是雪白雪白的了。这里虽然都是孩子，但都不顽皮，不嬉闹，也没有争吵；没有哭的，也没有笑的。因为，这里的一切都是神的意旨，生，是神的意旨，死，也是神的意旨；受苦是神的意旨，享乐也是神的意旨。既然都是神的意旨，所以不必哭，也不必笑，更不必争不必反抗，大家顾自低头做针线。上帝是喜欢羔羊的。

　　也宝拿着针，抬头望着窗外，她想看看活动的东西，听听什么声响，哪怕一只猫跳上墙，一只鸟飞过天空，甚至有几只蚂蚁也好。蚂蚁虽然不会叫，也没有什么声响可听，不过也宝断定它们是会说话的。从前妈妈没有死的时候，有时出去帮人洗衣裳，也宝最寂寞的时候，就坐在门槛上看过蚂蚁搬东西。一只蚂蚁搬不动，就会到处去找同类，逢见蚂蚁就交头接耳、通风报信，一会儿就会集合起一大堆的蚂蚁。可是这里没有猫，没有鸟，也没有蚂蚁。这里的窗台又高又干净，玻璃是花的，外面什么东西也看不见，会动的、不会动的都看不见，只有模糊的一块树叶影子印在窗上，不晃动，不摇摆，连树影也凝固了。也宝觉得透不过气来。"晚上快些来吧！"晚上睡在床上，自己总是自己的了，肢体可以舒展，脑子里爱想什么就想什么，说不定还可以悄悄把泥娃娃拿出来玩玩，这是哥哥在糖担上转糖赢来的一个无锡阿福，也宝把它带来了，塞在褥子下面。阿福倒不管压闷在下面，脸上还是笑嘻嘻、胖乎乎，仍有红晕。

一天好容易过完了，要睡觉了。这里睡觉也有规矩，大家先要跪在床边，齐声感谢上帝的恩赐，并且求上帝饶恕自己在这一天中所犯的罪过。也宝是初进天堂，所以不但要求上帝饶恕她这一天的罪，而且还要求饶恕她活在世上这十一年里所犯的罪过。而且，"妈妈"亲自帮忙来了，她用一只手按在也宝头上，大概上帝是懂得各国语言的，她开始用中国话大声哀告起来，要上帝饶恕这孩子的罪过。她大概刚洗完澡，浑身发散着香肥皂味，干干净净地站在上帝面前，没有罪，当然就不必跪下来。也宝却跪得有点累了。开始，她还听见"妈妈"大声疾呼，求上帝降临来感召自己，到后来，也宝只觉得膝盖痛，再后来，就觉得按在自己头上的那只手越来越不耐烦了，一记一记地压在头皮上，又仿佛上帝已经降临，"妈妈"催促着，要她赶快在天父面前忏悔自己的罪过。

也宝不安了，摇了摇头，表示自己没有犯过罪。

"孩子，我们在上帝面前都是有罪的。"

注定有罪了，怎么办呢？也宝惶恐了。

"你犯过偷窃吗？""妈妈"直接代表上帝问了。

"偷！"也宝变惶恐为惊慌了，拼命摇着头，"没有，没有偷过。"

"没抢劫过吗？"

"抢？"也宝懂，意思就是拿了刀枪，或是不拿刀枪，闯进别人家里去，把各种各样的东西夺过来，占过来，小角色卷一票跑掉，大角色倒往往并不跑掉的，可是也宝和这批角色还隔开一个太平洋呢。正因为这样，她才进了天堂，进天堂，也就证明她什么角色也不是。

"没有，没有，我真的没有。"也宝越发惊慌了。

"孩子们,让我们为我们的邻人祈祷吧!……""妈妈"的声音,忽然感动地颤抖起来。立即,全房间的孤儿一齐放声呼唤起来。霎时,天堂里那种悄无声息得到了报复,大声哀告的,号啕的,恸哭的,一切属于痛苦的声音,都从幼小的心里迸发出来,从静的底层突破出来,汇成一股激流,在天堂里左冲右突。

"天上的父啊,救救吧!"

"救救我们……"

"救救……"

"救……"的声音,撞在花花绿绿的玻璃窗上,又给撞了回来,撞回来又给新的"救救"声顶过去。其中哭得最厉害的是圣信。

也宝睁大了眼,她怕,她觉得恐怖,她想起人们常说的十八层地狱,其中有一层是上刀山下油锅。据说鬼魂在下油锅的时候,都跪在地上,呼天抢地地求救。现在,她不知在这一种哀号当中,将要发生什么。也宝跪在床前,不禁也双手合一,哭道:"救救吧!"

求谁来救呢?天上的上帝,云端里的菩萨,她都觉得太缥缈,她想起世上唯一的亲人,于是大声疾呼道:"哥哥,救我!"

这一声似乎惊醒了正与天父交谈的"妈妈",她又传达神的意旨说:"孩子们,天父听到了我们的声音。现在让这孩子向天父忏悔,拯救自己的灵魂吧!"于是,一切声音突然收敛,天堂里又静静地悄无声息。

睡眠,变成了诱惑世人的魔鬼,大家竭力地抵抗着它,同时迫切地等待着也宝的忏悔。也宝真恨,恨自己不是一个偷儿,也不是一个抢劫犯,要不,那会使"妈妈"多么欢喜,使同伴们多么高兴。上帝又是不许说谎的,她只得在肚里紧张地搜索起来,从她活在世上的十一个年头里,寻找自己的罪过。

七八岁以前的事,是想不起来了,八岁以后的事,她还依稀记得一点,印象比较深的,当然要算进湖丝厂的事了。那年她整九岁,母亲送她进湖丝厂做工,所做的工,就是在滚水里捞丝头,捞十二小时,是一角小洋。她做了六天,或许是七天,她受不住,她逃出来了,"也是宝宝"的十个小手指,在沸滚的开水里已经烫烂了。人说十指连心,也宝却是连小脸上都有了皱纹。回到家里,妈妈揪住了头发打她,骂她,又抱住她痛哭,一会儿恨自己养不活孩子,一会儿怨也宝投胎投错了人家。也宝记得,当时自己确确实实像犯了罪,在心里也骂了自己,哪怕十个手指都烂掉,自己也不该丢掉这一毛钱一天的饭碗。但是,当自己要求重新进厂去做的时候,母亲又不放了,说是只有死罪没有活罪,要死大家一起死。渐渐,也宝也模糊了,好像这也不算是一个罪了。当然,这在母亲面前好说话,含混得过去,在上帝面前,自然就是一件大罪了。可是,这算偷罪呢还是算抢罪呢?该把它归到哪一条上去?也宝这就弄不清了。还有,刚才"妈妈"说过,"怀恨人的人有罪了!"这一条,也宝可着实地犯过。她恨,恨得厉害,恨湖丝厂里的工头,恨爸爸厂里那个留小胡子的老板,看门的红头阿三,爸爸死后,她曾经用竹爿,给这些老板、工头做牌位,用泥捏一对小蜡烛,当中插三根香棒,供他们的灵位。人说这是咒人早死的办法。也宝供了,老板还是没有死,小老板倒已经出头露面来管事了。也宝不相信这个,老板是咒不死,也死不光的,不过她仍然供他们,爸爸的命是他们害的,咒不死他们,也解解恨。解恨自然是上帝不许可的,这又是一件大罪。

也宝不会向天上的父忏悔,她怕这位天上的父,但是上帝显了圣灵,也许是瞌睡这个魔鬼占了上风,也宝开始忏悔了,把这两件大罪诉说了一遍。上帝听见了没有,是否满意,也宝不知道,不过亲爱的"妈妈"是很明显地表示了不满足,不过已到了她该上床的时候了,她去睡了。临走,她让大家都睡下,好让也宝一个人安静地继续和上帝亲近。

法租界上，公共租界上，整个的上海滩上，都闪烁着血色的霓虹灯、葡萄酒、夜光杯，正是各国的上帝的儿女们，高等同胞们，在这个世界乐园里，接受上帝赐福的时候。这一切就在周围，也宝却都没看见，她只看见这里是墨黑墨黑的夜，只知道害怕。

三

半夜里，床上有个人悄悄地把也宝推醒，悄悄地拉她上了床。从前，也宝只晓得烧饼油条大米饭是昂贵的，不易渴望得到的，现在她又懂得，原来睡眠也是这么可贵难得。跪了半夜，她浑身发麻发冷，缩在被子里还索索发抖，床上那个人忽然抱住她的腿，把她那双冰似的小脚，放在自己热热的胸口上。

"这是谁？这人不像白天那些不吵不闹悄无声息的影子，这是一个有热气的好人。"也宝忽然想起了妈妈，不过妈妈的面庞刚一出现，就立即隐没了，紧张了几十小时的神经，松弛了下来，也宝缩在那里，立即睡得像一团烂泥。

白天像黑夜一样，又照例来到了。也宝醒来，看见和自己同铺的人，那个有热气的好人，原来就是圣信。在一群影子当中，找到了一个和自己一样的人，也宝高兴了，立刻忘记了昨天晚上那种噩梦似的情景，企图像往常那样地跑一跑，叫一叫，特别是那光亮的楼梯栏杆，老是吸引着她，她想爬在上面滑下去，她拉着圣信，亲热地叫她"姐姐"。妈妈活着的时候常说，也宝的人缘很好。也宝的确不是一个孤僻孩子，她快乐，容易跟人亲近。但是，圣信眼睛看着鼻子，走开了。其他的孩子也走开了，她们悄无声息地飘出寝室，飘下楼去。也宝跳了一下，想跑上去追她们，想大喊一声："喂！等等我！"可是她跑不动也喊不出声。为什么？她说不出来，她只觉得有种沉重的氛围控制着她，从四面裹住她、压着她，她还是在昨晚那个可怕的噩梦里,没有醒来。这里是孤儿院,是"天堂",也宝蹑起脚步和别人一样轻轻地走着。也宝走着,忽然看见光亮的地板上映出一个影子,这影子紧跟着自己,在楼梯拐弯处的大镜子里,又看见了它,这影子棕色脸,耳坠上还摇晃着两颗红色的玻璃珠珠。

"这影子难道是我?"

也宝看见镜子里的人影动着嘴唇,耳上坠的红珠珠没有了,两颊的血色消失了,额前长起翘翘的短毛,影子在对自己点头。也宝浑身起了一层鸡皮疙瘩。

"我不要在这里,哥哥,我不要在这里……"也宝想哭,但是听见"妈妈"已在下面向大家说话,她只得跌跌绊绊地滚下楼来。这下楼的声音在高高的屋顶下,撞起了回声,影子们一齐回身盯住她看,许多眼睛当中,她看见有一双是绿莹莹的。

和昨天一式一样的日子,又从头开始了。祷告,吃粥,做针线,大家围着桌子,各自低头做针线,没有动的,也没有响的,窗外依然是那块凝固的模糊的树影。也宝今天不再抬头看窗了,生活好像是一个版子印出来的,没有什么可希望,也没有什么可绝望,也宝和大家一样,低头做着针线。

外面的太阳很好,往常这时候,自己在做什么呢?……大概是去拣煤核了,铁路旁边的小道上,那里的野菊花一朵一朵的真多啊!说不定去拾菜皮了,也许是坐在哥哥厂门口的沙堆上,给老板做小坟墩。当然,也有人咒骂,骂她是"死不了的",但是也有人夸,夸她:"不容易""像她爹"。被人夸奖,也宝高兴;被人骂,也宝也不扫兴,能让自己恨的人难过生气、跳脚骂人,有什么不开心?而且不管是骂也好,饿肚子也好,这说明自己到底是一个活人哪!……

忽然,一个尖细的叫声从窗外冲了进来,这是孩子在奔跑时发出来的欢呼声。也宝惊喜地抬起头来,她有多久没听见这种声音了啊!她巴望那孩子不要走开,再喊,喊得再响一点。但是那欢快的喊声已经跑远了,没有了……现在是加倍的静寂,压闷……

这样沉重的静寂,也宝受不住,她觉得窒息,觉得自己就要被压死了,又好像是自己已经被压死了,"哥哥,快来救救我啊!"

…………

两天以后,也宝知道"天堂"里有时候也会有热闹的脚步声、谈笑声出现的,那就是参观的来了。来参观的人,多数是"妈妈"的同胞,穿黑衣服的牧师,也有少数是也宝的同胞。他们像走在动物园的铁栅外面,参观着这些孤儿。但是,关在铁笼里的野兽会张牙舞爪,能使人产生一种探险的乐趣,引起逗弄的兴致,可是这里只是一些低了头,鼻子里呼出两道气、吸进两道气的东西,这就使得参观者索然无味,大抵懒懒地踱着。不过也有认真感兴趣的。这一天,一个蓝眼珠的牧师走到圣信旁边,抬起一只干净雪白的手,安详地落在圣信头上,用很纯粹的中国话问道:"孩子,你很大了吧!"

圣信站起身,努力地动着嘴唇,答道:"我,我才十八岁。"

"你愿意终身侍奉上帝吗?"牧师用他颤颤的嗓音,抑扬顿挫地问道。

"听凭主的意旨。"

"妈妈"和牧师缓缓点头,微笑了。圣信垂肩坐下,也宝看见她脸上的肌肉一动不动,但是慢慢地在变白,变灰,完全变成石头凿出来的一样。也宝打了一个寒噤。侍奉上帝是什么意思?难道这比蹲孤儿院还可怕?……啊,懂了,妈妈不是常说"终身大事"?"终身"大概是一件大事,而刚才这个蓝眼珠不是轻轻地就定了圣信的"终身"吗?但是对这位看不见摸不着的上帝怎么个侍奉法呢?……

也宝想起来了,她的确听人说过,从前有一种人死了,是要将一些活人一同葬在坟里,陪伴死人的。难道他们就要圣信这样去奉陪这位不在人世的上帝?……着黑衣服的牧师,缓缓地朝自己这边举步,也宝顿时缩起身子,连心也缩起来了。她怕那只干净、安详的手,她不能听凭主的意旨,她不要现在就定下"终身",她不愿侍奉上帝,她要做人。

"逃,逃出这个大门就好。"但是也宝没有动,完全变成石头凿出来的一样,连耳上的两颗红珠珠,也凝然停住了摇晃。

羔羊总是属于牧人的,所以牧人来,羔羊们也不太紧张;牧人走,也并不因此轻松。也宝却不,见牧师一走,魂魄重新附体,并且立即为圣信着急起来。她相信圣信是一个有热气的人,只有人,在大祸临头的时候,脸上才会变色。

"姐姐。"也宝见旁边没有人的时候,轻轻地叫着圣信。她在心里已认定圣信是姐姐了。"姐姐,你是真的愿意去?"

圣信像石头凿的一样,只是眼珠儿动了一动。

"你不去好了,偏不去。"

对方连眼珠儿都不动了。

"你有没有地方好逃?"也宝想告诉她,自己还有一个哥哥。

圣信索性把眼都闭上了。好一会儿,才睁开来,斜视了也宝一眼,说道:"我们有天上的父,他为我们已准备下终身的乐园,我们比世上任何人都富足。"说完,就像上次那样,眼睛看着鼻子走开了。

也宝很伤心,她找不到前次给自己暖脚的那个人了。

晚上,"妈妈"没有空来,就叫也宝一个人向上帝忏悔,她跪在床前,腿跪麻了,膝盖痛了,眼皮重得抬不起了,但是总不见有人来拉她。圣信睡了,睡得很熟。也宝难过,墨黑墨黑的夜里,只有自己一个人了。她只得自己起来,自己摸索着爬上床。忽然,在墨黑墨黑中间,发出一种声音,一种低沉的声音,是人在重压下发出的声音!

"妈——呀!"是圣信,她在梦里啜泣低唤。她到底不是什么影子,是一个活了十八年的活人哪。

也宝不自禁地打了一个寒战,赶紧钻进被窝,将圣信两只冰块似的脚,轻轻地拥入怀里,人,总是知道冷的。

四

原来,圣信说话不是只动嘴唇的,她声音很清晰很好听。当她和也宝单独在屋里扫地的时候,她说话了:

"你有没有家了?"

也宝点点头,又摇了摇头,她不知道有一个哥哥,算不算是有家,"我有一个哥哥。"她觉得回答得实在一点便当。

"你哥哥在哪里?做什么的?"

"在中国地界,在老板厂里做学徒。"

"他养不活你?"

"他一个月赚一块半。"

圣信抬起眼,上下看着也宝。原来,她的眼睛也好看,大,黑,深邃,不过,不是灼灼有神,是阴郁的。

"那你好好地在这里待几年吧!你会慢慢习惯的。"圣信说着,便拿出一个扁扁的包裹,打开来,里面是一件半新的小花薄棉袄,她翻看着大襟,又翻看着袖子,仔细看完后,便交给也宝说:"你穿吧,我留着没用。"

"为什么?"也宝吃惊了,她马上想起陪死人下葬的事来,急得一把拉住圣信,说,"姐姐,你要到哪里去?他们要把你怎么样?"

圣信郁郁地看着也宝,渐渐,眼里又透出那股逼人的冷气,说:

"这跟你不相干。"

"相干的,姐姐,相干的。"为什么相干,相干在什么地方,也宝一概说不出,她只懂得自己和圣信是走在一条路上的人。她急切地看着圣信,她看见圣信眼里那股冷光忽然变了,变得似痛似嘲似狂似喜,她痛快地说道:

"一生奉献给神,你懂吧?一辈子传道,一辈子不嫁人,一辈子没有家,一辈子只跟上帝亲近,这下你懂了吧?"

懂了,这不是陪死人一起落葬,但是,也宝从头上冷到了脚后跟。

这天晚上,也宝虽然很累,但是没有睡好,她梦见哥哥来了。哥哥微笑地走来,依然穿着那件太短了的灰短褂,蓝布托肩。但是,忽然来的不是哥哥,是爸爸厂里的老板,后面跟着湖丝厂的工头,他们微笑着,缓缓地向自己举步走来。走近来一看,却是圣信,她穿着黑衣服,黑色的大风帽像老鹰的翅膀,一扇一扇的,苍白的脸上,似乎在笑,又似乎在哭,她走近来,朝自己说:"终身,就是一辈子,一辈子,懂吗?……"

"上帝,你要真是有的话,救救我……"

…………

"我的孩子,别害怕。"也宝忽然听见近旁发出那个优美的嗓音,同时看见一只干净雪白的手,安详地落在自己头上……

"啊!"也宝紧紧地贴在床褥上,浑身是汗。幻象消失了,黑暗并未逝去,"逃,一定要逃。""逃出去怎么办呢……"也宝眼睁睁看着墨黑墨黑的夜。同时发现圣信没有来睡。

第二天也宝也没有看到圣信,好像这里从来没有过圣信这个人。是一个影子消逝了。天堂照旧是庄严,静穆,头上顶着苦难的十字架。

"逃!"也宝决定了。但是,"逃到哪里去呢?"也宝犹豫了。

"逃出去找哥哥。"也宝又决定了。"找到哥哥又怎样呢?"也宝又犹豫了。

不过,"亲爱的孩子,请你在这上面签个字。""妈妈"拿来一纸合同,除了上帝以外,她还需要法律的保障。合同上写明也宝是没有亲人,没有同胞,没有家,是个无所属的人,十一岁入院,愿意终身服从上帝的旨意,服从院里的调排。

"不!"也宝虽然还不大明白合同加上上帝的旨意,有多大的厉害,但是白纸上落黑字,她觉得来势不善,"不,我有哥哥。"

"上帝不欢喜说谎的人,你没有哥哥,你是孤儿。"

"我有,我有哥哥,我真有……"对面墙上,上帝的儿子耶稣垂了头,被钉在十字架上,在代替世人受难。也宝头发晕,像在梦里。

这样长,这样沉的梦是没有的。也宝哭,喊,咬自己的手,总不见梦醒,最后,也宝不哭了,她决心要逃出这个梦去。

午后,人来人往,走动的较多,也宝装作上厕所,偷偷地溜出了天堂。临走的时候,她没有忘记小花棉袄和阿福,阿福压在褥子下面,胖乎乎的红脸颊上,已压掉了一块泥,露出了土色。阿福也好像憔悴多了,这样就更不能把她留在天堂里。

奇怪,逃走并没有原来想的那样困难、惊险,逃得好像太容易了,也宝倒有点糊涂,有点不放心起来。但是,中国式的朱红门,"配雷达爱士"的招牌,确实已在自己身后,她确实是逃出来了。"哈……"也宝高兴得心发跳,在路上狂奔起来,像一只出笼的鸟。

五

咖啡店,饮冰室,国货大贱卖,不认识的洋文招牌,一个一个地在侧面闪过,渐渐心跳恢复了正常,腿跑酸了,也根本没有跑的必要了,也宝放慢了脚步:"现在到哪里去呢?……"脱逃胜利的那阵兴奋,已经过去了。

"找哥哥去,当然是找哥哥去啦!"一想到哥哥,也宝又振奋起来,把小花棉袄夹夹好,阿福拿拿牢,阿福脸上剥落了一块,破了相,也宝开始觉得有点心痛,不过,阿福已经和自己一起逃出来了,总算还好。也宝记得哥哥送自己来的时候,就是坐这一路电车从那头来的,现在就该乘回那头去的车了。正好,身边还有五分钱。

电车等来了,车票买好了,甚至还有一个座位,一切顺当。现在只要留心看着窗外,一看到那爿晒台上搭个草棚的洋铅皮店,望见一家新开张的酒菜馆,就可以下车,下了车再走一段,拐个弯,就看得见哥哥那个厂的弄堂了……"哥哥看见我会怎么样呢?"

"一定奇怪,一定高兴。"也宝已经想象出来,哥哥如何从那些发出蓝色火花、飞转的铁轮旁边看到自己,又惊又喜地朝自己走过来的情景。哥哥看见自己会高兴,对于这一点,也宝是有把握的。她知道哥哥爱护自己,小时候,有一次也宝从弄堂里跑出来,一个大男孩伸腿摆了一个S,把也宝摔出去老远。那时候哥哥也不问打不打得过人家,扑上去就动开了手。结果打得鼻血直流,衣裳撕破,到晚都不敢回家。不过从此以后,弄堂里没人再敢欺负也宝了。哥哥去学徒以后,妈妈带也宝去看他,他好像变得大人气了,也不大说话,不大笑了,不过临走时,总没忘记在妹妹手里塞上两分钱。特别是妈妈死后那几天,也宝进孤儿院的前几天,哥哥更好了,每天早上,只要也宝在厂门口一晃,哥哥就会立刻从里面跑出来,一边跑一边从口袋里掏出一团热粢饭,或是两只冷大饼,同时还会像妈妈那样,匆匆叮嘱几句,自己有时还不肯听。也宝想想很后悔,这次回去,一定要好好地,帮哥哥洗衣裳,哥哥给的东西,要省着吃,一顿咬两口……也宝肚子有点饿了,车窗外面却还不见那条熟悉的马路。电车当当地响着,车上的人不知为什么突然少了起来,冷落落地只剩下了几个乘客。

"法租界到了，喂，请买票。"卖票的朝也宝伸出手来。

"我买过了。"也宝赶紧举起那张车票。

"那是公共租界的车票，现在是法租界了，要重买。"

"重买？"也宝捏了捏空空的口袋，"那……"

"那你就下车吧！"卖票的开了车门。

"下车就下车，走好了。"也宝并没有气馁。她下了车，就跟着电线走。原来，今天是个阴天，下午的时光，倒已显出了黄昏的模样。也宝在人行道上尽力疾走。走，总不要钱，总可以走到哥哥那里了吧！她多想马上见到哥哥啊！

法租界，还是法租界，又是公共租界，又是……好像没有尽头一样，"这中国地界到底在哪里呢？……"尽管也宝不肯气馁，终究也有点茫然起来了，"走吧，只要走，总会找到中国地界，找到哥哥的。"也宝拖了两条重得要命的腿，慢慢走着。又是公共租界，法租界，……她夹着小花棉袄，抱了阿福，重新开始了租界上的旅行，她迷了路，她没有失掉勇气，她不过是累了，饿了，更迫切地想见到哥哥。一路上，哥哥在她心目中，已成倍成倍地长大了，她相信只要一见哥哥，便万事都有办法可想了。

昏昏的天空，竟滴滴地洒起雨点来了，不一会儿，橱窗里的灯亮了，路灯亮了，住家窗户里的灯也一盏一盏地亮了。路上的行人多了起来，大幅霓虹灯广告，令人目眩地闪动着。水光发亮的柏油马路，一会儿被照得绿幽幽的，一会儿又变成红丝丝的，小汽车在绿幽幽、红丝丝当中，一辆一辆滑过去。也宝停住步，抖开小花棉袄，将阿福严严密密地包裹起来，只露一个头在外面。现在，她除了觉得饿、累以外，还有一点冷。到底是入秋的天气了，梧桐叶子偶尔也有几张飘落下来。

不知道为什么，天黑，下雨，这使也宝心里发慌，她紧紧抱住阿福，努力走着，努力走得快。十一年来，饿，冷，累，她都习惯了，但是一个人走路,一个人在夜里走路,她还没有学会,还不习惯。雨下大了,汽车碾过处,嘶嘶地飞起了水珠。走路的,匆匆顾自赶路;要等车的,车来了;要下车的,急急下了车。也宝越发张皇了。

"老伯伯,中国地界到了吧?"也宝已浑身湿透,求告似的希望人家能点个头,说一声"到了"。

"到了,前面就是。"

"到了?"也宝跳起来,谢也没谢人家,就啪啪地跑起来,"到了,马上可以看到哥哥了。"她故意在水汪里乱跑,把水踢起来,溅起来,也不饿,也不累,也不冷,也不心慌了。现在她也认出来了,这里虽然还不是自己熟悉的那条马路,可是确实已经到了拥挤、嘈杂的中国地界,这离哥哥的厂就不远了。她跑得更加欢快了。

突然,突然旁边响起了"嚯嚯"的警哨,接着,她看见有两个人往自己面前一闪而过,窜进一条暗幽幽的横弄堂里去了。紧跟着,两个便衣警吹着哨子,追了进去。立即,弄堂口,马路上,塞满了看热闹的人。

也宝被挤在人群外面呆住了,好像,她好像看见了哥哥,逃在前面的那一个,剪平顶头的,不是哥哥吗?……"他为什么在这里,他为什么要逃?……"

"不,这个人不是哥哥,不过是有一点点像罢了。"这一切发生得太快,太突然,也宝迷糊了。

忽然,人群连连后退,起哄道:"抓到了,都抓到了。"

"两个,年纪都还轻哩……"

"让我看一看,让我看一看。"也宝拼命往里挤,但是里三层外三层,哪里挤得进去。

"没什么好看,是两个学徒的,"里层的人,已经亲眼目睹以后,往外挤了,"快满师了,老板开除了他们,这两个家伙就破坏机器。"

"不,不是哥哥,不会的……"也宝突然不知从哪里来了一股力气,竟挤进了人群,但是,人已给便衣警押着出了弄堂。昏黄的路灯下,也宝看见了其中一个的背影,平顶头,灰夹袄,颈上也竟和哥哥一样,套着一根白麻绳……

"哥哥,"也宝喊不出声音来,"哥哥!"她喊出来了,但是"这声音多古怪啊!"也宝想。

穿灰夹袄的人转过头来了,十六七岁的年纪,蜡黄的脸上流着雨水,什么表情也没有,他不过回头朝跟在后面的人群看一眼。

不是哥哥,也宝看清楚了,的确不是。但是,也宝却一点也不觉得轻松。相反地,她越发紧张,也越发地担忧了,哥哥不也是一个学徒?哥哥也会给开除的,也会给警察追赶……也宝极力地挤上前,对那个警察押着的背影喊了一声:"哥哥!"这一次,那人急促地掉过头来,他好像受惊,慌乱地在人群里寻找着什么,但是他很快又安定下来,蜡黄的脸上什么表情也没有,泰然地转过头去。也宝想:大概这个人也有一个妹妹,这妹妹也像我一样,在路上找他,到处喊:"哥哥!"

便衣警押着人上车走了,人群也很快散了。雨下得更大了。雨水在空荡荡的马路上流,雨滴在也宝头上,滴在阿福脸上,阿福脸上的红晕没有了,小红嘴唇也不见了,墨画的头发,变成一条一条的黑水挂在土色的脸上。也宝紧紧地抱着她,抱着圣信的小花棉袄,站在人家的屋檐下。她明白了:怪不得自己逃出来,逃得这么容易,原来并没有逃得出来,世界上还有这么许多罗网。

橱窗里的灯灭了,住家窗户里的灯也一盏一盏地灭了,只有暗淡的路灯在雨中摇晃。一个警察踱过来,对也宝看了一眼,又怀疑地朝她手上的棉袄看了一眼,也宝赶紧离开了屋檐,她累了,但她还得继续逃。

空荡荡的马路上,一个小小的身影在走,走得很慢,她疲惫了?她在想前面有什么在等她?或许,她已学会了一个人走路,一个人稳稳地在夜里走路。

"路是长的,但不能没有一个尽头!"她走着想着。

剪辑错了的故事

开宗明义,这是衔接错了的故事,但我努力让它显得很连贯的样子,免得读者莫名其妙。

一、拍大腿唱小调,但总有点寂寥

周围的公社、大队,前脚后脚都放出了亩产一万二、一万三千斤的高产卫星。到处红旗招展,锣鼓喧天,捷报四传,参观的人群如云。甘木公社的甘书记深感有急起直追的必要,于是和一大队支书老韩做了三宿的思想工作,终于一大队也紧赶慢赶地筹备了起来。甘书记觉得,都到这时候了,要放就要有点气派,放一颗特大的卫星,亩产一万六千斤!顿时,甘木公社也热闹起来了。松柏牌楼搭起来;锣鼓家什敲起来;卫星田的四周红旗插起来;介绍经验的稿子编起来。参观的人一多,专业接待人员编了两个班。真正是热火朝天,风光得不能再风光了,不仅名扬全县,同时简报也送到了省里、中央。具体传了谁的名不大清楚。不过不久以后,公社甘书记提为县的副书记了,人们猜测有没有可能就是这时扬的名。这仅是猜测,不足为据。

一开始，一大队的干部和贫下中农，尚觉热闹、有趣，但是过不多久，随着高产，便来了个按产征购。十多亩稻子，硬搬到一亩地里去收割，不是搬着玩玩的，要拿出实货来的。这时候社员急了，社员一急，就惊动了三队副队长、梨园的经管人老寿。

老寿本名叫田寿本，不过大家一直叫他老寿，主要是冲着他那副长相：长眉善目，大大的秃脑瓜，什么时候脸上都是和和顺顺的，从没见他发过脾气，也从没见他有过气恼。很有点像那财主家玻璃罩子里站着的寿星。其实他年纪并不老，才六十六，不过是个老党员，过去这个地区"拉锯"时，还做过交通。他不大会说话，不过一开口，别人就乐。他不明白这是为什么，自己是认认真真的，说的也不是什么笑话。没法，现下年轻人就是这样，大概他们本来想笑，不过拿他做个由头罢了。时间一长，这也成了个习惯。大家呢，觉得他有点迂，叫他老寿的意思里，也包含着这一层。不过大家都乐意接近他，除了过组织生活的时候，平时很少有人想到他是个老党员。他自己呢，还挺讲个组织性、纪律性。

他走出梨园，就看见村道上一溜停着四挂大车，装满了粮食，插满了彩旗。头挂车的辕马头上，还顶着一朵红花，车上拉了一条横幅，上写"荣缴高产粮"，车上还放着全套锣鼓家什。一切齐全，就少了赶车的，派谁，谁就甩手走开。眼看日头已经两丈高，参观的人潮马上就要涌来，这里却派不动人。支书老韩正急得跺脚，一眼看到老寿走过来，老韩高兴得像拾了一个宝，马上把赶车的鞭子塞到老寿手里，说："赶快，把车赶到征购站去，我们已经缴晚了，甘书记已经不愿意啦！"说话时，参观的人群已经进了村，老韩掉转身，立即笑着脸迎上前去。这时候，要是老寿噼啪一挥响鞭，四挂大车轰隆隆地从人群中驰出村去，有多威风！可是老寿却一手抱着那杆老长的鞭子，一手扯扯老韩的衣角，然后伸出大拇指和食指，悄悄地在胸前做了一个"八"字。

"要八个人？十个人都可以，你招呼去就是，工分照记。"老韩说完，就和参观的同志握手，照例是先带他们去参观那块大队和公社合种的高产试验田。然后再请到祠堂大厅里坐下，递上井水浸过的手巾，再送上碧绿的热茶，边歇着边听经验介绍。

这一天参观的人当中，有一个大概是搞农技的，学得特别认真，问得也特别详细。掐了一穗稻，数了粒，还要包回去称；又看每一蔸稻，发了多少棵，还问插秧的行距、棵距。大队长被问得一件白褂子湿了半件，可是那位参观的同志还在又惊叹又奇怪地问："稻子长得这么密，通风问题你们怎么解决的呢？"

"嗯！……用竹竿……"老韩正在支吾，不料后面有个人说话了。

"用风扇扇！城里不有那电风扇吗？往里扇！"原来老寿抱着鞭杆还没走，也跟着来了。陪同参观的社员一听，差点笑出声来，老韩可没这份闲心，急得车转身向他竖竖眉毛，抬抬下巴，意思让他快走。老寿也不是不懂，他也急，趁着支书瞅着他的机会，又急急地在胸前做了一个"八"字。可是老韩也不知看没看见，又转过身去了，因为参观的人也在急急地问："你们这里有电了吗？"

"没有。嗯，我们是用小马达，借拖拉机上的小马达……"老韩赶紧堵着漏洞，接着就恼火地对身边一个社员悄悄说道："叫老寿快赶车去！"

好不容易带大家看过了高产田，参观的人都坐在祠堂的大厅里听经验介绍了。这有稿子，老韩比较自在了一些。介绍到社员们对高产的兴奋劲，编了个顺口溜："一年种出四年稻，今后生活甭提有多好，拍大腿，唱小调，共产主义眼看就来到……"不过他说着说着，总觉得窗外有个什么在晃动，抬头一看，老寿抱着鞭杆，站在窗外直瞪自己。一看到老韩看他了，又伸手做了一个"八"字。两个手指还直晃晃。看得出老寿也急了。老韩没办法，只好请大家等一等,走了出来,便一把拉了老寿,走到庭院中央那株大榆树后面,才轻声说道:"咋的!大爷你今天是犯了'八'字病了?"

"唉!我就是没灾没病,喝得下,吃得香才着急呢!老韩哪,大伙儿都说这四车粮食不能走啊!要送走,咱口粮一天只有八大两啦!"老寿又做了一个大大的"八"字。

老韩叹了口气,拉起敞着的衣襟,抹了抹满脑门的汗,说道:"没法儿,上面是按产量征购的。甘书记说一定得送。"

"你不能再跟甘书记说说?他心里明白,这是咋个高产法儿的。"

"说了,叫送。"老韩已有点不耐烦了。

"那……咱还得再耐着点性子,再去说说,啊?"老寿首先表现了自己的耐心,一脸的笑,笑得眼睛都弯了起来,说道,"咱肩上捐着几百口子呢!这八大两咋过?"

老韩紧蹙着眉没开口,只是直摇头。这种地方,老寿就不大会看气色了,他还在用手背拍着支书的胸,顺便又做了一个不大明确的"八"字,说:"这个数,总不行。甘书记总不能不顾几百号人的嘴吧!……"

"寿大爷,你别背时了。叫咱送咱就送,说了有屁用。"老韩窝了一肚的火,冲着老寿来了。老寿倒并不觉得这是对自己的不恭敬,他仍然含笑说道:"下级服从上级,我懂。不过,还不兴说说咱的难处?"

老韩实在不耐了:"你去说吧!我没工夫了!"说着扭头就走了。剩下老寿一个人站在那里,他慢慢地搔着下巴上的胡茬儿,心里说着:"没办法,叫我去说,我就去说吧!不过,车子,还得赶了去。意见归意见,服从归服从,他要同意呢,咱就拉回来。面条饺子可不能下在一锅里。"老寿打定了主意,就叫上三个老头帮着赶车,一气奔到了公社。可是公社的同志说,甘书记如今是县委副书记兼公社书记了。现在省里领导下来了人,他去接待、汇报了。

"没办法,只好委屈这几匹哑巴牲口,上县里走一趟了。"老寿并没泄气,反倒更来了劲,干脆脱了褂子,单穿一件粗夏布的背心,跳上车又要走了。这时候那三个跟来的老头打退堂鼓了,说:"拉倒吧!老寿,咱几个上县里去算是哪门子呀!"

"哎!这,你们就错了。"老寿的长眉毛飞舞了起来,"咱去咱八路的县政府,这可不又对路又对门哪!"

"人家甘书记正跟省里的领导说话,咱去了往哪儿站啊?"

"这,你们又不懂了。省领导又不是客,他们下来是为了工作。工作,就是为了咱。说不定当场给咱解决了困难,叫咱把粮拉回去。这也叫老韩看看,咱这些背时老头办事的麻利劲!"说着就跳上大车,甩了个响鞭,直奔县委。

老寿的估计不是一切都错了,也不是一切都对了。县委的大院没有进得去,粮食交到了收购站,老寿他们在门卫旁边的接待室里坐了两个小时,甘书记总算见到了。一见面,老寿还没开口,他就语重心长地说道:"不是我一见面就批评你们。你们的眼光太浅了,整天盯着几颗粮食。现在的形势是一天等于二十年,要跑步进入共产主义的时候,一步差劲,就要落后。你们老同志更应该听党的话,想想过去战争年代,那时候,咱算过七大两、八大两吗?"

一席话,说得老寿低头无语,坐着空车回去的路上,也没吭声。他把鞭杆插在车帮上,任牲口自在地走着,他则是眯着眼,肚子里推开了磨。甘书记的话是句句在理,过去真的没计较过七大两、八大两,为了将来能过上好日子,饿肚子也没叫苦的。现在看样子,这好日子还要在将来……将来又是什么时候呢?这一点,甘书记没说。要是从前老甘的话,也许不会让大家只吃八大两。哎!谁知道呢!兴许是自己老背时了,老落后了。他想不清。随着大车的颠簸,他倒有点蒙眬起来了。

二、老甘不一定就是甘书记,也不一定就不是甘书记,不过老寿还是这个老寿

一九四七年的冬天刚开始,就给穷人来了个下马威,冻得舌头都僵了。这里正跟敌人"拉锯",土改还没开始。老寿仍裹着他那件破棉袄,腰里扎了根绳子,背着个小粪筐,在外转了一天,现在天都黑净了,才跑回家来。一进门就对老伴说:"有吃的吗?给一口,肚里都结冰了。"说着就丢下粪筐,蹲到灶门前,拨着余火,烤着打战战的身子。

老寿的老婆是个苦死累死不讨饶的硬女人,就是爱唠叨几句。照老寿的话说,"是个贤德的人,话多,也多在理上。"

老伴一看老寿冻成这样,心疼了,"这一整天都没吃?"

"上哪儿吃去?"老寿用烤热的手,使劲擦着脸。老伴急忙掀锅盖,一碗现成的红薯叶玉米糊糊坐在热水里,她又特别优待,拿下馍馍筐子,掰了一大块高粱饼子给他。一边给,一边轻轻问道:"有情况啦?"

"还乡团领着一个团的匪兵,还带了两把铡刀,已经到了镇上。"

"那快给县大队报信呀!"

"我又不傻。这不刚从老甘那里来。"老寿耸了耸眉毛,端起了碗。但还没顾上喝,又把碗放在锅台上,从怀里掏出了四条干粮袋,眼瞅着地上说道:"老甘他们决定今晚就窜到敌人后面去,让过这股锋头,再打回来。他们到新区去,吃粮怕有难处……"

老伴一看这情景就明白了,也不等他把话说完,就揭开小木柜,拎出个面口袋,摔到老寿怀里说道:"就这点高粱面了,这天寒地冻的,咱不吃,叫孩子也不吃?你看着办吧!"

"有难处,这不假啊!"老寿仍旧两眼瞅着地上,说道,"可是我是个在党的人。再说我们冷了,饿了,在家还能烤把火,摘把野菜。老甘他们走出这么远去,还不知睡哪里,吃什么呢!这不都是为了咱……"

"唉!装吧装吧!啰唆个啥!我才说了两句,你就说了一大套,谁不知道革命就是为了咱穷老百姓呀!"

"对!你是个明白人,都怪我嘴碎。说实在的,这点粮还不够他们吃一顿的,不过是个心,给防个急。回头老甘要从这里过,我让他来拿的。"老寿就这么检讨着,说着,和老伴一起把高粱面装进了干粮袋。最后面袋空了,而四条干粮袋只装了三条。

"该够啊!一条干粮袋装三斤,三四一十二。"老寿捏着那只空的干粮袋,踢踏着脚,转了一个身,又眼望着地说道:"我咋记得家里还有十五斤高粱面呢?"

"这两天没吃啊?正巧我今天又烙了饼。"

"饼!也行啊!把饼切成小条条,装进去也成啊!"说着也没敢抬头,拿起刀就切老伴优待自己的那半拉饼子。这一次,老伴没吭气,把饼筐子递过来了。老寿把饼切好,装进口袋,然后端起灶台上那碗糊糊,看了看,重又坐到锅里。用手掌抹了抹嘴,说:"留给铁栓吧!"

"你喝了它吧!"老伴眼里已转了半响的泪,到底流了下来。

"别难过,等解放以后,那时候啊,嗨!到共产主义那更美了,吃香的,喝辣的,任挑。"老寿吹灭了灯,又在灶门前蹲了下来。一边想着将来,一边等着老甘那轻轻的叩门声。

村里的狗,叫了几声,老甘来了。老寿在黑地里递上四条干粮袋,最难受的是他不得不说明其中有一袋是饼条子。

"老寿,你放心。哪里有老百姓就饿不着咱们。你们这点心,我带去防个急用。"老甘紧紧捏了捏老寿的手就走了。

老寿看他走远了,回身进屋关门。一摸,门栓上挂着两条干粮袋,老甘只拿了一半上了远路。打仗的人,留下了一半安家的粮。老寿悄悄地用手掌抹去两眼的热泪,把门关上。

三、也不知是老寿背了"时",
还是"时"背了老寿

老寿悄悄地用手掌拭去了两汪眼泪,把车悄悄地赶回村里。那三个跟去的老头,在村头上就下了车各走各的。老寿一个人卸下牲口,牵到饲养院里。有那聪明人一见,便跟在后面问道:"老寿上县委啦?甘书记请你吸红牡丹了吧?"

"你们走开吧!"老寿说。

"这,你就错了。"聪明人学着老寿的口气,"甘书记说了些啥,也给咱传达传达嘛!"

"行!"老寿把牲口拴到槽上,回过身来,扬着眉,颤着声说道:"甘书记请我吸的黄烟,喝的绿茶,还捏着我的手,叫我放心,有党在,就饿不着老百姓。怎么样,够劲吧!"说完,老寿掉身就走了。

梨才鸡蛋大,老寿就搬上凉床,上梨园那个小窝棚里住去了。说是去守梨,实际呢,老寿也说不出为什么,他想清静些;再有,就把梨看护好。梨要甜的时候,最易招虫,有那种细虫,一咬就往里钻,钻到梨心,这梨就毁了。今年梨是大年,大伙儿可是指望着它,过冬的口粮,过年的新衣裳,都在这树上长着呢!于是老寿学着人家那有名气的水果的保养法儿,上小学讨来了一些废旧本子,把树上的小梨头也一个一个地用纸包了起来。这些土梨一包上纸,也显得娇贵了。这果园还从来没有这么排场过。社员们从梨园边上过,都抬头望着,高兴地招呼说:"老寿哪!你也不敲锣,也不打鼓,一个人不声不吭也在搞'大跃进'啊!"

老寿说:"跃进不跃进,我不在行,我就想让虫少咬一个梨。"

白天他爬上爬下包着一个一个的小梨头。晚上就坐在小窝棚前面,望着一天的繁星。有时,这里那里会点起一溜汽灯:有人在挑灯夜战。老寿一个人吧嗒着旱烟,这时候,他才觉出自己心里有忧,有愁,还不知为什么有点伤心。他说不出,但总觉得现在的革命,不像过去那么真刀真枪,干部和老百姓的情分,也没过去那样实心实意。现在好像掺了假,革命有点像变戏法,亩产一万二、一万四,自己大队变出了一个一万六。为什么变戏法?变给谁看呢?说起来也丢人,种地的人心里都有数,可是装得真像有那么一回事,还一层层向上报喜。看来戏法还是变给上面看的,这,这革命为了谁呀!

"颠倒了,倒过来了……"老寿捏着早已熄灭的旱烟杆,喃喃着。这不,做工作不是真正为了老百姓,反要老百姓花了工夫,变着法儿让领导听着开心,看着满意。老百姓高兴不高兴,没人问了。老寿一想到这里,心里顿时害怕起来,吓得手脚都凉了。可不得了,咱这不是有点反领导的意思了吗?甘书记劝我要听党的话,难道自己真的跟党有了二心?

"杀了头也不能有这个心啊!"老寿陡地站了起来,当即离了窝棚,当即走出梨园,当即找到支部书记老韩的家里,他要原原本本,向党反映反映自己的思想,表明自己跟党没有二心。

当他推开老韩家的堂屋门,就一只脚门里,一只脚门外,愣住了。原来甘书记带着他那个秘书正坐在里面。甘书记一见了老寿,便笑道:"哦!你来得正好,上次你对领导提了些意见……"

"我,……我,"老寿这时恨不得浑身都长出嘴来,把一肚的话全吐出来,但是越急就越是说不出来,脸也红了,口也吃了,心也跳了,挣了一会儿,才挣出一句话来,"我,我就是来说说这……"

"不要说了。上次你提的意见很好嘛!现在我就到你们队来蹲点,要来个全党大办粮食,扎扎实实解决粮食问题,把一切可以种粮的地,都要种上粮。粮是宝中宝,要以粮为纲嘛!你说对不对?"

"对!对!"老寿边说边朝老韩看看,老韩低着头在吸烟,没搭腔。

"很好。"甘书记果断地说,"你是老党员,事先跟你打个招呼,这是党对你的爱护。现在形势发展这么快,争取不犯错误,就是前进。"说到这里,甘书记也向老韩看了一眼。老韩还是低着头抽烟,一声不吭。老寿听不大懂,心里琢磨着,是不是嫌亩产一万六千斤还不够高?正想着,甘书记又说话了,不过不是对老寿说的:"我看应该写个简报,争取三天三夜改变面貌,应该有这种事不隔夜、雷厉风行的作风。老韩,你看怎么样?"

"哎!"老韩应了一声,声音就像是大病当中的呻吟。

"好!"甘书记就向秘书说,"那你就起草吧!"接着又对老韩说:"你也别蹲在屋里,去发动社员写写决心书,搞出一些声势来。老寿,你是看梨园的,更应该表个决心。"

"我,我决心早下了,跟党没有二心。"老寿终于抓紧机会,说出了梗在心里的一句要紧话。

"好!很好!"甘书记听了以后,竟站起身来,握着老寿的手摇了一下,说道,"那你就来带这个头,你先写了贴出去,我给你写到简报里去。"

老寿又是意外,又是激动,又有点茫然,说:"写啥?咋写?"

老韩抬起眼,看到老寿抖动着眉毛,手足无措的样子,便站起身来说道:"走吧!我告诉你咋写。"说完就和老寿一起走出门,走出院子,一直走到村道上了,老韩还没吱声,老寿心又跳起来了,说:"到底咋回事,你吭个声啊!"

"你听着,老寿,"老韩显得十分乏力地说道,"领导已决定把梨园砍掉,让出地来种麦。"

"啥?"老寿猛地收住了脚。

"今晚上就要组织劳力干了。甘书记不是说了限三天三夜?要放倒树,整好地,下好种,要改变面貌,这是要上报的。"

"毁了!这下全毁了!"老寿腿一软,坐到了地上。他恨不得在地上打滚,可是他连打滚的力气都没了。

"你胡说啥呀!"老韩一把拉起了老寿,说道,"你不要忘记自己是个党员。"

"……大伙儿……大伙儿都指望着今年的梨呀!"老寿说到这里,心里像是插上了一把刀,他捶胸顿脚地干号了起来。老韩一看他这样,便猛喝了一声:"你疯啦?你……"话没说完,老寿骤然停止了号哭,把脸凑到老韩的脸前,说道:"你,你手摸胸膛说一句,这样干对不对?……你说呀!这样做,咱对得起谁?对得起党?对得起老少社员?你说呀!……你为什么不言语?……你亏心!你孬种!我去跟他说。"说着就反身要走。老韩一把拉住了说道:"你这是怎么啦?这事是上面有文的。"

"上面的文也得听听老百姓的。"老寿不知哪来的劲儿,一下摔开了老韩的手,回头就往甘书记住的院里走去。

四、"大地啊!母亲",不是诗人创造的

老寿走进屋子,又走出来,走出来又走进去,他睡不着啊!走到第八次的时候,星星已经淡下去了,鸡叫了第一遍。

老寿伫立在屋前的枣树下,听着那炒豆似的机枪、大炮也轰轰地连成了串,天上的照明弹,一挂就是一大溜。千里淮海平原,汇集了百万大军,把敌人搓成一球一球地围了起来。捷报,捷报,又一个捷报。这样的大战,真是百世难遇啊!远道来的粮车,像一道

道流不完的长流水,成日成夜吱扭吱扭地往前送。千里之外的老百姓,都在为淮海大战贡献力量,可是咱呢?……老寿想到这里,心里像开了的锅,身上那件三层新的棉袄,烧得他前胸后背尽冒汗。

鸡啼二遍的时候,副区长老甘来了。他刚一进门,老寿都不敢认他了。才几天没见,他瘦落了形,眼窝塌下去了,腮帮子凹下去了,一脸黑苍苍的络腮胡子,围着一张干裂的嘴,裂开的血口子都发了黑。他一进门,就背靠着炕沿,坐倒在蒲垫上,说:"老寿,快帮我通知党团员、积极分子,马上来开个会。还有……你有没有热水,给我一碗。"

"有!有!"老寿连连应着,走出门去,伸手就在屋檐上使劲拽了两把屋草,进来就填进灶膛里,点着了火。老寿在锅里添了水,又敲了四个鸡蛋。一边忙一边说道:"老甘哪,遇见啥困难了,你开口嘛!"

"啥困难?柴草!老寿,解放军打这样的大仗,粮食不用咱筹划,咱连个柴草都供不上,像话吗?"老甘说着,一边使劲地用手搓着脸,胡茬子搓得刷刷响,"土地庙拆了,'土改'前的那些小破屋也拆了,还有啥?啊!"

是啊,还有啥呢?老寿的老伴刚去世,她心爱的小木柜子上次也支援了前线。

"别着急,咱再合计合计。"老寿把一碗滚热的汤鸡蛋端到老甘面前的矮桌上,就急急出门去通知人了。

等到老韩和其他党团员、积极分子十多个人,跟着老寿走到屋里,只见老甘背靠着炕,双手搭在匣子枪上,头歪到肩膀上睡得正香,桌上那碗汤鸡蛋已经冰凉了。

大伙儿蹑着脚,悄悄地围着那个睡着了的人,蹲下来,坐下来,开了一个哑巴会,议题是明白的:柴草。大家你看着我,我看着你,谁也没有说一句话,可是大家都被紧急地动员了起来:柴草。

最后,大家看着老甘睡沉了的脸,相互用坚决的眼色,点点头,散了会。

老寿送大伙儿走出屋去,没再进来。他站在屋前的枣树下发起愣来。这枣树不大,可是结的小甜枣,可真没说的,"土改"时,老伴对分进的这三间草屋倒不怎样,可是对屋前这七棵枣树,喜得几宿都没合上眼,头年打下的枣,她只给正要去参军的儿子铁栓尝了几颗,全部都送到了部队,慰劳了解放军。

"铁栓娘,还是你想得好啊!"老寿在心里跟老伴合计着,"可不,你早就想到了,慰劳解放军。"

鸡叫三遍,晨曦初露的时候,老寿已脱了棉袄,抡起斧子,"哼"的一声,向枣树砍了下去,树不大,老寿哼了三下,树就倒了,枝梢上还带着几颗红透了的枣子。起早的孩子们欢叫着,一哄而上。老寿却笑得眼睛弯弯的,打量这棵树,捆捆扎扎,不过担把光景,七棵树,不过七担柴。

"少是少了点儿,总比没有的强。"老寿想着,又"哼"的一声,向第二棵枣树砍了下去。当他砍到第五棵的时候,他的膀子叫人从后面抱住了。回头一看,是老甘,再一看,周围站着的,不尽是孩子,村里的一些爷们也站在那里,默默地看着。老寿笑着说:"这地里的东西嘛!去了还能再长。去了枣树种梨树,咱拿枣儿换梨吃。那梨又水灵又甜,比枣强多了。"

老甘紧紧捏着老寿的膀子,眼里转着泪花,说:"将来我们点灯不用油,耕地不用牛,当然也有各种各样的果园。不过现在,你还是留两棵给孩子们解解馋吧!"说话时,那些参加哑巴会的,也有没有参加的,挑的挑,扛的扛,都来了。大木柜,石榴树,旧水车,洋槐树,一个老大爷带了两个孩子,抬来了一副板,老大爷挤到老甘面前说:"咱没树,我有副寿材板,可行?"

老甘没有说话,他环顾着大家,又仔细地看着一件件的东西,最后说道:"老少爷们,革命的衣食父母,你们对革命的贡献,党是不会忘记的。"

这个不算大的村落里,一天放倒了二百多棵树,于是村子成了赤膊村。老甘含着两眶热泪,从这个小小的赤膊村里,运走了一千担硬柴。

第二年的春天,当百万雄师飞渡长江的时候,老寿为村里果园培育的梨树苗苗,已有筷子长了。当村里有人来看望苗苗的时候,这是老寿最高兴的事情了,眉毛一耸一耸地说:"桃三李四,大伙儿算算看,再过四年,老甘说的那种铁牛,咱不牵它三五条回来才有鬼呢!"说着就坐在苗圃边的田埂上,抱着膝盖,乐得直摇晃身子。

五、一味的梨呀!梨呀!哪像个革命的样子

老寿坐在窝棚前的地上,抱着膝盖,摇晃着身子,嘴里喃喃着什么,像傻了一样。刚才甘书记已经说了,现在革命深入了,要不是看着他是个老同志,早把他当绊脚石搬掉了。社员们见老寿这模样,含着眼泪劝他,哄他,拉着架着地把他弄回家去。可是过不了一会儿,老寿又摇摇晃晃地走回来,重又坐在窝棚前的地上,抱着膝盖,摇晃着身子,眼睁睁地看着那汽灯抬来了,锯子斧子搬来了,锣鼓家伙敲起来了,社员们举起斧子,梨树倒下来了,那用纸包裹着的青梨,也跟着掉在了地上。老寿身子摇得更厉害了,嘴里叨叨得也更响了,他唤着:"老甘哪!你来呀!咱那老甘哪,你怎么不见啦!……"他唤着,同时用手小心地把包梨的纸扒拉开来,原先像鸡蛋大的青梨,已足足大了一圈,颜色也转淡了一些。

"哎!"老寿长长地呻吟了一声,就霍地站立起来,直愣愣地走

到参加夜战的甘书记面前,他想说:"凭良心,你限时限刻把梨树砍光,是真为了革命?是真为了夺秋粮?你这是欺弄人,你这是为了向上报喜,你这是假革命!"可是老寿并没吃过豹子胆,他也没这口才。他摇摇晃晃,站在甘书记面前,只是喃喃地说道:"再等二十天,只要二十天。梨熟了再砍,啊?等梨下来了就砍,啊?麦子先下在树行间,不耽误啊!"

老韩在旁一听,替他捏把汗,便抢着说道:"老寿,你不要再说了。三天要改变面貌,这是党的决定。"

"甘书记,不能等了?二十天也不行?"老寿仍不死心。

"不行!"甘书记面容严肃,说道,"我们现在不是闹生产,这是闹革命!需要的时候,命都要豁上,你还是梨呀,梨呀!还是一个党员,像话吗?"

"哎!"老寿像是受了伤,痛苦地唤了一声,就两手扒开了衣裳,露出了瘦骨嶙峋的胸膛,哑声地说道:"拿去吧!为革命我没怕死过。把我这块石头搬了吧!我是块石头,绊脚的石头,我赶不了这形势,我闹不来这革命,我想不通,把我搬掉吧!搬掉吧!"

老韩急忙喝道:"老寿你喝醉啦?快回去。"甘书记却摇头叹息道:"可见这场革命考人。他要向'右'倒,想拉也拉不住啊!"

终于,老寿被搬了石头,撤销了他生产队队委、梨园管理负责人等职。然后,甘书记主持召开了支部大会,认为老寿是个典型的、自己跳出来的"右倾分子",给予留党察看两年的处分。甘书记说:"这还是照顾他是个老同志,否则的话……"当然,这事也及时写了简报,说明"以粮为纲"也是在斗争中取得胜利的。

老寿一下变老了,皱纹深了,人也佝偻了,整天坐在屋门前那两棵枣树下。人说他在打盹儿,他自己说他睡不着,晚上也睡不着。他那双蒙眬的双眼,总是一动不动地在望着什么。

也许是望着那没有梨树的梨园!那里虽然已撒下麦种,不过梨树的根还埋在地下。甘书记完成了任务,回县去了,大队也已得到了通报表扬。正因为得到了表扬,又是甘书记抓的点,大队得到的化肥、城镇劳力的支援、救济粮,都比别队多,所以老寿担心的每天八大两倒没成问题。有点变化的是甘书记已经不兼公社书记,是县里分工抓棉粮油的书记了。

老寿自从那天从党员会上回来以后,他再也没有提过梨园,更不问队里的事。他那蒙眬的两眼,一动不动地望着一个地方,可以半天也不改动一下姿态。只是偶尔禽动着嘴,像是在跟人说话;有时也举起那须眉全白了的头,看看树上的枣儿是不是有红了的。

这也是老寿脾性上的一个改变。往年,枣儿等不到红,就全给孩子们钩个光,本来,这就是给孩子们解馋的嘛!可是今年变了,老寿不许孩子们动一个,连自己那宝贝孙子也不给,摘下来的枣,全晒了起来。有时,他就不吃饭,抓把枣当饭,儿子媳妇问他干吗这样,他轻轻说道:"我试试,看能耐饥不?"说着又似睡非睡地呆着不动了。

这蒙眬的双眼,有人说是精神失常的症状,有人说是气恼苦闷的表现,有人说是他在回忆过去,怀念老甘。谁知道呢!这蒙眬的双眼里,到底变幻着什么?

六、老寿心里发生的一切,是发生在心里吗?

反侵略战争爆发了,真正考验人的时候到了。有些基干民兵参了军。老韩天天被叫去开会,一开会就要净拣那些好听的说,因为上面要看汇报呢!

村子里一下冷清了,人心都有点发紧。敌人虽然离得还远,但是那飞机却是呼呼地,没日没夜地在头顶上转,转一圈就翘起屁股下蛋,黑烟柱一个一个冲得半天高。村里有那胆小的,没经过战争锻炼的,就像掐了头的苍蝇瞎闯,更加上还有坏人的造谣惑众,眼看着人心要散了。

这时候,老寿打定了主意,站出来了。在组织里的人嘛,他不出来谁出来!他浑身披挂得又利索又威武。腿上绑腿打得紧腾腾的,腰扎宽皮带,左右掖着四个手榴弹,左肩斜背一支牛角号,右肩斜背着一条干粮袋。老寿对大伙儿说话了:

"没事,啥事也没。咱的老甘在,就在西边那架大山的对面。俺这就去找他。有了他,胜利就是咱的。现在敌人不过是派些飞机来撅屁股拉屎,怕他怎的。当年淮海大战,那个枪子炮弹,哗哗的像下雹子。咱那口子在擀面条,说是缺个小葱,还走出一里地去,到她娘家后院里掐了几根,又走回来,根本不理那个茬儿。咱眼下第一要紧的事,是要组织起来,我说得分一拨人去挖防空洞,民兵呢,得在仓库前面站一个岗,村前村后是巡回流动哨,祠堂的屋顶高,在那里再安一个防空哨。敌机来了,要是过路的,咱不睬它,要是奔着咱来的,就吹号报警,大家就钻洞。敌机一走,再吹号,咱该干啥就干啥。"不知怎么的,老寿变得怪能说话了,而且腿脚也灵便了。说着,把牛角号交给了民兵,自己把干粮袋背好,说:"第二要紧的事,是把老甘找回来。我这就去。大家说说可在理?"

乡亲们听完以后,一片声地说道:"这就合上榫了。这才是正理。快去把咱的老甘找回吧!有了他,咱们怎么难,都能打胜仗。"乡亲们递给老寿一根梨木削成的棍杖;乡亲们递给老寿一袋炒得喷鼻香的小麦面,说道:"好老寿,你可要把咱的老甘找回来呀!"

老寿接受了委托,告辞了乡亲,直往西边的大山奔去。

山哪,好高哦!老寿却头也不抬,只顾一步一步往上攀。他知道,山高望不见顶,可是走是能走到顶的。只要这么一步一步登上去,登上去。这山哪,好险哦!岌岌的悬崖,沉沉的深渊,怪石流沙,没有现成的路。但是老寿目不旁顾。他知道,只要脚底下踩得稳稳的,就摔不死人。他翻过一架山,又有一架更高的山;翻过更高的山,还有更高更高的山。这山哪,多深哦!没有人迹,也没有战争的烽烟。这里有的是奇寒、大雪、冷风,还有山石上的冰凌。为找老甘他披着霜雪,涉过溪流,穿破了山鞋,挂破了衣裳;为找老甘,他终于爬到了山巅上。望望山那边,跟他来的路上一样,是一片苍苍莽莽的大地,伸展开去,似乎无垠无极。这上哪里去找?这上哪里去寻?老寿张开双臂,从肺腑里发出一声呼号:

"老甘哪!回来呀!咱有话对你说,咱有事跟你商量!"

"……老甘!……老甘!……回来!……回来!……商量!……商量!……"荒山深峪里的回声,也似乎在帮他寻找,一递一声地把声音传到很远很远的地方。

"回来呀,跟咱同患难的人!回来呀,为咱受煎熬的人!回来啊,咱们党的光荣!回来啊,咱们胜利的保证!"老寿嘶声地喊着,回声也以加倍洪大的声音响应起来:

"回来!回来!……党的光荣,胜利的保证……"

雪又密密地飘落下来,把老寿来的足迹掩盖了,把老寿要去的路,铺垫得厚厚的,洁白然而难行。

几天以后,老寿疲惫地回来了。他没有找到老甘,不过已打听到了他的下落。有人清清楚楚地告诉他:老甘哪!他不在大山的那一边,他在一个最美的地方。那里的山上树成林,那里的山腰上茶园果园成片,那里山下五谷丰登,六畜兴旺。哪里最美,哪里就是他工作的地方。

老寿心里有了底,准备回来把吃空了的干粮袋,重新装满。换去磨烂了的鞋,歇息走乏了的腿,然后再出发去找。可是当他刚刚走到村边,就遇上了敌机的扫射,他前后左右的土,都被打得"噗噗"直响,村里烟火冲天,老寿知道不好,便猫着腰,一口气奔进村里。果然,队里的粮仓中了弹。

老寿大喊了一声:"救粮仓要紧!"就一个鹞子翻身,从倒塌的墙上,翻进了火焰直蹿的仓库。可是大家一进尘烟迷漫的仓库,都愣了。原来仓库里空空荡荡,既没有重重叠叠的粮袋,也没有大大小小的粮囤,只有靠墙放着几个口袋,插的标签上写明是各式种子。当大家拎着出来的时候,房梁屋顶就一齐倒了下来。

打仗怕的就是粮尽弹绝。仓库的底儿一露馅,大伙儿心里立时坠上了千斤石。就在这当儿,老寿报告了老甘的下落,同时老韩也跑来说,情况有了变化,敌人在附近降下了伞兵。于是当场大家一条声地推老寿带队,决定一起去找老甘,带上骡马、牛羊,愿跟老甘一起上山,一起钻洞,一起抗敌,一起胜利。决定以后,各自回去准备,约定半夜以老寿的牛角号为准,一起动身起程。

老寿回到家里,打好了背包,换好了鞋,把干枣灌进干粮袋,当一切准备停当的时候,忽然有人轻轻叩了三下门。

啊!这不是老甘吗?他就是这么敲门的。难道真把他给盼来了?老寿赶紧拔栓开门,一看,不禁吓了一跳。进来的却是甘书记,他蓬乱着头,身上又是雪又是泥,没一个跟随的人,手里捏着一条空空的干粮袋,一进来就把门关上,气喘吁吁地说道:"后面有人朝我放枪!"

"胡说!你动摇军心。"老寿威严地说道。

"是真的。我跟你们一起行动吧!我不能一个人走。"

"这得问问大伙儿。"

"胡说!我是你们的领导。"

"这也得问问大伙儿。"老寿认准了一个理,而且竟都说出来了。他自己都觉着奇怪,自己的胆子怎么会这么大。

"谁都知道我是个领导干部,只有反党分子才不承认。我这是好意才提醒你这些话。快给我装上干粮,我带领你们行动。"甘书记说着就递上了那条空粮袋。

"我没有粮食。"老寿决断地说。

"哼!看你那粮袋鼓鼓的,还说没有?"甘书记冷笑一声,说,"不装也不要紧。我是干部,有你们吃的,就有我的一份。"说着从口袋里掏出一张纸来,晃了晃说:"这是有文的,规定的。"

"有文!有文也没粮食给你吃。我这是干枣。"

"干枣就干枣。"说着,他就张开了袋口来接。

老寿气得正要爆发,忽然响起了"砰!""啪!"两下震耳的声音。这是啥?

七、这不是结尾

冲天炮一个接一个地蹿上了半空,还夹着一挂一挂的小鞭炮,噼噼啪啪地响个不停。

"爷爷,爷爷!"孙儿摇着老寿,兴高采烈地报告说,"咱大队炼出钢来啦!用坩埚炼出来的。快去看呀!"

老寿努力睁大蒙眬的眼睛,茫然地说道:"炼钢?谁炼钢?那,那老甘呢?仗不打啦?"

"你说啥呀,爷爷?我说咱大队自己炼出钢来啦!有了钢,咱就可以造拖拉机了。"

"哦!拖拉机……"老寿想起很早很早以前,老甘是说过耕地不用牛的,"拖拉机,那敢情好!可是……"可是老寿又觉得自己种了一辈子庄稼,如今又要去炼钢,又要造拖拉机,他更加迷惘起来。全白了的长眉下面,眼睛又蒙眬地合了起来。慢慢地,从他那合起的眼睛里,迸出了两颗浑浊的泪水。他还想在梦幻中去找回那威武雄壮的故事来,但现在连这也消遁了。他依然是一块背时的石头,被人搬到了路边的一块绊脚的石头。

"对呀!为什么不真的找老甘去?"老寿猛然睁大了眼睛,醒悟过来,"我找老甘去。跟他说说去。他会告诉我,这是咋回事,这到底是谁背了时!"老寿颤巍巍地站了起来,颤巍巍地走出村去……

结尾于一九七九年元月,老寿老甘重逢之时,互诉衷肠之际。奋斗,寻求多少年的理想,多少年,多少代价啊!终于付于实现之年,中国人民大喜、大幸、大干之年。

一九七九年一月

草原上的小路

荒芜的草原，仿佛一直铺展到天的尽头，在这广阔无垠的地方，路本是可以挑直了走的，可是已经踏出来的小路，却是这样蜿蜒、曲折。也许是那些最初踏出路来的人，被偌大的草原迷住了，他们东张西望，不知要走向何方；也许，他们只是漫不经心，在这寂寞的草原上，边想着心事，边信步地走着，走着。但是尽管小路弯来弯去，它总会把人引到一个目的地。不是油井，便是水井，要不就是通到宿舍和临近的小镇。

小苔下了大夜班，又从四八井取了油样。这口决定封闭的死井，含水量竟然从百分之九十九点八降到百分之四十五，化验员不放心，叫再取个油样。小苔拎着小油罐，便沿着这弯弯的小路走着，脚步是急促的，她那对分得稍开、乌黑的大眼睛里毫无倦意，她有种预感，今天她会有信，石均的来信。但一想到石均，她不自觉地放慢了步子。石均，平顶头，冷冷的目光，嘴角上带着一丝不易觉察的讽嘲，油垢斑斑的工作服，有时穿一双长筒胶靴，这使他的身量比他平时穿那条肥大的旧军裤要显得略高一点。有点懒散，有点邋遢，有点骄矜，有点沉默，有点尖刻。多么奇怪，她脑子里的石均，竟还是"四人帮"没有粉碎之前的石均。对这个石均，她似乎有点了解。但是最近的石均，他父亲落实政策以后，陪同父亲到南方看病访友带散心的石均,虽然还是平顶头、肥大的裤子,但对小苔来说,好像有点陌生了。他精神了,挺直了,干净利索了,懒散邋遢已经消失,而那骄矜沉默,却变成一种自信,一种不自觉的优越感。他陪父亲去南方以后,给小苔来过两封信,这使队里很多同志拿她开玩笑,但是天哪!这是两封什么信?极普通的信,谁都可以看的信呀!小苔急得要跳脚,最后还是杨萌了解她,当场就把石均的信给大家念了一遍,大家这才没咒儿念了。不过还是有人说俏皮话:"那石均干吗不给我写信呀?"

"是啊!他干吗要写给我呢?"小苔干脆站了下来。草原的尽头,又是那一轮又红又大的太阳,渐渐地脱开了地平线,阳光也像那样平射过来,把人,把草原、小路,把整个的秋天,都染成淡淡的玫瑰色。小苔突然醒悟过来,又急急地沿小路走去,也许是这清晨的空气、阳光,她心里满涨着一种不安的幸福的感觉,似乎生活对每个人都张开了美丽的翅膀。

回到队里,她没到化验室,却拎了油样罐先进了宿舍。在窗下的老地方,正坐着瘦小的杨萌,在静静地看她的地质资料。

"有信吗?"小苔不觉冲口而出。

"有。"杨萌把夹在讲义夹里的一封信交给了小苔,并抬头看看她,又加了一句:"石缄。"两个字,道破了小苔的内心。她不觉红了脸,勉强地说道:"我是问你有没有信,录取通知来了吗?"

"没有。"杨萌轻轻地回答了一句。不过,这时声音再大,小苔也不可能听见了,她已拆了封,正看信呢!于是杨萌又平静地低头看她的资料。

两张信纸,粗大的字体,最后石均的签名倒占去了半张纸。跟上两封一样,又是一封人人都可以看的信,不过报告了他父亲的工作已定,去原省担任原来的书记职务,不日将一同回来搬家。只是在信的末尾,有两行字,使小苔的心跳加快起来,"届时希望看到你,不过请告诉我,我该怎么向爸爸介绍你呢?"

"什么意思?'怎么向爸爸介绍你'?"小苔细细地咀嚼着这句话。难道这就是自己等待的事?难道这就是那个……那个爱情?等小苔回过神来,才发现杨萌正注视着她。小苔立即做出平常的样子说道:"石均要回来搬家了,他爸爸还是回原单位当书记。"

"哦!"不知这个消息哪一点上触动了杨萌,她反射似的站了起来,但她立即意识到,又平静下来,拎起小苔取回的油样罐,说道,"我送去化验,你睡吧!"

小苔忽然想起还没问她考大学的通知书收到没,就又问道:"你通知书收到没?"

杨萌摇了摇头,拎了油罐,拿了她的书和笔,向外走去。她那瘦小干巴的身影,像一朵未及绽开就枯萎了的花。小苔知道,别的队有人已收到了录取通知书,不过她不敢把这消息告诉杨萌,这样做是残酷的。她从旁知道杨萌在农村插队时,贫下中农曾三次推荐她上大学,都被人挤下来了。现在可以凭本事考试了,她的年龄又似乎太大了一点。不过,杨萌自己却从不提这些,精神上也似乎未留下什么痕迹似的,她仍然只顾站在地层下面,在新生代、中生代、古生代,在多少百万年前的岩层里探究着什么。经常半夜里她床上就没有人了,独自去坐在隔壁阅览室里,把电灯罩拉得低低的碰着头,在过她最有兴趣的一部分生活。小苔尊敬她,却从来也没想到过怜惜她,但这时候,在自己心里藏着一种隐秘而朦胧的幸福感时,她突然怜悯起杨萌来了。她追上去,安慰道:"杨萌姐,你别着急,现在不是'四人帮'那时候了,你考得那么好,还有不取的理儿?我保证明天通知就到。"

杨萌微笑着,向她点点头,作为回答,也作为感谢,然后就转身走了。小苔觉得杨萌今天的笑容有些疲倦,有些无力。她不知道是自己今天特别敏感,还是真的这样。她慢慢地洗着脸,那面小圆镜子里的脸,似乎比平时苍白,眼睛是出神的,唯有那个酒窝是活泼的,它时隐时现,仿佛在问:"喂!怎么介绍你呢?"

镜子里那对大眼睛越来越大,越来越黑,面容也随之越来越严肃了,而且分明地摇了摇头:"不,这不是那个,那个爱情,爱情要比这美得多。他不过是平常的,一般的意思。怎么介绍?姓萧名苔,人称小苔,不就完了。"小苔洗好脸,急促地脱衣上床。为了补救刚才种种有屈自尊的想法,她把一切都丢在脑后,闭上了眼。已是北方的秋天了,一条薄被却仍然是这么热,她用脚把被挑松,又把手臂伸到被外,伸到枕头下面,无意地又碰到了石均的那封信,她又不自禁地把信重读了一遍,"不,石均问如何介绍,意思绝不是指一般的尊姓大名。他不肯明说,他自尊。要我来说明。这就是那个爱情了?"小苔丢开信,再次闭上眼睛,可是思想却像个线球那样滚动着,滚动着,把陈年的丝丝缕缕都牵了出来。

一九七五年的秋天,小苔从东北农村抽调到油田来的第一天,火车上载着从各处抽调来的知青,到达油田的时候,正是夜间。分到采油队的二十多人,先集中在大队部,然后按照分配好的名单,由各个采油队来车、来人迎接,分到303队的,只有两个人,一个是萧苔,另一个是男同志叫石均。"谁是石均?"小苔怀着刚走上工作岗位的兴奋,睁着大眼,在人群中寻找着,猜测着这位未来的同事石均。她先猜一个戴眼镜的、比较文弱的南方人,可是这个人跟着最早来接的车子走了;后来她又猜那个黑红的脸膛、老龇着一口白牙说笑的北方人,可是不久,这人也跟着别的采油队走了。最后,只剩下小苔一个人,面对着一个满脸胡茬儿,赤脚穿了双旧跑鞋的大队干部,没有什么石均。

"大概是个有来头的后门工。大家都报到了,他可以不到。"真是,小苔在农村这三年可不是白待的,什么事没见识过?招兵招工的时候,大学招生的时候,那就瞧吧!娘老子一个个地显神通,有权的使权,有钱的花钱。小苔可看不起,有人说她是吃不到葡萄嫌它酸。小苔一皱鼻子,说:"我呀!有的吃我还要挑那甜的呢!"她这次抽调上来,多亏了她队里的干部正派,硬推荐了她这个没权没钱的营业员的女儿。可是又偏偏碰到了跟一个有来头的人在一起,小苔可并不高兴。最后,地处边远的303队的车来了,一辆带篷的两吨卡,来迎接新同志的人,却是个矮小的女同志,黄脸,低额,像刀刻似的抬头纹,实在看不出她有多大年纪了。只是从她那双深邃的眼睛里,尚保有青春的活力。她把小苔的手有力地一握,就用她略带广东味的普通话简单地介绍了自己:"我叫杨萌,比你早来两个月。"

"你也是插队上调的?"小苔好不容易有了个说话的对象,很高兴。

"对!"杨萌答了一声,便把小苔的行李,起码也有七八十斤重的一个行李包,一拎就扛上了肩。小苔自己拎了个旅行包,跌跌撞撞跟在后面,只见她到了卡车后面,把肩膀一耸,行李就轻轻巧巧地上了车,好像是个专业的搬运工。

"你插队几年了?"小苔问。

"八年。"

"啊!八年。"小苔惊讶了,"那你一定很大了?"

"对!很大了。"杨萌转过头来,第一次注视着小苔微笑了。她看见小苔那对本来很大的眼睛,这时由于惊讶,睁得更大了,眼梢都挂了下来,"你有二十了吧?"杨萌边把她的旅行包送上车,边问道。

小苔一咧嘴,大概是想苦笑一下的,结果是露出了两排细白的牙齿,左颊的一个酒窝儿深深地一旋,变成了极其灿烂的一笑,说道:"二十一了。我已经有了三年的独立生活经验,经历过很多事,所以我看上去要比实际年龄老得多。"

杨萌亲切地拍了拍她,说道:"小苔,上车吧,还有一位同志等在镇头上呢!"

"就是那位石均?"小苔爬上了车,问道。

"对!"杨萌跳上了车,把车后挡板拴好,车就开动了。车上有个帆布篷,两边有木条凳,杨萌就紧靠前面坐下,小苔则迎风站在车厢前面,秋风虽然很冷,但她也不愿放弃观赏夜景的机会,一边顺口说道:"我猜,这个石均的爸爸一定是个大干部吧?"

"过去是。"

"那就行。总还有那些老首长、老战友、叔叔阿姨照顾着。你认识石均?"

"不认识。"

不认识,小苔就放胆说了:"根据我的经验,对这号人,要就远着点,要就拍着点,都是通天的。"

杨萌又微微一笑,不过这次小苔没看见,车里黑乎乎的,她又目不暇接地观赏着油田夜景,她只觉得杨萌沉默了一会儿,才听见她轻轻说道:"过去也许是这样,现在他们可能比谁都惨。"

"可能。不过他们觉得苦的事儿,在我们老百姓来说,都是平常事儿。插队、种田、烧饭、洗被子、吃窝窝头,不就是这些吗?"

"你是对的。不过你没有把心灵上的负重算上。"

"可能。"小苔趴在车前的挡板上,望着远远近近、星星点点的一片灯光,她不禁欢呼起来,"啊呀!真漂亮!"说着又回头对杨萌说道:"我这个人爱幻想,人家还说我感情脆弱,不过我不承认。我只承认自己近年来学得有点世故了。这倒是真的。你,我得叫你杨萌姐了,你今后得防着我一点,提醒我一点。我看出来,你心肠好,是个老实人。插队八年才上调,你也太没办法了。"小苔的话还没有说完,卡车就停下了。接着车后丢进一小卷铺盖,一个网线袋,然后双手一撑,跳进一个人来。小苔从车内望出去,只看到一个平顶头,中等个子,两肩宽阔的青年人的剪影。他上来以后,跟谁也没打招呼,就在车后坐下了。但车上的两个人都知道,这就是石均了。

奇怪的是,他一来,车里突然好像冷了许多,也闷了许多,谁也没做声。一会儿,小苔忍不住了,问道:"你家住在镇上?"

他用鼻子"嗯"了一下,算是回答。

"你是本地人?"

"不。"

"那你家怎么住在这里?"小苔仍然追根寻底地问着。

"发配来的。"话说得直白尖刻,话外有话,意思是:"这下你满足了吧!"小苔窘了,半天没做声。好在车厢里谁也看不清谁。过了半晌,才听见车前有一个平静的声音说道:

"我是中了状元才抽调到这里来的。"说话的是杨萌。小苔的酒窝儿在暗中旋了一下,接着便望着车外,轻轻地哼起了《石油工人之歌》,不过她哼了几声,没有人响应,也就不做声了。于是一辆小卡车,载着三个各不相同,但都一样沉默的人,在草原的便道上颠簸前进。

小苔和石均在黑洞洞的车里,不能说见面,只能说初次的交谈,应该说相互之间不是友好的。到达以后的第二天,两个人才见面,不过,恰恰正在小苔非常尴尬的时候。

这是第二天一早,小苔跟杨萌去看一口快要死了的油井,也就是说,这井里喷出来的已不是油,百分之九十九点八都是水了。但是当她们一走出采油队的大院,小苔就呆住了。草原以它的辽阔和荒漠,出现在小苔的面前,昨夜间,由井架上灯光所构成的繁华,竟像童话里的魔法一样,消遁得无影无踪。小苔靠在一个篮球架的柱子上,眼里立即蒙上了一层泪水。杨萌朝她看了看,也没安慰,也没劝解,只是默默地陪她站着。一会儿,小苔抹去了泪水,说道:"你看,我很脆弱,是不是?"

"容易动感情,不一定就是脆弱。对吗?"杨萌说道。

"对!太对了!我就是这么想的。你看着好了,我的行动不会是软弱的。"小苔说着,泪水又不听话地涌了出来。正在这个时候,石均走过来了,说道:"你叫小苔吧?"

小苔也来不及擦干泪水,便挺胸说道:"我叫萧苔。"

石均略略凝视了她一会儿,便收起了嘴角上的那一丝讽嘲,不无诚恳地说道:"不喜欢这地方?"

"对!我是说出来了,有人不过没说就是。"说着,就擦干泪水,直瞪着石均,很有点挑战的意味。石均赶紧把眼光避开,说:"领东西去吧!采油工的三件宝,饭盒、电筒、大棉袄。"说时,并不掩饰自己的沉重心情。小苔一时倒没了主意。一轮又红又大的太阳,直接从地平线上跳了出来,一队大雁排成了人字形,向南飞去。三个人同时送雁儿们远去以后,互相看了看,发现三个人站成一个鼎脚。最后还是杨萌说话:"采油工真正的岗位,是在地下。"她拉着小苔,脸却对着石均,说道:"沉睡了千万年的石油,它在地下也会受到压制,也会逃跑,也会躲藏,这里面的学问,够我们学一辈子的。走吧!我们先看看四八井去。"于是杨萌带头,在草原的小道上,三个采油工也走成了一个大雁的队形。

"我怎么向父亲介绍你呢?"这是一根轴,小苔大睁着眼,躺在床上,思想就围绕这根轴转动着,转动着。忽然,她直坐了起来,她听见有一种抽泣的声音,是的,分明是一种压抑不住的抽泣,声音是从隔壁的阅览室传来的。当小苔再想听听清楚时,抽泣声消失了,一切又归于沉寂。小苔重又躺了下去,长长地叹了口气,"我该怎么向父亲介绍你呢?"

这个问题是从什么时候开始产生的呢?那是小苔和石均来到采油队的第一个春节以后。弯弯曲曲的小路上,还覆盖着厚厚的雪,小苔和一些回家探亲的同志都回来了,而石均的家就在镇上,可是他也请了假,说是到省城去探亲的,而且一去不回,一下就超假半个月。队长当然很恼火,大小会议上已缺席批过几次。有一天下午正开会的时候,石均气喘吁吁,挟着棉袄,上身只穿一件破的大红线衫,一头大汗地撞进来了。他刚坐下歇气,就听见队长猛喝了一声:"石均,站起来!"

开会的人都吓了一跳。石均开始也有点愕然,可是紧接着他泰然地反把身子靠在椅背上,坐得更舒服一些,然后问道:"干吗?"

"站起来,说说你为什么迟到?"队长见他这样,更恼火了。

"我坐着说,你听不见吗?"石均两眼直盯着队长。小苔却捏了两手汗。她觉得石均迟到虽然不对,可是队长不问情由,这样欺人,内心也大为不平。

"你要流氓,你滚出去!"队长的面子下不来了,他吼着冲到石均身边,大有动手要拉的架势。石均仍坐着没动,只是用肩去擦着下巴的汗水,然后便默默地抱起衣服,推开门走了出去。一种深切的同情,攫住了小苔的心,她想起刚到的那个晚上,说石均的那些话,是不公正的。内疚在同情上面又添加了一层绵绵的歉意。

散会以后,小苔便向石均笔直地走去,他一个人正站在球场上,肩靠着篮球架的柱子,孤零零在想着什么。小苔走了十多步,发现有个人挽起自己的臂膀,一起向石均走去。是杨萌,她边走边在小苔耳边轻轻地说道:"一个人最难忍受的并不是打骂、斥责,而是孤独,一种歧视下的孤独。"

两个人走到石均面前。杨萌只是向他微微笑了一下,小苔却愤愤地说道:"对这种领导,你犯不着生气。"

"我已经习惯了。一个领导不整我这样儿的人,又叫他们做什么呢!"石均虽然这样说,身子却无力地依在柱子上一动也没动。

"我认为还要体谅他们。也许不这么做,他们自己还要挨整呢!"杨萌说着,眼睛望着远远的地方。那里正有一轮落日,带着金红的光芒,浮在地平线上。

"对!我们挨整无所谓,他们头上大小还有顶乌纱帽呢!"小苔说着又问石均,"你上哪里去了,这么长时间?"

"我探监去了。你大概不知道我有个'特嫌'的父亲关着吧!"石均转过头来,看着小苔。冷的目光里跳动着一丝饶有兴味的观察。

小苔一时不知说什么才好,惶然地哑了。

"石一峰同志的身体好吗?"杨萌问道。这次轮到石均哑了,过了一会儿,才说:"他好。你认识我父亲?"

"不认识。只是听说过。"杨萌说。落日在往下沉,红得也越来越暗。

"你跟妈妈一起去的吗?"小苔的音容更加温和了。

石均摇了摇头,说道:"我妈妈是个勇敢的弱者,爸爸关进去的第二年,也就是我们全家发配到这里的第二年,她吃了一瓶安眠药,长睡不起了。"

"啊!"小苔不自禁地惊呼了一声。杨萌听了,脸呆呆的,毫无反应。只是那长长的睫毛颤抖了一下,便顺下来,盖住那双深洼的眼睛,那里面正和落日的余晖一起燃烧着一种火似的光,灼人的光。过了一会儿,她轻轻地抚摸了一下石均的肩膀,问道:"你不是每星期都说回去看妈妈的吗?"声音是平静的。

"看骨灰盒,看她遗赠给我的任务,一个十岁的妹妹。现在已经十三岁,在镇上念书。儿童是特别轻生的,我回去要给她一些快乐,给她一些信念。要她相信爸爸没有罪,要有这个信念。妈妈就是失去信念才完的。妹妹可以没有馍馍吃,可是不能没有生活的勇气和信心。"

"石均,"杨萌沉思了一会儿说道,"光有一个相信父亲无罪的信念是不够的。你还必须教会她,也教会自己,不要在等待当中闲白了少年头;你还要教会她,也教会自己,不要太怜惜自己,要去苦干苦学。她还是幸福的,在念书,还有哥哥照顾着。"说完,她没有招呼小苔,就转身迅速地走开了。只剩下小苔和石均两个人面对面地站着。小苔的大眼睛里,这时已噙满了泪水,对石均说道:"我能帮你做些什么吗?"石均缓缓地对她摇了摇头。晚霞已经渐渐褪去颜色,依然是几片透明的薄云。暮色笼罩着大地,使一切都显得那么纯洁而宁静。

隔壁又有了那个抽抽噎噎的声音,不过这次更轻了。这种吞泣声,比大声号啕还要刺激人的神经。小苔翻了一个身,又翻了一个身,然后就坐了起来,一想到要穿好衣裤,走出宿舍来满足自己的好奇心时,她又躺了下来。她实在乏得很了,不过就是睡不着。隔壁那个隐隐的泣声停歇了,四周又归于寂静,小苔却依然大睁着眼睛。

是那次谈话以后的第一个休息日,杨萌早早地就把小苔喊起了床。小苔洗脸的时候,顺便就洗了头。她刚披着湿漉漉的头发,脸上的水珠还没擦去,杨萌就对她说道:"今天我倒很想去石均家看看,也许能帮他做些什么,你去不去?"

"去去去!你这个主意想得真好,我怎么没想到呢!"小苔高兴得跳了起来。杨萌含笑帮她把那一头乌黑的、柔软的头发擦干,然后扶着她的双肩,说道:"小苔,主意是好,不过我今天正巧有事,你一个人去好不好?"

小苔迷惑地点点头:"好!"

杨萌很高兴,按了一下她的鼻子,说:"小苔,你真像我小时看过的一本童话书里的白雪公主,又美,心肠又好。你早去早回吧!

有什么要缝要补的,拿回来我做。"

北方是极少春日的,不过到底立过了春,快到雨水季节了,吹来的风已不那么刺骨了。弯弯的小路,躺在苍黄的草原上。路上轻盈飘逸地飞着一朵淡紫的花,玫瑰色的脸颊,托在雪青的毛茸茸的围巾里,带着时隐时现的笑靥。小苔想象着石均会怎么接待她这个不速之客。

石均的家龟缩在小镇的角落里,两级碎石砌成的台阶,推开台阶上的门,是一条带子似的小院子,一头是一口无沿井,一头是一棵收拾得十分精心的丁香,当中是一大间平房。小苔推开门的时候,石均正弯着腰在一张小板桌上和面,他一见小苔,并没感到意外,只是立即走到门口问道:"什么事?"

"没什么事。"小苔有点窘,"我来看看你的妹妹。"

"哦!"石均放心了,说,"她不在,上同学家去了。"他仍然当门站着,并没请她进去的意思。小苔有点失望,对这次拜访,她想象当中完全不是这样的,那要热烈、激动得多。现在她却讪讪地站在门口。小苔也就不客气地说道:"我是来看看,有什么要帮忙的。"边说边用手把石均拨开,自己就走进了屋子。屋子当中挂着一条被单,算是把屋子隔成了两间。内外各有一张板床以外,几乎一无所有。空荡荡的房间,却又是那么凌乱。回头再看看石均,他呆着脸,跟在后面,从他脸上,看不出是高兴还是生气。

"他太爱面子了。"于是小苔装作什么也没注意到,只顾把床上的被子拆了,放在井边的一个盆里,埋头洗了起来。被里都已破旧得不能用劲洗了。"杨萌的话是对的,他们现在比谁都惨。"小苔洗着感叹着。洗完被子,她又进屋去收集了一大堆需要补缀的衣服、袜子,石均始终在旁看着,不阻挡,不帮忙,也不道谢,一直看到小苔卷好破衣裳,挟起要走了,他这才一手撑着门框,又像她进门时那样,堵着路,冷冷地盯着小苔,说道:"同情了?怜悯了?"

小苔刚才只是感慨而已,听了这话,倒真的可怜起石均来了。她明白这是一种强烈的自尊心在苦着他,于是就真诚地说道:"石均,我们是同事,又是同志嘛!"

"那么是来学雷锋?"石均嘴角带着一丝讽嘲的微笑。

"学雷锋也没什么不好。"小苔说。

"那么,我告诉你,我不需要。我不需要这一切的善心和施舍,你懂不懂?"石均激动得额上的青筋都绽了起来。挑衅地看着小苔,好像恨不得跟她吵一架才解气。可没想到小苔的酒窝旋了下,说道:"我懂。"真的,如果石均对她千恩万谢,她倒是宁愿他这种不客气的态度。这种态度虽然过火了一些,但是没有世俗,也没有卑屈。小苔便含笑说道:"那么,算我有这个需要行不行呢?我有空闲,我有这个兴趣,我有这种癖好,我愿意活动活动。怎么样,满意了吧!"说完,就又像进屋那样,拨开石均,走出了屋子。

"你说的是假话。"石均紧跟在后面。

"我从来不说假……"小苔说到这里,骤然收住了话。刚才说的,确实不是真话。她便回转身来,认真地大睁眼睛,说道:"告诉你真话,是杨萌的主意,是我的行动。"

石均点点头,眼睛里有一种火辣辣的光,看住小苔说道:"你既然有这个癖好,那么下星期天,你再来吧!不过希望是你自己的主意。"

小苔受不住他这种眼光了,便转过头去,说道:"这棵丁香长得真不错。"

"是我们从南方带来的。"

"哦!"

第一次拜访就这样结束了。回去的时候,小苔似乎比来的时候更快活。是因为做了一件好事呢,还是别的原因,她不知道,她只知道自己很高兴,草原也好像不再是那么荒寂苍黄了。她像个探险者凯旋那样,回到了采油队。晚上,她和杨萌一起在床上打开那卷破衣服。杨萌用手抹平那些破布,轻轻地叹了口气,说道:"过去生活道路的不同,所以现在同样的生活,却比别人吃苦得多。"

"杨萌姐,你好像非常了解他,也特别同情他。"

杨萌犹豫了一下,说:"也可以这样说吧!"

"但是他可不要人家的同情。"小苔说。

"真正不要别人同情,那就应该使人不想到去同情。"杨萌那粗大的手,戴着顶针,又快又整齐地补好了一只袖子。而小苔还在别别扭扭地对付那只破袜子。

尽管衣服是和杨萌一起补的,也尽管小苔和石均在队里和过去一样,没什么接触,但是队里已沸沸扬扬,说是小苔和石均"好了"。对此石均和小苔都矢口否认。不过方式两样,石均是板着脸,阴郁地说:"少开玩笑,我现在根本不谈这事。"而小苔则总是对人咯咯大笑一阵,然后捧起补好的衣服,说道:"真可惜,这都是杨萌姐补的呀!"

小苔也并没有按照石均的希望,在下个星期日去,而是隔了三个星期,才把补好的衣服送了去。这一次去,石均的家里好像干净了许多,炉火也烧得很旺,石均穿着一件球衫,正在写信,一见小苔似乎很高兴,玩笑地说:"嘀,安琪儿来了。"

"声明,"小苔第一句话,就违反了杨萌的嘱咐,说道,"这里绝大多数的活儿,是杨萌做的,所以,安琪儿也好,雷锋也罢,都不是我。"小苔说着,用眼在屋里找着,"你妹妹呢?又去同学家了?"

"不,我爸爸过去在部队里的一个老战友来,把她连人带户口都弄走了。她一见我就说:'你爸爸的历史我清楚,鬼个特嫌。'"说着,石均笑了。这是小苔见他第一次真正的笑,便说道:"看来,这位老战友才是你们家的安琪儿。"说着,心里有点惋惜,杨萌和自己打夜工补好的衣裳,石均的妹妹也许已经不需要了。

"我是不信有天使的。"石均收敛了笑容,眼里又透出一股冷意,"这几年,我信奉了'条件论',一切都是有条件的,功利的,交换的。人情,世故,亲戚,朋友,有的人因为我父亲的问题,公开对我们换了一副脸;有的虽然没有公开的变脸,但是好像突然地长高了一截,总是从高处那样俯视我们,恩赐我们。我宁可要前者而不要后者。现在这件事,我认为也可能是一种信号,我爸爸快要解放的信号。这么多年来,他的案子始终定不下来,就是一个佐证。"

话说得直白、坦率,是真心话。可是小苔越听,越觉得有一股彻骨的寒气。她看看石均,又看看那叠补好了的衣服,说道:"希望你不要把这个当成什么信号,也不是什么恩赐,这是友谊。如果你觉得友谊也是有条件的、功利的,那么你还是给我两毛钱吧!算是付的酬劳。"

"你误会了。"石均眼睛看着她,好像很不甘愿地说,"正因为我相信……相信你是出于纯真的友谊,我才对你说这些话的。"

"那么,你应该承认,在我们这个社会上,还是有许多没有代价的、美好的东西存在。"

"我承认,是你的行动让我承认的。"

"不是我一个人,还有杨萌。更主要的是杨萌。"

"知道。"石均不大耐烦地说道,"在你第一次声明的时候,我已经注意到了。你好像对她很迷信。你了解她吗?"

"她很少谈她自己。她非常真诚,非常用功。对你也很关心。"

"我觉得这个中了状元的人,倒应该关心她自己。我看到她的来信,几乎都是从一个农场里来的,那是一个劳改农场。"

"哦!"小苔恍悟了,"怪不得她那样了解你的处境、你的需要,又那样关心你。肯定她有着和你差不多的经历。"

"不一样。"石均似乎受了屈侮,很生硬地说。

小苔想起了杨萌那苍老的脸,半夜里,电灯罩子碰着头,那种专注的神情;她那粗大的手,戴着顶针箍抹着破衣服的慈母似的样子。她对自己,保持了乐观的、百倍的信心,对人保持了一份真挚而不显眼的热情。小苔想到这里,便点头说道:"对!是不大一样。"

"不过我还是很感谢她的。由于她的主意,使你来到了我们家里。"石均很大方地说着,而眼睛却十分注意地捕捉着小苔的反应。小苔发慌了,赶紧扭头看着窗外。窗外正是那棵丁香,枝条已有些绿意了。

"这株丁香真是不错。"小苔岔开了话题,想使自己镇定下来。

"提醒你一下,这话你已经说过一遍了。"石均微笑地说着。小苔立时飞红了脸。接着,石均又轻轻地说道:"我们从南方把它带来,我相信,我们还会把它带回南方去。"

"我相信。"小苔站起身告辞了。她觉得石均对自己已产生了一种压力感,她感到不自如,不轻松。石均也不强留,只是送她到门口时,说道:"我妹妹不在,希望继续得到你的关心。能吗?"

小苔想了一会儿,说道:"你觉得需要吗?"

"需要。"石均紧紧地握住了小苔的手。小苔又制止不住地飞红了脸,缩回了手,便转身急急走去。但是她仍感到有股压力,从背后而来,那是一双眼睛的注视,她便加快了步子。

从那以后,小苔只到石均家去过一次。就是在那个金色的十月,大快人心的十月,和许多同志一起去的,看看那棵盛放的丁香。接着就是今年的夏末,石均的爸爸得到彻底平反了。当石均接到通知,领导要他去接父亲,同时陪同父亲到南方养病、旅行时,他兴奋若狂,临走之前,曾到井台上找小苔告辞。他曾放肆地用一只手搂着小苔的腰,一边高呼:"我们胜利了,万岁!"当小苔还没来得及分辨清楚,他这是爱情的表示,还是庆祝胜利的狂热时,他已走在弯弯的小路上,匆匆而去。

随后他就来了两封平常的信,随后就是这个:"怎么向父亲介绍你呢?"小苔一下坐了起来,她不能再这么躺着了,她得找杨萌姐去,跟她谈谈,商量商量。当她刚刚套上衣服,便见杨萌轻轻地推门进来了,拿着一封厚厚的信,中式的长方红格的牛皮纸信封。她看到小苔并没有睡,有点意外,便立即把那封信塞进自己的枕头下面,然后坐到小苔床边,向她强笑了一下,说:"睡不着,是吧?"

小苔点点头,发现杨萌两眼红红的,便想到那窒息的啜泣声,便拉着她手,说:"杨萌姐,你哭了!是没录取?"

杨萌摇摇头,"没有录取,我是早知道了。我年龄超过了。好在现在又恢复招收研究生,我准备明年考研究生。四八井又开始产油,含水量虽然还高,但这些油,一定程度地证明了我对地质分析的一些新想法可能是对的。等到四八井完全复活了,我的看法也就有了充分的依据。那时候,我准备写论文。你觉得怎么样,不笑话我吧!"杨萌振奋地说着,眼睛一亮一亮的。小苔对面前这个哭肿了眼睛、百折不挠的人,不禁产生了一种尊敬和羡慕,便严肃地说道:"杨萌姐,我觉得凡是你想做的事,一定能做到。"

"不,我还得准备外语,奋斗一年。现在让我告诉你一个好消息,石均和他爸爸一起回来了。刚才他给队长打了电话,说他们大概很快要走,请你今天去呢!怎么样,小苔,我该向你祝贺吗?"杨萌这句玩笑话,并没收到预期的效果,小苔神情严肃,大睁着那双澄清如水的眼睛,瞪着杨萌说道:"告诉我,恋爱是什么样的,你经历过吗?"

杨萌微微眯起了哭肿了的眼睛,沉默了。半晌才说道:"小苔,我没经历过恋爱,只有人向我提过婚姻的要求。"

这次是小苔沉默了。她直瞪瞪地看着杨萌,但已忘了杨萌的存在。心里反复萦回着一个问题："我这是恋爱？是婚姻？我爱他吗？我爱他的什么？"

好像是回答她的问题，仿佛是从很远的地方传来了杨萌的声音："石均当然也要走了，听队长说，跟他父亲一起回原省工作，可能去石油研究部门，也可能是地质勘探研究所。"

"这一切跟我有什么关系？"小苔喃喃地说着。

"也许没关系，也许关系很大，你准备什么时候去石均家？"

"不知道，也许晚上去。"小苔听见自己回答了。恍惚中，好像看见杨萌从枕头下又取出那封红色长方格的牛皮纸封套的信来，说是有事要出去一下，便匆忙地走了。宿舍里便又只剩下小苔一个人，还有那个问题："怎么向父亲介绍你呢？……"

"让一切该发生的早些发生，该结束的早些结束吧！"小苔起了床，也没换衣服，就走上了去小镇的路。宽广的草原上，小路为什么要这样曲曲弯弯？小苔偏偏离开了路，从草原上挑直地走去，但是不久，她不觉又回到了路上，在这里走起来，到底轻便些。小苔两手插在工作服的口袋里，一步又一步地踏着小路，她觉得也许是草原过于沉寂，使自己的感情真的脆弱了起来。也许是在杨萌那个顽强性格的衬托之下，更显出自己的软弱。总之，她微微有点伤感。爱情，她曾千百遍地在自己心里描绘过，向往过，等待过。它应该像水里的月亮，蒙着薄雾的花朵，它神秘美妙，它洁白晶莹，它圣洁热烈，使人的心弦都会颤抖。但是现实里，它走近来了，却完全不是那样。小苔在迷惘中挣扎，她不知现实生活和自己的想象，究竟谁对？

"一切都是有条件的"，这是石均的话，也许他说得对？

当小苔望见那两级碎石砌成的台阶时，太阳刚刚平西，小苔不禁心跳得快了起来。她后悔自己来得太早了，如果让一切在月光下面，或者灯光下面进行，那似乎要方便得多。她正迟疑着，忽然看见从那两级石阶上,走下一个人来,是杨萌。她匆匆而出,从小苔身边一闪而过,向镇外走去。这个意外的邂逅,使小苔毫不犹豫地跨上了台阶,跨进了屋子。屋子仍然是这个屋子,但样子已经大变,满地的箱笼、行李,石均正俯身在收拾一只小皮箱。"杨萌来了?"小苔急切地问道。石均急切地转过身来,他胖了,微笑地看着小苔,说:"我估计你会来的。"小苔不得不又问了一遍:"杨萌来了?"

"哦!她找我爸爸的。正巧我爸爸被人硬拉去饯行了。没办法,我只好一个人留下等你。"石均说着,把小皮箱搬到桌上,腾出凳子让小苔坐。小苔看见桌上正放着那封厚厚的信,中式红长方格的牛皮纸信封,上面写着:石一峰同志收。"那么她没见到。"小苔问。

"谁?"石均一下没领会过来。

"我说杨萌,她没见到你爸爸?"

"没。见了也没用。"石均双手一摊,苦笑了一下,说,"你看我爸爸还没走马上任,事情就来了。原来杨萌的父亲从前在我爸爸下面工作过,五七年出了事,现在'帽子'虽然摘了,不过还留场劳动……"小苔耳边响起了那轻轻的、窒息的抽泣声。石均好像很热,解开了衣领,随便地在一只箱子上坐下,继续说道:"杨萌写了一份申请,谈了她父亲当时就有冤屈之处,还提出他已六十多岁,能否让原单位出面,将他调离农场。她的心情我理解,但是……"

"但是怎么样?"

"有什么怎么样!我爸爸一上任,就去办这种事!何况他也做不了主。而且冤枉她爸爸的那个人,还在台上。"

是的,石均说得不错,这种事是没办法的。小苔呆呆地坐着,看着屋角上堆着的一堆破烂纸屑,在这堆垃圾上面,丢着一堆破旧的衣袜,这正是自己和杨萌缝补过的那些,现在当然用不着带去了。这一切都是不错的,自然的,合情合理的。可是小苔心里还是挡不住地有点难过。她默默地坐了一会儿,便站起来说道:"大伯可能要回来晚一些,我不等了。送行的时候再见吧!你们什么时候走?"

"明天下午三点二十分。"石均机械地回答着,他不知所措了。小苔像阵清风而来,像阵清风而去,这是他意料不到的。他慌乱地站了起来,直看到小苔快走出屋子时,他才抢上几步,想叫一声"小苔",但喉咙发紧,竟没叫出声来。他只是又像小苔第一次来了要走时那样,一手撑住门框,拦住了她,一手插在裤袋里。他侧转头,咬着牙,一时竟说不出话来。两个人就那么靠近地站着,沉默着。小苔连自己都有些奇怪,自己竟然如此平静,连最初来这里时的心慌也没有了。她看到这带子似的小院子也改观了,窗前那棵丁香,正带着满枝的繁花,横倒在地,根部带着大团的泥,已仔细地用蒲包草绳扎起。

"带回南方去?"小苔静静地说道。

"是的。你记得吧,我说过它要回南方去的。"石均恢复了原有的自信和镇定,说着,"小苔,你呢?我信里的问题,你考虑过没有?"

"你是说怎么给你父亲介绍?我姓萧名苔,人叫我小苔,是你的同事,同志,同是南方人。"小苔不无俏皮地说着。

"你认为只有这一些吗?小苔,这不是开玩笑,这事关系到你的前途。"

"关系是有关系。"小苔听着自己的声音,也觉得意外,自己竟像在小组会上发言,那样冷静地来讨论这种问题,"不过可靠的前途,还得自己去争取,你说是吗?"小苔说着,觉得杨萌那双眼睛一亮一亮地在自己面前闪烁着。石均盯着她看了良久才说道:"你是在我困难的时候来看我,帮助我的,我珍惜这种感情。"

小苔心里动了一下,便苦恼地说道:"石均,你是爱听真话的,我告诉你,我弄不清。同情,感激,还有优越的工作、生活条件,这都不是爱情。但是,它们,它们有时又很像,相互也很有关系。我,我弄不清楚。"

石均动情地叫了一声:"傻瓜。"便握住她的手,说道,"我没想到你会这样。你再考虑一下告诉我,我等着。"

小苔点点头,轻轻地抽回了手,说:"明天,明天我来送你。"说完就走出了院子。

太阳已经渐渐沉落下去,它的余晖把寂静的草原、小路,涂上了一层更加寂静的颜色。小苔慢慢地走着,沿着这曲曲弯弯的小路。心的角落里,有一个声音在说:"回南方去,像那棵丁香一样,有多好啊!这是自己向往的,也是母亲梦寐以求的事。如果和石均确定了关系,这一切梦想,都可以变成现实。这也就是母亲常说的那个话'姑娘有两次投胎'的意思了。"那么爱情呢?就这样嫁给南方?嫁给好的工作岗位?也许还可以嫁给好的伙食?爱情需要吃饱饭,但是吃饱饭不等于爱情。那个声音在心的角落里又说了:"并不能说和石均没有一点感情基础。是的,并不深,但可以发展嘛!为什么要说是嫁给南方?为什么要说得那么难听?为什么要对自己那么苛刻呢?石均还没走,一切都还来得及……"

小路啊小路,年轻人的热情和心事,在向你洒抛,多少纯洁的友谊,爱情的烦恼,一步步都印在你的胸上,向你窃窃私告。小路啊小路,难怪你回肠百转,变成这弯弯曲曲,曲曲弯弯。

小苔回到队里,立即想到了杨萌,迫切地想跟她说几句温暖的话,安慰的话。然后把自己的矛盾,把自己的决定,一起向她倾倒。可是偏偏杨萌不在,在窗前她常坐的那张小凳上,放着一只帆布旅行包。"是大学录取通知来了?"但是对面宿舍的小王告诉她,杨萌收到了爸爸病重的电报,队里批准她去探亲。杨萌已去买火车票了。

　　小苔一下子坐到自己的床上,接着就躺了下去。她感到累极了,连脱鞋的力气都没有了。她想起自己没吃晚饭,但又不觉饿。她眼睁睁地这么躺着。屋子里已经渐渐暗下去了,黄昏在奔向黑夜,而黑夜又将悄悄地让位给黎明。昼夜就这么循环着。生活就在其间进行,各自带着各自的家当、负重,各自带着各自的希望和理想、欢喜和忧伤,忙碌碌,急匆匆,像流水那样在小苔身边流过。水流在推着她,拥着她流过去。最省力的办法,就是随波逐流,一切都随它去,否则,那就要拿出力量来,特别是在最初的时刻。但小苔累了,她慢慢睡着了。

　　到杨萌来推醒她的时候,已是午夜以后了。她一醒来,立即抓住杨萌的双手,说道:"杨萌姐,我能帮你做些什么?你可千万不要着急……"当她看清了杨萌的模样,于是她明白一切的安慰话都用不着了。杨萌一身油垢,头发和半边的工作服湿透了,还在滴着水。兴奋得黄黄的脸上泛出了两颊的红色,仿佛浑身都在冒热气。她压低了嗓子,但压低不了那股高兴,说:"小苔,我们的计划快要胜利了。我把四八井西边那口水井的注水量减低一半以后,四八井喷油了,含水量降到了百分之三十。我想,试它一天以后,再把西南面九号水井第十二层的注水量降一点试试看。小苔,四八井的含水量可以降到三十,那么它也可以降到十,降到一,它可以复活了。四八井可以复活了,小苔,你懂不懂?"杨萌正用脱下的湿衣裳在擦自己的头发,说到这里,她一边笑着,一边调皮地用这团湿衣服在小苔的头发上乱揉了一气。接着又说道:"小苔,想想看,四八井复活了啊!就算它一天喷五十吨吧!那一天就是五千美元。还有我那计划中的论文。可惜我明天要走了。顶多去十天半月就回来。我不在的时候,这试验就交给你了。"说着就将一个讲义夹交给了小苔。

小苔愣愣地坐在床上,她仿佛在一种昏晕的朦胧中,忽然被一阵清新的风吹醒了。她从来没见杨萌这么高兴过,也从来没听她说过这许多话。杨萌在生活的湍流里游着,并不显眼,更不被人注意,但她不停歇地游着,向着她预定的目标慢慢地游着,这比之自己准备好的那些安慰话,不知要有力几千倍。小苔接过夹子,点点头,什么也说不出来。杨萌拧干了头发,见小苔仍呆呆地坐着,便和她并排坐了下来,说道:"小苔,想什么呢?"

"我想,我这个人到底还是脆弱的。"

"意识到自己的脆弱,就是坚强的一部分。是吗?"杨萌说到这里,顿了顿,又说道,"在力学里,从静到动,是靠外来的因素,它就像一座引渡的桥。不过在生活里,这座桥有时是狭窄吓人的,有时又会像虹那么美。我们用这座桥,走向哪里,那就全在自己了。你明白吗?"

小苔紧紧地抓住杨萌的手,点了点头。这是杨萌的赠言,也是杨萌的自我表白。

"那好,该你去接班了。"杨萌站起身来。小苔猛然省悟到自己竟然忘记上班了,便披上棉袄,拿了电筒,匆匆跑出屋去,但又立即跑回来问道:"杨萌姐,你乘哪班车走?"

"明天,不,是今天下午三点二十分。"

小苔下班回来时,杨萌已搭便车走了。她便吃了饭,稍稍睡了一会儿,便换了衣服,赶往石均家。当她跨上那两级石阶时,已感觉到自己来迟了。但是小苔仍然走进屋去。果然,房间里已是空荡荡的,只是一些借公家的桌椅板床,还在原处。顿时一种人去楼空的空虚感,招来了无限怀念的柔情。"上车站去,当面向他说明一切,我们不仅是一般的同事、同志……"小苔激动地向门外走去,可在她转身之际,忽然看见空床上整齐地放着一叠衣服,上面压着一张纸条,上面写着:"小苔,我们要早去车站办理托运,如果你先来这里,请将这些工作服带着,代我交还采油队。车站见。石均。"小苔温存地拿起衣服,刚反身要走的时候,一眼瞥到在桌上许多废纸当中,有一封厚厚的信,中式长方红格的牛皮纸信封。"杨萌的信,他们忘了。"她立即拿起信,想带去车站。但当她拿起信以后,便在床沿上坐了下来。信是从当腰撕断的,他们不是忘记了,他们只是忘记应该把它带到别处去丢弃罢了。小苔不能自禁地拿出信纸,拼铺在桌子上,于是她看见了杨萌和泪写成的字字句句:

  石一峰同志:你也许还记得杨是昌这么一个人吧!五七年以前,当时你是局党委书记,他曾在你领导下工作过。他怎么戴上"右派"帽子的,你是最清楚的。当时,他只是给局长个人写过一封信,信里对局的工作提了些意见和建议。这封私人信件,后来忽然见了报,(怎么会发表的,直至现在对我们说来,还是一个谜。)接着他就被打成了"右派",并被送去劳教农场。当时,我是八岁,我没有能戴上红领巾,但我以优良的成绩,寄给爸爸,要他好好改造,争取早日摘帽。果然两年以后,爸爸摘了帽,我们全家都高兴得发疯一样。可是不久以后,我们知道,这帽子是永远也无法摘掉的,因为他还是个"摘帽右派",仍然留场劳动。妈妈觉得她已苦不出头了,就跟石均的妈妈一样,走上了那条绝路,把一个八岁的弟弟,丢给了十二岁的我……

小苔的手发凉,浑身颤抖。腕上的表,时针已指到两点半了,去火车站还有相当一段路,但小苔却站不起来,她用手掌抹去了眼泪,又继续看了下去。

  现在当"四人帮"加于你身上这场冤狱,你家庭所遭受到这一切以后,我相信,你不难体会我当时的伤痛和困窘。石一峰同志,退一万步说,即使是父亲对社会主义犯了罪,那么,对我们的惩罚,两代人受到的惩罚,二十年的惩罚啊!石一峰同志,是不是也够了?在"四人帮"粉碎了的今天,在我们党大力恢复实事求是优良传统的今天,在万众欢欣鼓舞的今天,我,是不是也能要求……

小苔慢慢地站了起来,已经是两点三刻了。她要去火车站,应该去,去送杨萌,也送石均。小苔折好这封撕成两截的信,拿起了那叠衣服,头也不回地离开了这间屋子,那个带子似的小院子。

当小苔走进火车站的站台时,已经响铃了,上车送客的人都已纷纷下车。在软卧车厢门口,聚集着一大群送行的干部,石均正从车厢里伸出半个身子,一边和他们握手,一边在人群里寻找着什么人,当他看见了小苔,立即高声喊道:"小苔,写信来,我等着。"接着,在他旁边伸出一个花白的头来,清癯,干净,气色很好。这大概就是石均的爸爸了。石均指着小苔,跟他谈了些什么,他父亲也和蔼可亲地向小苔招着手。列车移动了,软卧后面是硬席车厢,杨萌沉思地坐在窗边,看见小苔,立即把她那只粗大的、男人似的手,贴在窗玻璃上,向小苔微微点头。小苔噙着满眶的泪水,拼命地摇着手绢。列车渐渐加快了速度。她目送着两个命运相同,然而又决不相同的人,乘着同一趟列车,飞奔而去。

站台上的人都快散尽了,小苔才慢慢向外走去,但她的脚步越来越快,她要到外面去,让草原上的风吹一吹,她要踏着那曲曲弯弯的小路走一走,她要思索一下,在这生活的湍流里,自己将奔向何方……

一九七九年四月

家 务 事

送走了娴娴，我筋疲力尽地拖着淘淘回到家里，已是下午三点半了。天要落雪，阴得很，也冷得很。

我不是一个有学问的人，只是一个打字员，一个普通的革命群众。所以在这次"文化革命"运动里，我没有受到冲击，更没有尝过那令人心颤的批斗、隔离、坐牢。当然，我也没能耐去做造反派，我就是一个普通而又普通的群众。不过我觉得自己还是要求革命的。淘淘爸爸去支援小三线，我没拉过后腿，我自己积极跟着大伙儿下"干校"搞斗、批、改；现在，我又送大女儿去黑龙江插队落户。我说不清是怎么搞的，娴娴一走，我这心里好像突然空出了许多地方，屋子也似乎大了好几倍，显得冷清、清冷。淘淘也好像乖了，一个人坐在桌边，侧倒了头，枕在自己手臂上，两只大眼望着窗外，一声不响。

窗外是两棵一人多高的花石榴，小叶子已经很少了。从低处望去，它们仿佛在铅灰的天空，铺设了各种花式与图案，浓浓淡淡，疏疏密密，别致而有趣，即使人忽略了天空的灰色，也隐匿了叶子的枯黄，随风摇曳着，变换着，美丽，多姿。觅食的麻雀，飞来歇脚，然后又匆匆飞去。天冷了，它们也像是焦急了起来。

"妈妈！"

"嗯？"

"小鸟哪里来的？"淘淘一只小辫子朝了天,头仍枕在手臂上。

"跟小鸡一样,是鸟蛋孵出来的。"

"那……"淘淘抬起头来了,水汪汪的眼睛睁得老大,"鸟在天上飞,生的蛋掉下来,掉下来,不都打破啦!"

"不,"我笑了,"鸟也有窝的。蛋生在窝里。"

"哦!"她又把头枕在手上,眼望着窗外。

"淘淘!"

"嗯？"

"姐姐走了,妈妈明天也要回干校了,你一个人在家,晚上会把被子盖好吗？"

"我会。"

"早上起来,自己点煤气,烧泡饭。"

"我会。"

"上学去,把门锁好……"

"我会把钥匙挂在头颈上,放学了,就到小狮子家,跟他一起做功课。小狮子外婆给我烧好饭,吃了饭自己洗碗。对不对？"淘淘像背书似的背完了这一套,仍伏在桌上,只是顺便把手指塞进嘴,她总也改不掉咬指甲的习惯。

"对!"我点点头,觉得有点鼻酸。淘淘是个活泼的孩子,她顽皮的时候,皮得使人心烦;她乖起来,又乖得让你心疼。姐姐一走,她好像顿时懂事了,长大了。

桌上仍放着那碗鸡汤,中饭时,淘淘为了这碗菜还生过气,觉得尽叫姐姐吃没让她,结果娴娴喝了两口汤,鸡一点没动。现在我想让她高兴高兴,便说:"淘淘,妈妈把鸡热一热,你吃掉吧!"

她摇摇头,连看也没看一眼。

"唉!"我坐在凳上收拾着碗筷,中午是放下筷子就去赶火车的。"娴娴什么也没吃。应该昨天就买给她吃的。今天要走了,叫她怎么吃得下呢!"我已经不知是第几次为这事懊恼了,"其实,今天已是腊月十五了。多巧,今天正好是娴娴十六周岁零一个月——我们明天又要回干校去,春节也许回不来了。应该多买点菜,也算大家提早过了年……"一想到明天一早就要回干校,我就坐不住了,家里要做的事情,像潮水似的向我涌来,"应该,应该,应该的事太多呢!"我扎上围单,捧起碗筷进了厨房。衣服要洗,留给淘淘的菜要烧。起码要够她吃四五天的。隔壁小狮子外婆虽然答应照顾她,可也不好意思多麻烦人家。唉!淘淘已快八周岁了,有什么办法,只好让她锻炼锻炼。

　　我点着煤气,锅里倒上油,一边熬油,一边洗碗。洗着洗着我就看见娴娴,胸前戴着大红花,坐在宽敞的汽车上,汽车排成长阵,缓缓地在马路上开,她红着脸向欢送的人群微笑,挥手。这是插队落户去的知识青年在游街。但是,但是,我又看见下午挤公共汽车上火车站的情景。几万知青,加上十多万的家属相送,集中在一个时间轧车。娴娴离开家的时候,眼红红的就想哭,但在挤车时,我只看见前面是扁担、麻袋、行李、热气腾腾的头,娴娴只在离车门一丈远的地方,做着无效的挣扎,已没了流泪的情绪和时间。等我们赶到火车站,站台上已吹哨子,火车要开了。她抢上了火车,把行李从窗口送进去,火车已经移动,而且立刻加快了速度,我只看见娴娴顿了一下脚,双手就蒙上了脸……这是她有了空闲的缘故。娴娴就这样,你推我挤的,踏上了熙熙攘攘的人生道路。

　　油锅冒烟了,我赶紧回过神来,把早上腌好的几条小黄鱼,一条条放进锅里。暴腌小黄鱼,放糖醋,这是娴娴爱吃的,也是淘淘喜欢的。但就这几条小鱼,只够吃一天的。还得给她做个经吃的菜。

　　"应该给她做些好的。妈妈、姐姐都不在家,也算是给她一种慰劳。"我把鱼一条条都翻了个身,拿了一只空碗,便喊淘淘。乘早去买点酱来,五点钟酱油店就打烊了。

"应该,应该,应该的事太多呢!"我从身边掏出一毛钱来,只有这点条件,给她做一碗酱,多放点糖。

"淘淘!"我又喊了一声,没有回音。我便捻小了煤气,走进房去。淘淘还是那个姿势伏在桌上,不过已睡着了。

"淘淘!"

她勉强抬了抬头,醒了。

"快帮妈妈买碗酱来。一会儿店要关门了。"

"哦!"她应了一声,就慢慢从凳上下到地。两颊通红,眼睛水汪汪的。我心里"咯噔"了一下,过去摸摸她的额头,果然火烫。便一把抱起她说:"淘淘,你哪里不舒服了?"

"没有,妈妈。我去买酱,我会。"

"不。"我抱着她往床边走了两步,想让她上床休息,但又想立即带她上医院去看看,我又往房门口走,但又想到她今天起得早,又"帮"姐姐收拾东西,刚才又去了火车站,印象纷杂,奔忙劳累,一热一冷,一定是老毛病,扁桃腺发炎。最需要的还是睡一觉。于是我又从房门口走到床头,正好在屋里转了一个圈子。最后,还是让她上了床。让她上床的小半原因,只有我知道,因为我也是肉做的,我累了。

淘淘睡了,睡梦里还在说:"我会,我去买……"我心里却不踏实。不经医生看,怕耽误孩子的病,自己明天还要走。这次为了娴娴去插队,自己比大家早回来三天。明天是大家一齐回干校的日子。心里正乱麻似的,忽然闻到一股乌焦味,"鱼!小黄鱼还在锅里。"我赶紧跑到厨房,锅里的鱼已焦得像木炭了。我关掉煤气,把它们从锅底上铲下来,倒进泔脚缸里。……

天早已暗下来了,我坐在床边上不想动,没劲儿动。没开灯,没做饭,也不觉饿。只是痴痴地坐着,什么也没想,却又什么都想到了似的……

淘淘那烧得绯红的小脸,忽然浮动了起来,像是娴娴胸前那朵大红花,又好像就是娴娴,是娴娴六岁时出疹子,脸烧得绯红,在床上爬着哭着,她浑身都有了红点点,就是鼻子上一粒也没有,人说这是白鼻子疹子,可险啦!整整地抱了她三天三夜。我手酸,腿麻,肚子咕噜咕噜地叫,但不觉饿。……娴娴站在火车里,她一跺脚,两手就蒙上了脸。火车开动了,我忽然瞥见,那车上站的不是娴娴,是淘淘呀,她通红了脸,咬着手指甲……

"淘淘!"我想叫,但叫不出来,我透不过气来。

"妈妈!"淘淘摇着我,说,"妈妈,我要喝水。"

"哦!"我猛地跳了起来,手酸腿麻。我给她倒了水,见她脸烧得更红了。我想起来了,淘淘可没出过疹子啊!看看钟,才五点半。

"淘淘,妈妈带你上医院看病去。"我当机立断了。而且,一个聪明的念头突然闪现,像一道光似的照亮了一切。请医生给淘淘开病假单。明天,我就拿了她的病假单去请假。明天,我就可以在家照顾她,自己也可以喘口气。明天,我就可以不回干校。我浑身又来了力气,把淘淘裹了个严严实实,去了医院。虽说花了两元钱的医药费,可是一切如意。诊断下来,淘淘是扁桃腺发炎,打了退热针,庆大霉素,给了四天的病假单。不过医生在开病假单的时候,朝我看看说:"一般,小孩子生病,我们是不给开的,现在照顾一下吧!"我朝医生感激地笑笑。

出了医院,我就亲了一下淘淘的脸,说:"妈妈明天可以不回干校了。"

"真的!"淘淘立即精神大振,人也神气了,欢呼道,"明天我们过年了!"

"什么过年?"

"你自己说的,你什么时候回来,我们就什么时候过年。"

"对,明天我们过年了!"我想起来了,也高兴地说道。

回来的路上,又碰到了好人。电车上一个乘客给我让了座。我就抱着淘淘坐在靠窗的位置上,淘淘撒娇地靠在我手臂上,头顶着车窗向外望着。一会儿,她高兴地喊道:"快看,妈妈,开过去了,在花里开过去了,我们的车在花里开过去了! 快看呀!"

"什么呀,淘淘?"

"喏! 你看呀!"她朝上一指,原来她倒看着窗外那些梧桐树枝。淮海路这一带,马路两边的树很高很整齐,枝丫几乎在中间碰了头。倒看上去,它们在天空铺设出各种花式,浓浓淡淡,疏疏密密,随着车辆的行驶,在流过去,流过去。

"好看吧?"淘淘在问。

我摸摸她的颈子里,似乎捂出一点汗来了,心里更加高兴,说:"好看。"

"是谁摆出来的?"

"我们,大家。"我随口应着,心里筹划着怎么安排这四天的假期。

"妈妈,这一枝是你,这个小丫丫是我。"电车靠站了。淘淘扳着我的脸,要我看车窗外面的一根树枝。

"不。"我笑了,在孩子的心目中,母亲总是这么重要。其实,中国九亿五千万人,要排起队来,我这么一个普通而又普通的群众,连这树上的一个小节子都算不上呢! 但我不愿扫孩子的兴,便笑道:"妈妈是那个小丫丫,你呢,是丫丫上的一个小节子!"

果然,淘淘高兴了,立即像唱歌似的唱了起来:"我是一个小节子,我是一个小节子……"一直唱到家里。

一进家,小狮子外婆就交给我一张汇款单,说是已代我盖了章。钱,当然是淘淘爸爸汇来的,伍拾元整。唉,这个月他可要苦了,不过,让他香烟少抽一点也有了。这五十块钱,还掉娴娴走时买蚊帐、衣服借的四十元,还可以余十块,加上我的工资,算起来我和淘淘俩,每人平均也有三十元一个月了。这在当前,真是不错了。一家人虽然不在一起,但都平安,这在当前,更加难得了。我安排淘淘吃药上床,一边想着想着,就禁不住地又在她脸上亲了一下,说:"爸爸寄钱来了,妈妈明天给你买好吃的。"

"妈妈,我想吃面。"

"好,妈妈先去邮局拿钱。回来就给你下面。还有一块鸡,给你煮在面里,鲜得你眉毛都要掉了。"

"不,我不要鸡,什么也不要,光要面。"

"好,那就给你下一碗阳春面。"

"不要,阳春也不要。"淘淘直摇手。

"好,好,阳春也不要。"

实在有趣。阳春面这名字也实在雅。所以大家说中国是历史最久的文明古国,实在是很有道理。我含着忍不住的微笑上了街。同时突然感到自己饿了,饿极了。

这一天的晚上,天,开始飘雪了。淘淘吃了两筷面,又重复叮了一句:"妈妈,我们明天过年,啊!"就安心睡去。她热度虽未退清,但睡得很安稳。我呢!从邮局回来的路上,正好看见点心店里热包子出笼,就给自己买了两个肉的,回来又烧了点泡饭,美美地吃了一顿晚饭。真香!好像我已好久、好久没有吃得这样有味过了。九点不到,我又摸了一下口袋里那张病假单,就上床熄灯了。灯一灭,外面下的雪,似乎更加纷纷扬扬。我想到了娴娴,于是心里充满了一种幸福感入睡了,连梦都没做一个。

第二天一早,天还没亮,地上倒已是白晃晃的一片。雪已停了。淘淘还没醒,我就穿上套鞋,赶往静安寺,我们回干校的集合地点。从那里请了假,回头就走菜场买点什么。今天,小组长、单位的头头都在,也省得我拿了病假单东跑西颠,左等右候,可以当场拍板。工宣队头头杜师傅,一直对我比较照顾的。

但是,说不出来为了什么,我离集合地越近,心却越虚起来。心越虚,性越急,胆越怯,走得气喘吁吁,领子里竟黏糊糊地冒汗了。跑到静安寺一拐弯,我两条腿就挪不动了。我望见了回干校的卡车,卡车上已插满了彩旗,车上架起了锣鼓,车帮的两边,贴上了斗大的标语:"'五七'道路育新人,移风易俗过春节"。车旁已来了好多人,围住了杜师傅和单位的另外两位头头。来的人大部是来请假的。有的是自己生病,拿了病假单,让孩子搀扶着来的;有的是家里老人住院,拿着医院证明来的。我手捏着淘淘的四天病假单,胆怯地叫了一声:"杜师傅!"

他似乎没听见,一转身跟几个头头商量去了,一会儿,他回身大声说道:"统统上车。有病到干校休息,有事到干校再说。"说完,锣鼓敲起了欢乐的节奏,人们纷纷地上车了。

"金凤,你倒来得早!"

好像有人在招呼我,但我又好像没听清。我张皇,慌乱,嘴巴像给什么东西粘住似的,开不得口。有人拉着我,推着我上了车。

"淘淘!"我在心里喊了一声,满脑子就是放在桌上的那些针药,四小时吃一次的,三小时吃一次的,还有不能咽下肚的漱口药水。还有,还有空空的菜橱,烧焦了的鱼,没有买回来的酱。还有,还有淘淘那烧得绯红的脸……

咚咚喤,咚咚喤!锣鼓喧天似的响,我只听见淘淘在快活地说:"妈妈,我们明天过年了!"

咚咚喤,咚咚喤!现在已经八点钟了,她一定醒来,还睡在床上等妈妈回去。要等到十点,十一点,也许要等到中午,她可能会猜出来妈妈已回干校了。她就会对小狮子外婆说"我会""我会",

她什么都会。当然,她已经认字了,她会认识药包包上那些字的,她还会去买酱,小狮子外婆会给她做一碗菜的。对了,菜橱里还有一碗娴娴没有吃的鸡。

咚咚哐,咚咚哐!我感到头晕,想吐,像是晕车,但我是从来不晕车的。我赶紧挤到最前面,掀起车篷前一块挡风油布,把头伸了出去。啊!冬天的风真冷,冷得刺骨,不过,倒十分醒脑。而且这里也安静一些。雪早已不下了,路上却铺了一层耀眼的白。卡车载着飘扬的彩旗,已行驶在郊区的公路上。我抬头看见了树枝。雪白的、毛茸茸的枝丫,晶莹发亮的枝丫啊,在天空铺设了多么奇异的花,苍劲而有力,美而不娇,浓浓淡淡、疏疏密密,它们正在我头上流过去,流过去。我不自禁地在那些树枝中,寻找起最小最小的丫丫。"我是一个小节子,我是一个小节子……"

树枝裹了雪,似乎都粗壮了起来,小丫丫没找到,小节子当然更加看不见了。"我是一个小节子……"唱得是那么快活,又是那么固执地唱着。我伸手到口袋里,紧紧地捏住了那张病假单。卡车停下来了,让路给一辆公共汽车调头,开回市区去。

跳下去!跟着公共汽车回去。回去半天,不,一会儿。跟淘淘交代几句,再摸摸她的额头……我的血似乎都涌到了头上,脸上,手是冷的,但手心里却冒着汗。

卡车又开动了。现在一切都晚了。现在已是一九七〇年开头了,一切都是"无产阶级司令部"领导了。我怀着一颗尚在激烈跳动的心,悄悄地把那张小纸团了起来。四天的病假团成一个小球。它没有用上,但我是感激它的,它给了我一个那么舒畅、愉快的晚上。我伸出手去,慢慢把手摊开,让风把那小球从我掌上吹去。小球落在驾驶篷顶上,打了一个转儿,就落到已践踏过的雪地上了。

"我是一个小节子,我是一个小节子!"那快活的歌声好像在追着它,也逐渐远去了。

我到底是一个普通的、革命的群众。

"金凤!"

有人在叫我,回头一看是杜师傅,他和蔼地说道:"你在想什么?刚才你好像叫我了?"

"没什么。不过是些家务事。"

儿 女 情

我守在田井病床边,已经一个多小时了。时节已入秋多日,不到六点钟,天就昏暗下来。在这黄昏中,坐在这单间的病危病房里,眼看着一个人的生意和活气在悄悄离去,而且还不断地一丝丝、一缕缕地消散,挥发。不管我对田井这个人抱着多么实事求是的看法,也不管我对生死这一自然规律怀着多么冷静的态度,人总不好受,想得也特别多。尤其是刚才在楼梯口,见到了她的儿子蒯池以后。

田井是我的老战友,我又是她的入党介绍人。因为她丈夫去世得早,我又没有孩子和家累,就成为她的密友、顾问。人称我们之间的感情具有古典色彩,我以为这样说也可以。实际上我了解她,也批评她;怜惜她,也爱护她。她是个能干的人,会干女人的活儿,也会干男人的活儿,虽然是个十五级干部了,但她在家修电灯,扎拖把,总是忙得披头散发,身上穿得邋邋遢遢,然而她家里一个套间两间屋子,任何时候都收拾得窗明几净,光可照人。她儿子蒯池身上,更是山清水秀。她学校里的老师反映说,我们的支部书记,在学校像个工友,在家里像个劳动大姐。我认为,她好也好在这里,坏也坏在这里。家庭观念太重,所谓家庭者,就是一个儿子,两间房子。

现在,她是那么安静地躺在那里,没有挣扎,没有呻吟,肉体上也似乎没有什么痛苦,痛苦的倒是她脑子还十分清楚,清清楚楚地等待着那个时刻。她沉默着,呆滞的眼光里埋着内心的大痛,嘴角的皱纹里,刻着她执拗顽强的个性,她整个脸凛厉,严峻,不可亲近,没有一点可怜相,一反她平时的那种亲切、平和、慢悠悠的性子。她不时睁眼看看我,望望高而暗的天花板,微弱地问一声:"几点了?"

"六点了。"

"他呢?"她问的是儿子蒯池,我便只得按照事前的约定,说:"他去睡一会儿。"

她浑浊的眼光,停在空中的一点上,慢而清楚地说道:"要真是这样倒好了。"

"你不要去操这个心了。"我知道她起了疑,为了分散她的注意力,也为了在这最后时刻,使她有点愉快,我便告诉她,他们学校里,她最喜欢的那个学生贾铭华,已跳级考入了北大数学系,马上要去报到了。

"贾铭华,……什么贾铭华?"她恍惚了。

"就是去年夏天,在你家里打柜子的那个学生。你说他父亲死了,母亲改嫁了,他自小学过木匠活儿。"

她定着眼,不知是想起来还是没想起来。我继续说道:"前几天我在你家门口碰见他,他到家里去看你去了。"

"嗯!"田井用鼻子哼了一下,结果变成了一声短促的呻吟,喃喃说道,"骗人。穿着新衬衣去睡,只能骗死人。我还没死呢!"

她还在想着蒯池的事,我只能缄口了。

从田井病情恶化以后,我是经常来看她的。今天我下班以后,气喘吁吁地爬上住院部二楼时,就看见楼梯口大走廊里,一条靠窗的长椅上,坐着一个年轻的……女人,长长的鬈发,绾起在头顶上,精心安排而显得随意的前刘海,一双本来就无懈可击的眼睛,周围又淡淡地涂了点眼圈,显得更加大而亮;挺直的鼻子下面,是浅浅抹着口红的嘴,宽阔而不薄。线条简单的灰西装,紧身的喇叭裤,下面是一双同样灰色的皮鞋。在一身素色当中,只有从领子里,露出一点血似的大红乔其纱围巾。她娴娴地坐着,毫不怯弱地迎接着向她投来的各种目光。我猜,这可能就是她,汪稼丽。

"妖精",这是田井对汪稼丽的称呼,而且儿子在她的影响下,也留起了鬓角、长发,穿起格子衬衫来了。田井已习惯儿子的顺从,儿子从小到大也似乎没有违拗过母亲,他不想也不必违拗,因为一切安排都是好的,舒适的,比上不足比下有余的。可是一旦碰到爱人问题上,母亲的一切辛劳,都变成婆婆妈妈,土崩瓦解了。田井伤心,儿子也不痛快。三个月之前,蒯池不顾母亲的反对,把汪稼丽带回了家,说是要让母亲"见识见识""习惯习惯",可是他实在低估了母亲的力量,一贯温和的田井,竟然指着汪稼丽说道:"我们家从来没有像你这样的人进出的,除非我死了。"当时汪稼丽扭头就走了,第二天蒯池也住到厂里不回家了。田井跑到我家来,干涩的眼睛发了直,反复说着一句话:"我不妥协,我不妥协。"我劝她进一步了解了解没坏处,如今的青年人到底想要什么。田井听了,摇了摇头说:"妖精!妖精!"说完又直了眼睛走了。后来我虽找蒯池谈过一次,但也无用。母子两个僵持着,一直到田井发现肺癌已经转移,病倒住院以后,蒯池才搬回家。母子关系虽然缓和一些,但两个人都绝口不提汪稼丽,可是心里都存着一个汪稼丽。现在,坐在这楼梯口的,很可能就是汪稼丽了。

平心而论,她是漂亮的。我刚想再看她一眼,她倒已笑盈盈地朝我站起身来了:"是刘伯母吧?"接着她就解释道,"俄勒拉蒯池格照片簿浪看见过侬。蒯池也一直提到侬。"她说的是一口软和的上海话。

"啊!"我不知说什么才好,只觉得她聪明。这时幸亏蒯池从病房里跑了出来,一边走一边剥他身上穿的工作服,工作服里面是件雪白的衬衫,下面是一条笔挺的西裤。他看见我和汪稼丽站在一起,呆了呆,又把剥了一半的衣服兜回肩上,还是给我作了介绍:"刘姨,她就是汪稼丽。"说着神情懊丧,样子好像在说:"你看看,她有什么不好。"

汪稼丽也立即懂了他没说出的话,收敛了笑容,侧过脸去,装作对旁边走过的一个病人很有兴趣的样子。

"你妈妈怎么样?"我问蒯池,实际只是想把话岔开。

"医生说暂时不要紧。"

"哦!"我像是随便地向汪稼丽问道,"你进去看她了?"

她垂下头,微微摇了一下。

我不愿再待下去了,说:"我进去看看她就走。"我刚走了几步,就给蒯池叫住了。

"刘姨!"他咬着干燥的嘴唇,想了想,说道,"你能不能在这里陪她到十点钟?"

"干吗?"

"坦率地说……"他说了半句,我看见汪稼丽向他盯了一眼。他便低下头一味咬着上唇,不做声了。

"侬讲好嘞,刘伯母又勿是外人。"一句话,既向我卖了好,又点了蒯池,看起来,她比蒯池老练多了。

"坦率地说,"蒯池接下去说了,"我和汪稼丽要去参加她哥哥的婚礼。"说着,动手迅速地剥下身上那件工作服,从汪稼丽的提包里拿出一条紫红斜条领带来,一边飞快地打着,一边说道,"小汪的爸爸妈妈今天当然要去,而且还带了一个十级干部的儿子去,要介绍给小汪。我们挑人家,人家也要挑挑我们。你说我怎么办?我不能不去。妈妈已经病得这样,可是我,我,"他把工作服胡乱一卷，狠狠地塞进包里，说道，"我还得生活。"同时从包里拿出一件崭新的上装来。

可能是我只呆呆看着，没表态的缘故，汪稼丽说话了："这件衣裳还是搭人家借来咯。这种闲话勿好搭人家讲，也勿好搭自己姆妈讲，只有自家肚里明白。讲起来，只好讲蒯池屋里条件蛮好。"汪稼丽讲到最后也有点泪汪汪的了。

我能对他们说什么呢？对于这样的生活，斗争，人与人的关系，我是无知的，我能说什么呢？而对田井所做的一切，我熟悉，了解，能够立即分辨出什么是对的，什么是不对的。而对他和她，真的，我不知道说什么才好。只是愣愣地看着他像变戏法一样，把那件，那件，对了，是叫瓦尔特式的上装穿上。一穿上，人顿时就变了样，变得，变得……神气了。而且他留的那一头长发，在衣服的衬托下，也似乎不那么扎眼了。现在，他又金鸡独立，在换皮鞋了。一边对我说道："我跟妈说是困了，想回去睡一会儿。回头她要问起，你就这么说好了。"说完，他双脚已经着地，站在那里又咬了咬嘴唇说，"跟病人撒谎，是个美德。"他说话时一直没看过我，这时他看着我说道，"刘姨，你不怪我吧？"

一直在旁边不做声的汪稼丽，这时也插了一句："阿拉也叫呒没办法。"

"好！我等到十点钟。你们，去吧！"我点着头，说了这几个字，便不知再说什么是好了。

两个人见了，便把换下的皮鞋往包里一塞，回头朝我笑了一下，就翩翩下楼而去。我站在那里，只觉得茫然，我实在说不清该不该怪他们。

我庆幸田井没有再谈这个话题，否则，我还得给他圆谎。我看她胸部急促地起伏着，便请来护士，给她接上了氧气。她平稳了一些，睁开眼无言地看着我，眼里渐渐蒙上一层泪花。我知道，在这傍晚，在这半明半暗当中，她不能不想着她所爱的，她所恨的儿子。这情景太寂寞，简直有点凄凉。我赶紧走去开了顶灯，但是微黄的灯光，并没增加多少光彩，反而添了几分冷清。我只是强笑着坐在她的身边，想谈些她生活中最愉快最光辉的事。从她二十岁参军那天开始，三十二年来，我们在同一城市工作，没有失去联系过。哪些事会使她感到欣慰，感到自豪呢？一个共产党员漫长的斗争生活当中，总有几页是高潮，她的高潮在哪里呢？

我从田井现在的生活倒捋上去，寻找属于她的精彩篇章。

"四人帮"粉碎这两年里，她在一个中学当支书，她身体不好，实际上只是担了一个名义。这两年里。她突出的苦恼，是蒴池的工作不理想。他在一个纺织厂当加油工，日夜三班倒。人受辛苦不说，发展前途也不大。她操心，奔忙，找老首长，老同志，到处说"我老了，就这个样了，无所求了。我唯一的心事，就是把儿子安排安排好"。这话对我也说过多少遍，最后总算把他从车间调到厂的宣传部，但是厂部也有厂部的缺点，学不到技术，前途仍然并不光明。这时她有个方便条件，便是在学校挑那好的老师，来给儿子补习数理化，也就在这个时候，出现了汪稼丽的事，补习的效果也就不知道怎么样了。再上去，在"四人帮"文化专制时期，她和绝大多数干部一样，靠边站，每月拿生活费。这时期，她生活过得极苦，她本来会做衣服，这时又学会了烧菜，哪怕是青菜萝卜，在她的刀功、火功下炒出来，味道就不一样。就在这最艰苦的时期，她还每月拿出七块钱，要蒴池跟一位并不太高明的小提琴老师学琴。记得那是一个冬天，她从干校借了四十元钱回来，偷偷摸摸地跑去买一把练习琴。那时这可是件紧张物资，她跑遍了上海的旧货商店，东西中意了钱不够，钱够了东西又不中意。一直跑到傍晚，总算花了四十二元，买到了一把音色还不错的琴。她连身上的零钱都凑上去了，最后是拎了琴，走了七站路，回到了家。那一晚她高兴极了,好像有了琴,儿子的前途就有了保证。当时,我也为她欢喜过,不过欢喜之中,总有点怀疑,那时蒯池已经十六岁了,对于学提琴来说,总好像太晚了一些。这事虽然有点可感,但也未免可叹。而且这事涉及蒯池,正戳到她的疼处,现在不好提。两年以后,因为蒯池是独子,分配去了国营纺织厂。田井高兴得办了一桌菜,请了客,还发了糖。那提琴当然也就不学了。再往前追寻,那就是解放以后的十七年。在这十多年里,田井的一家和我们来往得特别多。我丈夫是个内科医生,而蒯池则从小多病。田井自己血压偏高,每当孩子一发烧,她的血压也就升高,往往孩子的病好了,她自己却累倒了。就在这种循环之中,她学校的学生,一批批地毕业出去了。学生们学黄继光,学雷锋,入团的多,升学率高,给她带来了愉快。但终究是贴不到心上去的,这一切还不如蒯池的算术得个优。一九六〇年,她丈夫得了肝病去世了,她沉浸在悲痛中,人们的同情中,沉在自己的病中,沉没在儿子的生活中。

我握着她瘦成一把骨头的手,手是那么凉,我正想把它放进被子里,这手忽然轻轻地捏了我一下,田井从眼缝里看着我,说:"你……在想什么?"

"我,我在想你押俘虏的事。"仓促之间,我一下说出了她一生的高潮。那真是火似的青春,火红的年代啊!果然,她嘴角牵动了一下,高兴了。

"老是'过去''过去',还有个完没有?"我脑子里忽然出现了蒯池的声音。

"没有完,也不能完。离了过去,你妈妈只有一个你了……"这是我心里的答辩。唉!声气很粗,内容却相当无力。唉!那是什么时候呢?唉!情绪有点被破坏了。那是一九四七年的春天,正是井儿参军后不久,莱芜战役打响了。我和井儿一起从文工团下到战斗前线,搞战俘工作。我们要从前沿带领一百二十名战俘下来,送到六十里地以外的战俘团。而战斗连里只能抽出四个战士来协助警卫押送。这任务初看十分简单,不过是带一批已经缴械的俘虏,走上一天的路程而已。可是当我们这个一字长蛇阵,刚离开前线不久,就发现我们正走在一个还未及打扫过的战场上,昨天国民党李仙洲兵团在这里坚守过,遍地狼藉着尸体、文件、纸张,还有枪支、弹药。假如这一百二十名俘虏当中,有那么几个人,弯一下腰,从地上捡起一颗手榴弹来,那么我们六个人四条枪,就要倒过来成为他们的俘虏。我是殿后的,心里急死了,也无法跟同志们商量。四个战士走在队伍左右,井儿在前面带队,而这个沙土的战场却绵延数里,一眼望去,没有人烟。我急得正冒汗,忽然听见一个尖细的声音在前面发出了口令:"举手跑步!"

"好个井儿,到底是在反扫荡的环境里长大的,有见识。"我一边在心里夸她,谢她,一边跑得气都喘不过来。当队伍拐上一个田埂的时候,我望见前面一个瘦小的身影,脚后跟几乎甩到了屁股上,跑得像支小箭似的。我们半小时跑了八华里,平安通过了危险地区。后来她留在战俘团工作了一个时期。听说有一次,她和两个战士带一队俘虏转移,遇到了空袭,国民党的俘虏从来没尝过挨飞机炸的味道,他们慌得四处钻,结果是井儿把俘虏连同自己和两个战士,一起锁在一个屋子里,她脸不改色,准备同归于尽,这才使得那些俘虏镇定下来。整个战役结束以后,我们文工团有三个人立了二等功,一个就是田井。

田井灰白的脸上,静静地凝着神,可能也正神游在那时的生活中,那是充满着青春与战斗、艰苦和快活的生活,已经逝去了的生活。我感叹着说:"那次立二等功的有三个人,一个是你,一个是季征,后来到连队当副指导员牺牲的。还有一个呢?"

"小尤,尤梅。现在是哪个军区的部长夫人。宾馆的长住户口。"

啊！原来是她呀！我想起来了。前几年，田井为了想让蒯池参军，曾经拎了两瓶十全大补膏去找过她。听说她哼哼哈哈地讲了一通大道理，而自己的四个孩子都安排得妥妥当当，在部队的提了干，在地方上的入了党。田井回来赌咒发誓地表示今后再不见她。其实，我认为不能以此来断定一个人的好坏。小尤，是个皮肤白白的胶东人。那次她是分在前方医院。十多个大芦席棚，给敌机发现了目标，三架飞机轮番轰炸的情况下，她沉着冷静，把她负责的那个棚棚里的伤员，全部安全转移。在敌机疯狂扫射下，她用自己的身体，伏在一个重伤号上，后来是伤员同志给她请功的。前两年的冬天，我曾在延安饭店的电梯上见过她一次。外面正飞着大雪，她却只穿着一件羊毛衫，一双软底瓦爿毡鞋，拿着一根牙签，正从餐厅出来，说是在上海治病。算来，她也是五十好几的人了，那皮肤仍然是又白又嫩的，也不知生的什么病。

我捏着田井的瘦手，理了理她那茅草似的头发，我觉得她可怜，也觉出她的可贵。我勉强笑着说："你记得吧！后来我们文工团庆功的时候，跑来了一个客人，特地给你送来了一支小手枪，三发子弹。"

"老蒯！"田井的眼睛睁大了，脸上出现一种亢奋之色，"我在战俘团认识他的，他是大队长。"

"那时我们就觉出来了，说井儿这小鬼大概在谈恋爱了。"

田井眼里露出笑意，说道："那时真是啥也不懂，人家也没把我看在眼里。他倒是先注意我的名字，问我为啥叫个井？我说咱们家乡老闹旱。他说那就叫个海不更好！我说海水不管用，他说那就叫湖吧！后来想想，田都成了湖也不行，又说，要个水池也比井强。我说等全国解放了，什么都有了。现在咱还是老老实实叫个井吧！"她说得很快，也很清楚，就是那种兴奋状态，使我感到不是一个好兆，我不敢再接她的话茬儿了。但是，井儿，那个时期的井儿啊！我仍从心里唤着,寻着。

她顿了顿,又接着说道:"后来,我刚怀了孕,他就起好了名字,叫个池。"说到这儿,她不响了。一会儿,嘴唇激烈地抖动起来,喉咙里咯咯地干噎着,眼睛里面好像有一团熄灭了的火,仍在幽幽地焚着,伴和着悲愤、怨恨、凄恻,她爆发了,发出一种嘶哑的喊声:"老蒯,我对得起这个家！我对得起你的儿子！我没享过一天福,我……"她忽然甩开我的手,去拉自己的毛衣扣子,她的手抖得厉害,我还没来得及帮忙,扣子被硬拉开了,她从贴身的衬衣口袋里,掏出一叠定期存单来,她在一堆票面三十元,五十元,也有一百元的存单当中,急急地寻找着。唉！这个劳碌命,在大家靠边、拿生活费的艰苦时期,她还跟我借钱呢！最后她找出一张五千元的存单,紧紧捏在手里喊道:"我为什么？为了什么啊？"她两边的颧骨上,泛出暗红色。我捏住她的手,说道:"井儿,你是为了革命,为了保持艰苦朴素的革命作风。你是贫农的女儿,你什么苦都吃得了,对吗？"我说谎了,我听见蒯池的声音:"对病人说谎,是一个美德。"是的,就像用鸦片和吗啡那样。果然,听我这一说,她克制了一些,点了点头。但一会儿又厉声地说道:"这是我的,这个家是我的,我谁也不给,绝不给那个妖精。"说着竟半撑起身子来,目光炯炯地看着我,说道,"我是共产党员,我没有遗产。你,你代我统统去缴党费！"说完,汗涔涔地倒在枕上,似乎力已耗尽,但手指还紧紧地捏住那些存单。我了解她,因此也有点厌烦她的虚假,不过我还是宽她的心,说:"要缴你自己去缴,还是我给你放好吧！"我先掀起她的内衣口袋,然后存单一张张放进去。她安心了,也安静了。我感到她的汗是黏的,就给她服了一片镇静剂,要她好好睡一会儿。

"噢！"她听话地合上了眼。我也直起腰来,靠在椅背上。

儿女,它是什么时候出现在我们生活当中的呢？它又是在什么时候,占领了革命制高点的呢?好像是他(她)们一出世,就占了优势。不知道别人怎么样,田井是说过,孩子一生下来,就和自己脱不了关系。儿子,是她的快乐、痛苦,是她的生活目的,也是她的动力。不知道别人怎么样,田井是说过,她唯一的心事,就是把儿子安排安排好。革命呢?她说:"革命已经坐稳江山了。"

病房里现在很安静,也许是开间小,天花板显得特别高,直接装在顶上的一盏电灯,支光又很小,暗的灯光,隐去了不少田井脸上的不祥之色,同时也带来了许多清冷的孤寂。

一双晶亮的眼睛,逐渐逼近了我,抹着淡淡的眼圈,颈上是血似的一点围巾,这是汪稼丽。现在我已清楚看见她,在那两间窗明几净的套间里走动,像主人一样地走动着,屋子凌乱了一些,也好像更暖了一些。她微笑着在向我说话,但我听到的却是蒯池的声音:

…………

"我知道妈妈的心愿,她是望子成龙,可是,她的职位又够不着使我成龙。要不,那个十级干部的儿子,今天也不会出现。我也可以在病房里做孝子。她一会儿要我学提琴,一会儿又要我学数理化,只有折腾我的本领。可我不行了,二十八岁了,我成不了龙,我也不是龙的料。不是龙我也不去成龙,我只希望好好地生活。这一点得感谢妈妈,她多少给了我一点本钱,小汪也是这样,她在里弄加工厂工作,这一点能怪她吗?妈妈却看不上眼。她爱打扮,这碍着四个现代化了吗?妈妈又看不上眼。她这不是那不是,我不知道她要的是什么。我不是龙,我只要好好地生活,懂不懂?好好地生活。"说话的声音越来越响,也越来越陌生了。

"我不懂,我不理解。"真的,我惶恐了,我不认识这个声音。我也不懂他说的好好生活,是个什么样的生活。

汪稼丽嘻嘻地笑着,在一张沙发上坐得更加惬意一些,用软软的上海话说道:"人活勒世界浪,勿是为了吃点、穿点?阿拉又勿去做坏事体。"

"你们是十足的小市民,资产阶级思想,妖精!"忽然田井出现了,鼻子上仍然插着氧气管,但是,声音和她健康时一样。

"什么资产阶级?我们不去偷,不去抢,不去剥削,没有野心,算什么资产阶级!"这是蒯池,他拧着脖子。

"侬是无产阶级?我看侬是封建思想。阿拉是资产阶级,巴望日脚过得好点就是资产阶级?侬勿要交班好了。"汪稼丽仍然笑嘻嘻地说道,"但是办勿到。到了阿拉手里,阿拉实事求是,就是格能看问题嘛。迟早点,世界总归是俄伲嘅。"

"无产阶级、资产阶级,还有私下养活着的封建主义,杂居于一代。这是杂居的一代!"我使劲摇着头,从蒙眬中醒了过来。我感到有点冷,看看田井,还睁着眼,我将她的手放进被里,手是冰冷的,被子里也是冰冷的。我忽然明白了,田井面临着一件可怕的事,她要交割这个世界,她不能不交割,但她向谁交割?向一个"不成器"的儿子,还带一个"妖精",献上自己的整个世界?

"几点了?"田井抬眼看看门。她在等儿子。

"八点。"我看看表,九点还差一刻。我故意少说一点,让她感觉上儿子回来得早一些。她侧过脸去,一会儿又转过来,看着我,喃喃地说道:"我要回家。"说时,一滴浑浊的泪水慢慢流下了眼梢。

"好!"我上去拥了拥她的肩膀,说,"等天亮,我一定送你回家。"

她点点头,又合上了眼。但呼吸十分急促。她等着天亮。我站起身,擦去眼泪,在屋里走动起来,她能等得到吗?如果可能,我现在就想把她送回家。那个窗明几净的家,是她的,也是我所熟悉的。今后,我去的机会不多了。

房里唯一的一扇窗是朝北的,窗外是医院的围墙,下面墙根下,有只蟋蟀偶尔发出几声畏寒似的曜曜声。墙外婴儿在哭。远处什么地方的喜庆筵席大概正进入高潮,那个十级干部的儿子,不知有几分胜利的把握。我身边的一个生命正在消逝。在这更深夜静里,生活并不停步,依然走向前去。

生活在走向前,它将走到哪里去?我在窗前站住了脚,苦苦地思索起来。那双涂了眼圈的眼睛,又出现在我面前;那绾起的柔发底下,露出了白净的小耳朵,不知为什么,我在想象当中,又为这副耳朵戴上了一对小小的血似的宝石耳环。她闪着眼睛,说道:"朝啥地方去?七十年代朝八十年代去,侬无产阶级勿是巴望一代要比一代生活得好哦?"

"也许是的,我不知道。"我嗫嚅地说道。

背后的门开了,汪稼丽那美丽的脸消失了。我看了看表,九点半,蒯池竟提前半小时回来,算是很不错。但接着我听见那门轻轻地,十分小心地关上了。这不是蒯池,我回过身,只见贾铭华一头亮晶晶的汗,睁着两只亮晶晶的眼睛,肩上扛着一个木头做的什么家伙,愣愣地站在门边盯住田井。

"贾铭华,你,你怎么来了?"一看见他,不知为什么,我有一种说不出的高兴,像是看到了我所熟悉的老朋友。

"我,我给护士说,我只进来一会儿。我没想到,田老师病得这样了。"他惶恐,抱歉,但又直白地说出了他的印象。

"你不是上北大了吗,怎么还没去?"

"明天就走。我有事晚去几天。没想到田老师病得这么重,要不我早来看她了。"他一直站在门边,似乎多走一步,都会影响病人。

"你坐下呀!"我移了移唯一的一把椅子,说,"你怎么会想着来的?"

"母校的老师,我都去拜访了。要不是为了这个,"他指了指扛在肩上的东西,说,"我早就来了。"

"这是什么?"

"我给田老师做了一只床上用的靠背。"他把肩上的东西轻轻落在地上,然后把它放开,两边有扶手,在扶手下的一个暗钮上一揿,便能自动调节靠背的坡度。他在表演给我看,可我注意的倒不是这个东西,而是他那满头的汗,满脸的热忱。他个子不高,有点瘦弱,脸上除了那对黑而亮的眼睛以外,实在普通得很,但就是这张普通的脸上,却处处透露出一股纯朴之气。大概由于我没有什么反应的缘故,他害羞了,收起那个不谓不精巧的靠背,说:"我随便做的,想给田老师在床上靠靠。"

"你做得很好。不过你来得更好。"我过去拍拍他的手,轻轻说道,"田老师可能用不着这东西了。"

他睁着惊愕的眼睛,看看我又看看田井,然后又看着我,说:"血,要不要?我的血是好的,O型的。"

我摇了摇头,没来得及说话,就发现田井的呼吸不对了,她挣扎着,说了几个字:"儿子快来。"

"田井,你怎么了?"她没做声,只是用手抓着胸口的衣服,过了一会儿才说出:"钱……给他,给儿子。"说时喉咙里响起了痰。

我感到自己的心,咯噔地停了一拍,然后迅猛地跳动起来。分别的时刻来了,但是不,井儿,你等一等。

"医生!"我只能向贾铭华挥了挥手。他懂了,脚步声立即回响在空旷的走廊里。我直起腰来,按着自己衰老的心脏,看了看表,已经十点正了,蒯池快回来了,田井也许能等到他,当面交割一切。

熟悉的人,带着我所熟悉的事,即将成为过去,我也是快要过去的人了,未来是属于贾铭华的,也属于蒯池、汪稼丽,当然也属于那个十级干部的儿子。他们的生活中,将各有各的高潮,有的将超过我们,有的也许不,也许有的还称不上高潮,只是一时的热闹、显赫,就像今晚蒯池参加的酒筵一样。不管怎么样,但愿他们的高潮,不要互相关联、依赖、对立而形成。

我听见贾铭华已带着医生跑来了……

一支古老的歌

舒书：

　　肩负着浃浃的命运，作为普通一员的旅行，味道并不好受。特别是到了地方，一走出火车站，我真有点茫茫然，惶惶然。手里拎了那个颇神气的拉链旅行包，东撞西闯，不知该上哪里找住的地方，也不知该上哪一路车。北方的秋天，虽不像想象的那么冷，但在傍晚的风里，身上的呢大衣飘飘忽忽地摆动着，心里着实有点焦急，后悔不该给浃浃来个突然袭击，让她来接就好了。也许，根本就该让局里事先联系，亮出我这个第八副局长的身份，免受这份罪。不过结局总算还好，经过了不知多少次的排队、询问，到晚上我总算住上了旅馆。承他们的照顾，给了我一个单间。小便上一次厕所，需绕回廊一周，从Z的末端转到上面的转弯角子。但我仍然非常满意，非常感激。如分配去住那十人一间的通铺，那我实在是无法入睡的了。

　　到的第二天，也就是昨天，立即给浃浃通了电话。她一听我来了，意识到事情的严重，也感觉到了我们决心之大。她在电话里足足有三分钟没做声，然后，你猜她怎么的？她哭，倒在我意料之中的，可她笑了，笑声很清脆，不过也很短促，接着就像解一道棘手的数学题那样，说："爸爸，你跟妈妈是怎么想的，怎么也会这样？"

伙计，我们在孩子的印象里，显然跟别的父母不同。这一点她想得倒很有些道理。比如我这次来，如果借点由头出一趟差，不但路费可以报销，还可以受到好的接待，就像我们那位杨局长不久前说的那样，要亲自来学习取经。这样的巧事儿，真是何乐而不为？可偏偏我们就不为，还偏偏想出，要作一次普通一员的旅行，这就是一例。不过现在这事关系到她的前途，她的事业，哪个做父母的能不关注？她现在是年轻，一时的热情，再加上我们家庭里那一点罗曼蒂克的思想影响，要和一个回乡知青结合了，这可不是三年五年的事。我很严肃地告诉她，要她作好思想准备，跟我一起回去，顶替妈妈的工作。

她听了后，又笑了。我至今也想不透，这有什么好笑的。她说："恐怕不行。"简直就像是我在邀她看电影一样。岂有此理。我有点恼火了，她却仍然那么轻快地告诉我，说他们团日夜两场在演出，有她的独唱节目。她明天才能来看我，还要叫我去看她的演出，还要带我去游松花江，然后也不等我说话，就"嘎噔"一声挂断了电话。

我，也快六十的人了，千里迢迢，为了她奔了来，为了她，还要去求人，她却连抽个空来看看我的热情都没有。想到这里，真有点心寒。但是再寒心，我也得设法把她弄回去。没有办法，女儿嘛！

为了解决"放"泱泱走的问题，我接着就给包方打电话。是秘书来接的，说局长很忙，问我是谁。我就说我是包方的老战友，从外地来，有要事跟他说句话。总算他自己来听电话了，一上来就叫我老"迂"，他还没忘记我的绰号。接着就问我住在哪里。我报了我住的旅馆名字，他想了半天也没想起来，可见我住的这个旅馆之小了。他问了我在哪里工作，又问你是否还在音乐学院，接着就数说他如何地忙。我要他指定一个时间，我去他家拜访。他着实作难了一阵，问我到底有什么事。没办法，我就在电话里约略地告诉他,你要退休,泱泱可以回去顶替。泱泱抽调上来的时间不长,户口可以从农村走,只要泱泱所在的文工团放她走就行了。这事想请他帮忙。

"啊!啊!"我说完了好一会儿,他还在"啊!"我想这到底是求人开后门,老包是个谨慎的人,我们又二十多年不见了,他现在的处境、情况,我都不了解,很可能有他为难的地方。所以我带着歉意,但坚持要去看他,面谈一切。于是他算了半天,明天、后天,最后决定大后天(现在来说就是后天了)晚上七点钟去他家里。

这就是我到达这里的第二天情况。一天里打了两个电话,什么地方也没去,什么事也没干。买了一包香烟,你放心,我只吸了半截就捻灭了,觉得无味。我感到一点寂寞、无聊,不过也一样,回去坐在局的办公室里,一杯茶,一张报纸,或者在文件上画上第八个圈圈,要不就济济一堂,十多个局级干部坐在一起,郑重地把一件几分钟就可决定的事,加以反复讨论、考虑,拖延到几天十几天,甚至几十天。那种寂寞无聊,更使人心里发疼。现在,我虽然独自枯坐,心里却很宁静,甚至脑子里萦回着柴可夫斯基的第六交响乐,特别是当中那一章。沸腾的岁月,沸腾的生活,这可能是和包方通话的结果,我忽然怀念起过去很久很久的那些日子来了。舒书,我多么愿意你现在就在我身边。

事情有何进展,我会立刻给你写信。反正我现在闲得很。

奇怪,有人敲门了,一定是泱泱来了。

屈　雍
十月五日

舒书:

现在是五日深夜,或者说是六日已经开始。乘我睡不着,也乘前信未封起,再涂上几句。

下午敲门的不是泱泱,而是泱泱发誓要爱到底的那位朋友冒华。这是一个标准的北方人,高大,魁梧,里面穿了件白粗布短衫,外面披了件拖到脚面的老羊皮大氅,浑身透着一股浓烈的马汗味。他一进来,就把头上一顶三片瓦的皮帽子摘下捏在手里,向我微微弯了弯腰,然后就直视着我——他的眼睛不大,但很秀气,很黑,很亮——作了自我介绍。他是接到泱泱的电话,连夜从乡下赶了来,要单独跟我说几句话。这位牧马人勇敢地说着,我却看见汗从他额上沁出,慢慢顺颊流了下来。我请他坐下,他也没客气。我倒了杯茶给他,他连忙连吹带嘘地喝了个干。他用帽子擦了擦汗,又那样眼睛对眼睛地看着我说道:"我到您这里来,泱泱是不知道的,请您千万不要告诉她。"

我说:"可以。你要对我说什么呢?"

"您把泱泱带走吧,要快。"他犹如背负着千斤重荷,说得气喘喘的。

我心里猛地跳了一下,不知泱泱出了什么事。不过我没露声色,仍静静地看着他,等他的下文。也可能我脸色上有了变化,他赶紧又说:"没别的事,您放心。"这时他在我面前第一次低下了头,在灯光下(这房间,白天也需开灯),我发现他的鼻梁很挺直,很漂亮。一会儿,他抬起头,直瞪着我说道:"我配不上泱泱,这我知道。我家是农民,我高中毕业,作为回乡知青,才照顾到牧场放马。泱泱还在我们生产队的时候,我就跟她说过,我明知不配的事,去攀去干,我就得一辈子负大债。我不能这么做,可是……"他想了一会儿,按了按胸口说,"里面这家伙好像不是我的了,不听指挥。牙咬碎了都不管用。"说到这里,他情不自禁地在口袋里掏摸起来,结果是掏出一只空了的香烟壳。我一向是反对青年吸烟的,但在此时此地,此情此景之下,我也就不自禁地找出前天买的那包香烟,推到他的眼前。他看了我一眼,默默地拿了一支,轻轻地说道:"昨天上午已快十一点了,泱泱的电话才找到我,要我赶来,明天和她一起来见您。二十六个小时里,我走了七十里路,等了两个半小时的汽车,坐了半天的车才到这里。有点累了。"他解嘲地笑了一下,才点燃烟。他微微咬着干裂的嘴唇,想了一会儿说:"我高兴您来。自己想办而办不到的事,只有借助外力。但求您快一点,快刀斩乱麻,我们北方人叫干脆。我们一咬牙也就扛过去了。"

舒书,应该讲,冒华说得十分简单,但是给我的印象却是如此强烈,仿佛他的感情已从内心溢出,他全身透着一团火似的炽热。一时我说不出话来,不知该说什么才好。我们在家想好的一套词儿,什么泱泱是南方人,应该让她回南方去;什么爱她的人都应考虑她一生的事业和幸福等等,我一句也说不出口。只有老老实实告诉他,要泱泱所在单位放的问题,还未最后解决,所以想快也快不起来,但是解决起来也不难。我把我们有包局长这条路也告诉了他。

"你们走,这事交给我来办。"他咬着嘴唇,想了一会儿,说。

"那怎么行!"我简直要叫起来了。

"行。她的户口不也是我到公社跑出来的?"

"啊!"舒书,泱泱的户口问题,不是你那位在县委工作的老同志帮的忙;现在看来,起码不是他一个人的力量。冒华主张泱泱回去,绝不是嘴上说说而已。我们原先估计的矛盾主要方向错了。

我跟他说什么呢?感谢他?称赞他?或是直率地承认他和泱泱是不相称的?还是滑头地解释一下泱泱非回去不可的理由?结果,我一句话也没说,只是默默地又递上一支香烟,他一抬手谢绝了,同时站起身来,说:"我该走了,泱泱要我五点半到她团里的。明天她还要我跟她一起来看您。请千万注意,我这次来,以及刚才谈的一切,她都是不知道的。您老千万留意。"

"好!"我送他到门口,又喃喃地说了一句,"真难为你了。"说出以后,才想起这是一句南方话,也不知他听懂了没有,只见他朝我点点头,就戴上帽子走了。

回到房里,我坐不住了,而且不假思索地拿了那支烟,这次我把整支烟吸完了。不知为什么,这个冒华使我产生了一种不安。我想起了上次泱泱信里说的一句话:"我沉浸在一种幸福当中,也许不减你们当年一起离开上海时那样。"舒书,看来泱泱才是矛盾的主要方面。不过,我相信能够说服她,我一定要说服她,我一定会说服她。我要弥补她童年时损失的一切。在我被隔离期间,她度过了一个惊惶而凄苦的童年,当了九年的反革命小崽子。我要,一定要加倍地偿还,使她有一个加倍幸福、美好、前途无量的青年时代。

我实在该睡了,但我知道是睡不着的。心里有点激动,还有点其他的什么,大概是感慨一类吧!房门外的走廊上,又跑马似的响起了"噔噔噔"的脚步走,去赶早班火车的旅客,已经唤醒了六日的清晨。

等见了泱泱以后,再给你写信吧!

屈　雍
于六日清晨

舒书:

由于昨夜一夜没睡着,所以吃过早饭后,硬逼着自己倒在床上假寐,由假寐而蒙眬,由蒙眬而沉入梦乡。所以当泱泱敲门进来的时候,我仿佛如在梦中。她披着一条白色尼龙纱围巾,脸颊是粉色的,也许她正在演出的缘故吧!卷曲的头发是那么亮,像是乌金做成的光环,她是那么轻俏,那么美,像是一尊青春的女神,轻轻把我唤醒,又轻捷地走到门口,伸出手去,牵进了冒华。她笑着对我说道:"爸爸,他就是冒华。他什么都好,就是穷点儿。希望爸爸能喜欢他。"

冒华已脱了那件拖脚面的大氅,穿了一件黑布棉袄,腰间扎着宽宽的白布腰,更显出他那虎背熊腰。他朝我闪了闪黑眼睛,鞠了一个躬,然后就坐在角落里,不时地看看泱泱,像是在诀别,又像是准备着随时都能跳起来,去执行她的一切要求。但我知道这个年轻人,只要一句话,他就能猝然走出,绝不回顾。

我愣愣地看看他,看看泱泱,仿佛一切都蒙在泱泱肩上那块白色尼龙纱的围巾里。

"爸爸,你说话呀!"

"我说泱泱,你怎么这时候来了?"

"下午我们临时有一场慰问演出,所以现在来了。"

"哦!"

"爸爸,你从来也没到过这么北的北方吧?"

"嗯!"

"爸爸这两天你一定要做两件事。一件是看我的演出,还有一件,你想想看,是什么?"

"是什么?"

"你怎么忘啦!我小时候就听你说过的。松——花——江!这次你可以好好地去看看了。"

"嗳!"我一边点头,一边努力在记忆中挖掘,我什么时候,为什么讲过松花江?舒书,你记得我讲过吗?

泱泱替我折起床上的被子,也许我还是一副懵懂的样子,她从包里拿出一大袋橘子,剥了一个,塞了两瓣在我嘴里,像她小时候那样叫道:"好爸爸,你老远跑了来,躲在旅馆里睡觉多可惜,下午让冒华带你去江边,晚上就来剧场看我们演出。我们没有柴可夫斯基的'第六',但我们有中国的青春,奋发、沸腾,也有中国的苦难和悲怆。你来看吧!"

"啾!今天不行。"

"为什么?"我看见她的眼神警惕起来,而且迅速地向冒华看了一眼,冒华赶紧低下了头,"为什么,爸爸?"泱泱那澄清如水的眼睛逼视着我,我嗫嚅地只好说出和包方约定今晚见面的话。泱泱笑了,依然是那么清脆和短促,于是把那个剥好了的橘子,接二连三地塞进我嘴里,说道:"我得走了,我要去舞台了。包局长那里你去好了,不过爸爸,这是没有用的。你应该知道,这是一点点用处也没有的。"说完伸手拉起冒华。冒华恍如在幻梦里那样站了起来,任她牵着手,脸上立时焕发出一种幸福的光辉。泱泱走到房门口,又转过脸来向我笑了笑,说道:"明天,爸爸,我们一起去看松花江。"她肩上那条白色尼龙围巾飘了起来,半蒙上了她的脸,于是泱泱就不见了。

一切都像在梦里。不,是他们两个像在梦里。一个已知道这爱情的结尾,一个还不明白,但两人还是一起沉浸在梦里,一个鲁莽的青年式的梦里。

但是,关于松花江,我到底说过些什么呢!为什么泱泱那么记着它?她说小时候听我说过的,那肯定我是说过的,现在却一点也记不起了,我真感到自己老了。

两年没看到泱泱,她好像有了不少变化。白了,不像在农村时那么虚胖了,活泼了……不,她原来就白,就不胖,就活泼,所以她实在也没什么变化。不过她这一来一去,把我的瞌睡也一起带走了,而去拜访老包的时间还早,先给你写上这一点。今晚去老包那里,是泱泱的最后一关,想我们为泱泱回去的事,真是过五关斩六将了。这最后一关,我无论如何将设法顺利通过。你尽管放心。

老包和我们虽然十多年未通音讯,但对他还是可以无话不谈的。

你的血压如何?我不在家,玄玄是否从他的晶体管那里,分出一点精力来照顾你?

屈　雍
六日午后

妻:

松花江原来是这么沉沉的,因为是晚上,我看不清它是什么颜色,只看到宽阔的一片粼粼波光。我傍着它,走了好久好久,它也带着我越过了好多好多年,回到了最早最早的那时节。你记得吗,在上海,在包方的那间三层阁里,你、我、包方、珈莉,我们年轻的血在沸腾,滚热的泪在横流,唱着"我的家在东北松花江上……"我全想起来了,你的声音有点沙哑,泪也流得特多,穿着你那件贵族女校的校服,是紫红镶着黑色细滚边的旗袍,黑黑的脸,宽宽的嘴。我们一起唱,一起哭,哭祖国的苦难,哭祖国的耻辱。我们同有一颗炽热的心,一个炽热的理想。只要能够救祖国,我们可以离乡背井,可以忍饥挨饿,可以舍弃萦绕于心头的爱情,可以去死。那种热情、抱负,那种决心、理想,那种鲁莽的、无顾忌的、勇往直前的梦想!当然,叫目标也可以,叫向往也可以,总之,我觉得人一定要有这种东西,它好像能净化人的灵魂。要不,在过去那么艰苦的环境中,我们怎么却感觉着那么甘美呢!同志间是那么温暖呢!

我为什么给你写这些呢,因为我想到了这些;因为我觉得这是美好的;因为你看了会感到愉快的。我从包方家出来以后,我完全想起了松花江,泱泱说的松花江了。

我明白你急于想知道的是什么,但我又实在不愿意破坏今晚的情绪,来给你写那些。总之,今天傍晚我是充分表现了我的

"迁"。下午,我给你寄出信以后,就买了一瓶酒,两大包熟菜,我想去包方家吃个便饭,喝喝酒。我去看他,除了泱泱的事之外,到底还有许多其他的话要叙谈。特别是这十多年来的经历,还有廿年前我们为他在大同酒家的送别聚会。为了两扇镂花大铁门,炼成了一堆无用的废铁。多少人在这个事实上摔破了头。你记得吗?包方只说了一句俏皮话:"废铁怎么没有用,分量过秤,入册上报,就是大用。"一句话,落得个党内记过,全家调去东北。情景之黯淡,怎怪他不借酒浇愁,以求一醉。现在他的情况已完全不同了,当上了局长,我呢,也从噩梦中醒来。我们正可以痛痛快快喝一杯,我兴兴头头地捧了菜,提着酒,按他给的地址,走到一座带廊柱的西式门廊前,门前正停着一辆黑色的大轿车。我这个人是不大怕汽车的,所以仍捧着熟菜包往里闯。

"喂!你找谁?"

我听到声音,看看四周却没人,只有汽车的前座上靠着一个人,侧着头在冷冷地看我。想来就是这个人在问了,我就告诉他,我找包方。说完我就往里走,因为我看见门开着。

"喂!站住。"车里的人口气严厉起来了,而且一摔车门,人就到了我的面前,那么公然地,上上下下打量着我,说:"包局长现在没空。"说着又向我手里的两个油包瞥了一眼,其不屑的神气,像是断定这包里就是猪头肉。从声音上,我认出他就是接电话的秘书。我感到了三分狼狈,七分的愤怒。于是我实行了以眼还眼的政策,也那么公然地,上上下下地打量了他,说:"包方约我来的。"说完,大摇大摆地往里走。这次他没拦我,可我的脊梁骨直发凉,我感觉到他在笑。我不管三七二十一,一推门就进去了。谁知一进门就和包方走了个面对面。他发胖了,更像尊弥勒佛了,但并不见老。穿着大衣正准备出门,一看见我先愣了半晌,然后脱口说道:"老屈,你怎么现在来了?"

"我来早了。"我伸了伸手里那两包该死的熟菜和酒,笑得连自己都觉得不自然,说,"想来跟你聊聊。"

"哈……老屈,多年不见,还是这么风雅。"说着就勾着我的肩,拍着我的背,说,"怎么样?还在搞你的哆唻咪?这些年受了不少委屈吧?唉!向前看,向前看,老布尔什维克了嘛!"他拥着我,向里走三步,又向外走三步,不容我坐下,也不容我插嘴,顾自说道,"可惜我今天正好有个招待宴会,改天吧!你要我办的事,我有数了。不过你也知道,现在都是集体领导。这事要慢慢来,不能急。"

我虽然觉得脸上热乎乎的,但人家忙,也难怪,我只好说:"你忙,你忙。我们改天再谈。"不过我要他再指定一个时间。他低了头,手掌在秃了的头顶上转了几个圈儿,最后决断地说:"我打电话给你吧!我们一定要好好谈谈,我们都是有教训可总结的人哪!舒书怎么样?想当年,坐在我家三层阁上,又唱又哭、热情奔放的小姐,竟要退休了!唉!'逝者如斯夫','韶华竟白头'啊!"

他抱着我的肩,又踱步又说话,感叹,问候,规劝,事务,把孔夫子和林黛玉凑在一起,滔滔不绝。一切应该做的,应该说的,都做了,说了,就是没让我坐下来。我手里捧着两包油腻腻的熟菜,提着一瓶酒,肩上还搁着他的一只手,跟着他在客厅里转来转去,我感到十分狼狈了。幸好这时外面的汽车揿喇叭催人了,通里间的一个门里,走出两个人来,一个是穿得比我还随便的男青年,还有一个你猜是谁?原来是我局的第一把手老杨。我出发前,他是说过要来此地学习,没想到他来得这么快。

"杨局长!"我连忙叫了他一声,并弯了一个六十度的腰。我也很坏了。在家里我从来都叫他老杨的,现在在外边,他又是个好面子的人,我对他更加恭敬,充分地满足了他。他果然很高兴,连忙过来拉了我,对包方说道:"原来你们认识。老屈跟我在一起,是我们局里的副局长。"

"哦！……"包方长长地哦了一声,真是意味深长的一声"哦"。这里"哦"出了多少转弯抹角的、不便言传的话啃！如果要翻译出来,那就是:原来你是副局长呀！原来你和杨局长一起的呀！原来我们是老战友啊！真是,你这个老屈,为什么不早说呢！……包方"哦"了以后,忽然懂了我的难处,一下把我手里的东西拿了过去,放在桌上,说:"一起走！一起走！你搞的什么名堂！"而且不由分说,推了我就往外走。

"我说我要来这里,你怎么不跟我一起走。"杨局长说。

"不敢沾光,我是纯属私事。"我说。

你总说我迁,你看我也可以说得很漂亮,不过心里却觉着自己很坏。像我们这把年纪,有一点起码的分析事物的能力,了解对方的需要,并给予满足,这实在并不难。问题是我们应不应该这么干,愿不愿意这么干,干了以后的效果是什么？可惜的是,对自己来说,效果往往是有利的。杨局长听我这一说,立即推心置腹地说道:"什么公事私事,我这次也是公私兼顾。来,介绍一下。"说着便指着那青年说,"这是我的老三,在这里念大学。"他又指着我,对那青年说:"这位屈叔叔,是有名的音乐家。"

于是我这位有名的音乐家,只得伸出那只油腻的手去,同时,恍悟到老杨为什么要如此着急地来此地学习,又为什么会出现在包方家里。我便乘机问他的老三:"你学的中文系？"

"中文系。"

"刚毕业？"

"唔！"

我猜得不错吧！如今的青年人虽老练,但总不如老的,比较可欺。他这几个字的回答,完全证实了老杨是为儿子的分配问题,才赶来学习的。学习二字,既可报销车费,又使事情办得不露痕迹,自己还能舒舒服服旅行一次。和他比较起来,我,包括你在内,实在"迂"得厉害了。

我陪他们走到汽车边上,就告辞了。包方硬拉,这倒是十分真诚的。说今天是局里请杨局长的便宴,除了有两位教育局的同志,没有外人,可以边吃边谈。而且还和我咬了耳朵,说是正可以提泱泱的事。然而我到底是个"迂"得很的人,我不想去,即使为了泱泱的事也不想去。就推说已约好一个同志在旅馆等我。包方想了想,说道:"那么明天我去接你,换个住处。住那里怎么行!你这个人啊!真是老迂,事先也不给个信。"说完就上了车。那位秘书一直拉着车门,耐心地等候着,这时他也微笑地对我点点头。

我心里难过,但我很坏,我却微笑着送他们上车,还站在那里招了一阵手。等汽车驶远以后,我才慢慢放下手来,慢慢往回走。天已渐黑,路灯还没亮。我心里有一种奇怪的空漠与荒凉,说不出的悲哀、寂寞。我感到孤独。这种孤独感是我前些年关在牢里也没有过的。我知道这情绪不对头,不符合今天这个时代。于是我赶紧离开了这块僻静的住宅区,走上了大街。下班的人潮带着我,拥着我。我也不辨东西南北地跟着走,忽然之间,我看到了那波光粼粼,那沉沉的松花江。亲爱的战友,我到底找到了你。你不声不响地流逝了多少年,你曾见过多少勇敢的、年轻的梦想。为真理甘洒鲜血,敢献头颅,那些诗般的青年战士,诗般的年月,这都保存在你博大而闪光的胸中,今晚你又重新向我披露,证明一切都还存在,都未消失。

我逐出了心头的孤独,回到了喧哗而又相当冷清的旅馆。当我推开住房的门,旋即高兴起来,真是高兴得很。冒华正坐在那里。他看见我,却是恭敬胜于欢喜,立即站起身来说道:"伯父要去包局长那里了吧!我随便买了点东西,请伯父一定带了去。"这时我才看见地上放着四瓶头曲酒,四听上海出的麦乳精。

"干什么?"一开始,我没有懂。

冒华看看我,终于静静地笑了,说:"屈伯父,我们这里行这一套。我知道你和包局长是老战友,不过托人办事,还是走点俗套好。"

看着这两件很气派的礼物,不能不联想到我那两包烧鸭一瓶酒。冒华对世俗似乎看得比我透彻。再看看他,仍穿着那件黑棉袄,双手笼在袖管里,有点局促地站在那里。从他代办礼物这事来看,他恰恰超乎他看透了的这种世俗。似乎那诗般的生活,都属于青年所有。可能是因为我没有做声,冒华有点不安了,说道:"伯父,我绝没有看低包局长的意思。我不过,不过是想让泱泱的事,办得顺利一些。"

"冒华,你是真的愿意泱泱回去?"我这问题,可能是冒华没有料到的。他立即垂眼低头,半晌没言语。过了一会儿,他抬起头来看着我,那眼睛啊,似两颗烧亮了的炭,一字一顿地说道:"我是真的愿意泱泱幸福。"

"你恨我们吧?"我说。

"不,泱泱跟你们在一起,比跟我有保障。我都想过十万遍了。"

"那么你自己呢?"

"我?"他愣了,眨着眼,好像从来也没意识到还有个自己的问题。接着说道:"我好办。我什么都受得了。"说完,似乎怕我深究,就说,"屈伯父,你该上包局长那里去了。"

"不。"我正后悔把那酒菜放包方家呢!便拎起他那四瓶酒,放到桌上,把绳子用小刀割断,不无激动地对冒华说道:"你陪我喝一杯吧!"

冒华张了张嘴,没说出话来。年轻人在这种地方又显得嫩了。他不知所措地站在那里,不懂我是什么意思。等我斟好酒,拿出泱泱带来的橘子,权作下酒菜,他才说出一句话来:"包局长那里不去啦?"

"去过了。"我说得很平淡,他听了似乎震撼很大,脸色都发白了。不过他控制得很好,镇静地坐下,先喝了一大口,才轻轻地说道:"包局长当然同意了。"

我没回答。我也先喝了一大口。怎么给他说呢?我递给他一个橘子,一眼看见他红润的脸更加白了,双手紧紧地夹在两膝当中,努力克制着全身的颤抖。我忽然明白了,他并不是什么都受得了的。

舒书,你还记得一九四二年,我们离开上海在轮船上的那个情景吧!我们都化了装,后来想想,那是纯属满足年轻人的一种冒险神秘感的。我化装成一个学徒,穿了白布短衫,而你是旗袍高跟鞋,俨然是一位去春游的大家小姐。包方装成个生意人。我们刚下船,心翼的翅膀已经展开,自以为从此我们就并肩飞向民主自由的抗日前线。没想到突然杀出了你妈妈和哥哥,跑了来把你拉回去了。当时我趴在船舷上,喊不敢喊,救无法救。我不也有些像这位冒华,脸色发白,浑身发抖吗?当船快要开了,你又重新走上跳板,回到船上。那个时刻,你记得么?我们三个穿着迥然不同的服装,装束不同样的人,竟手挽着手,紧紧地站在一起,在汽笛高鸣之中,面对着正在岸上哭跳着的你的母亲,唱起了"我的家在东北松花江上……"这有多么的幼稚,但是,和幼稚同样多的却是纯洁的、年轻人的热血和勇敢。记得么?你妈妈哭着向你喊道:"你要做了叫花子回来的!"不知你怎么样,我心里却有无数的战鼓在擂动,为革命做叫花子多么光荣,多么甜蜜!我更加大声地唱着"那里有森林煤矿,还有那衰老的爹娘……"

当然,我不是说我们现在就像当年你的母亲那样。泱泱和冒华也不是当年奔赴革命根据地的你我。现在在哪里都一样革命了。而且冒华考虑问题比我们要实际得多。但是从他现在的情绪上,我好像嗅到一些我们年轻时的气息。

冒华等着我的回答,闪着那两颗燃烧着的、炭似的眼睛。我理解这个年轻人,泱泱要走,他是有所准备的。但是,要走,和马上立即就走,对他说来亦是重要异常的。你一定要说我在同情这个青年了。不,我是在想,对他怎么说呢?说真话?就说我不愿送礼,也不愿抬出老子我这个第八副局长的身份去帮女儿活动。说假话?就说包局长和我们都是老战友了,用不着送东西,问题不大。幸亏我还没"迂"到这等程度,略为斟酌了一下,就说道:"送礼,用不着了吧!泱泱的事,看情况不是很难。"

看,我说得多灵活。可进可退,用主观推测,代替客观事实。好像没有问题,但又没有落实。既不说假话,也没露出真情。

冒华瞪眼看我说完,又埋下头去喝了一大口,然后又那样眼对眼地看着我,说:"屈伯父,原谅我。我是不该问这些事的。可是我很想知道,泱泱是否这次跟您一起回去。想送送她。我这一辈子里也就这么一次。但是,我又是请假出来的。"他说的是完完全全的真话。因为是真话,所以可信,值得同情。我也直说了,说:"没有把握。"

"那么,"他灵活地站了起来,好像整个人都恢复了活气,"我明天,或者后天就回去,安排一下再来,来送泱泱。"说着移开了酒杯就要走。

"不,不。"我觉得他现在走,简直大煞风景,就说,"我还没吃饭,你也没吃吧?"

"我,记得好像是昨天吃过一顿干粮。"他似乎活泼了许多。

"我们一起吃。"我拿出了早上买的面包,"可惜的是没有饭。"我又拎起了他采购来的另一样体面礼品。这次他没要我动手,兴高采烈地拿出小刀,割开绳子,打开了一听,于是我们一人一杯浓浓的麦乳精就着面包,剥着橘子下酒。我和冒华在十分友好、简直是热烈的气氛里,共进了丰盛的晚餐。当然,如果这时有你做的茄汁排骨,那就更妙了。

吃饭的时候,冒华讲了他的家乡。有森林,有马群,也有渔船。他讲了他们怎么捕大马哈鱼。原来大马哈鱼的鱼子十分名贵,完全是出口的。据专家说,六粒鱼子的营养价值就超过一个鸡蛋。他说他们乡里接待最尊贵的客人,是用的鱼宴,也就是席上所有的菜,全用各种鱼做的。他希望我去看看。他还唱了他们家乡的民歌,很动人,他的嗓子也很动人,属于男中音。

今天傍晚,我的情绪已到了PPPPP,但是到了晚上,却又由弱到强。最后,我要求他唱一首《松花江上》,他唱了。我以为这是一首我们时代的歌,古老的歌。没想到他唱得这么饱满,不下我们当年。看来,我们年轻时的那种激情还在,还在松花江那沉沉的水流中激荡。

在今天一天的活动中,除了那该死的熟菜和酒以外,我还有什么迂的地方吗?明天和包方见面,旅馆我是坚决不换的。喝了一点,又过了一个愉快的夜晚,预计今夜会睡得很好。祝你晚安!

屈　雍

六日夜

舒书:

一早泱泱和冒华就背了个大书包来了。她今天是布鞋,深色的衣服,深色的围巾。一进门,就举起双手,像是恳求又像是发誓,说道:"好爸爸,别提我的调动,我哪里也不去。今天谁也不许提这个。让我们痛痛快快玩半天。"接着就带我去游松花江,外带野餐。冒华不知哪里弄了条船来,由他划桨。他弄船弄得很漂亮。

他在泱泱跟前,仿佛如置身于一种幻想的幸福之中,既痛苦又欢乐,那张陶醉而带忧郁的脸,在船尾一仰一俯地划桨。我真像是在听第六交响乐的第二章,在轻盈愉悦的圆舞曲当中,潜伏着忘不了的悲哀。他已决定明天回大队去了。

总之,今天上午过得很美,野餐也很可口,他们带的是面包、酱油蛋、辣白菜。

这都是闲话,只有泱泱的那两句话,比较关键。回到旅馆以后,正泡好了一杯浓茶,就听见外面汽车喇叭声音,包方来了。一来就埋怨我昨晚不该不去。他说:"我知道你怕当着你们杨局长的面,提你女儿的事。其实有什么关系。他来的目的也一样,为了儿子的分配问题。昨晚,人都在一个席面上,一下子就解决了。"说完,他连坐都不肯坐,就要我跟他一起走。说是好不容易在杨局长住的宾馆里,给我安排了一个房间,并说:"和杨局长住一起,人来人往,说句话,办个事,都方便。"

我只有连连摇头,说:"一样,住这里也一样。"

他也摇头,用手点着我说道:"不一样。我跟你说句心里话。我们都得接受一个教训,就是臭知识分子的清高。如果当初,我是个局长、部长家里的常客,我全家也不会到这里来了。那时候,错误比我严重的人有的是,人家怎么照样提职升级!"说到这里,他好像有点激动,一屁股坐在床上。不过他很快就搓搓脸,恢复了原来情绪,笑道:"你听我的,准不会错。明天就以你屈副局长的身份,或者干脆跟杨局长说一声,以他的名义回请,把我们局里的那些人都请来,把问题一提,你女儿的事就算解决了。"

舒书,他要我做的事不是难事,既不是赴汤蹈火,钱方面更无困难。可是,我实在感到乏,感到烦,感到不耐,感到低下。我只得躲避,说:"明天吧,我今天太累了。"

大概他看我一副被打垮了的样子,同时汽车还在外等他,就决断地站起身,说:"也好,你明天搬去。我先跟老杨去通个气。再告诉人家把房间给你留着,酒席给你订好。你再把你女儿的名字、单位、工作写一写交给我。我明天上午来接你。"说完,就指指地上,冒华昨天带来的那些东西,说道,"你倒是会自得其乐。"

  我含糊地应着,送他出了房间。一会儿,大门外汽车喇叭一声响,包方离开了。我才喘过一口气来。真正没有想到,我这个第八副局长,在局里只是喝茶开会,画圈看戏,有了不多,无了不少。不料在解决女儿问题上,能起这么大作用。怎么办呢,明天?

  明天马上就要来了,我怎么办呢?舒书,你能告诉我吗?

屈　雍
七日晚

舒书:

  考虑了半夜的结果,我决定跟冒华去他们的大队了。去看看他的马群,尝尝大马哈鱼的鱼子,再听听那里的民谣,呼吸呼吸那森林里的空气,我需要那里的生活。也许,在那里能寻回我音乐上的艺术生命。社会主义的第六交响乐,结尾绝不是生命的熄灭,而是生命的苏醒、延续。想来想去,觉得这是我能做的,做来对党对人民还许有点用处。而第八副局长,我不需要它,我的女儿也不需要它,党和人民也并不需要这个,只是一种对干部的照顾。革命者反要革命的照顾,我想这本身就不那么革命。

  从前我们唱过的那支歌,已经历了半个世纪。现在的青年也用同样热的感情在唱。这热的血,热的泪,火似的感情,不单单是属于青年人的。这火在我们身上并没有熄灭,不过跳跃得不那么鲜亮,但它是更炽热、更耐久的一种火。

  决定以后,我就安然入睡了。我相信你会理解我的。可能我要过个把月再回来,这次回来,不但有许多可说的,也许还有许多可唱的呢!

屈　雍
八日晨

知 识 链 接

【文学常识】

一、作家介绍

茹志鹃(1925—1998),曾用笔名阿如、初旭,祖籍浙江杭州。当代著名作家。生于上海,幼年跟随祖母寄居于两地的亲属家。祖母去世后,她又辗转于基督教会办的孤儿院、妇女补习学校、圣经学校,初中毕业于武康县中学。1943年,她随兄参加新四军,先为苏中公学学员,随后为部队文工团工作。1955年她从南京军区转业到上海,先后从事编辑工作和专业文学创作。这些经历也反映在她的作品中。

茹志鹃的重要作品集有《关大妈》(1955)、《百合花》(1958)、《高高的白杨树》(1959)、《静静的产院》(1962)、《草原上的小路》(1982)以及《漫谈我的创作经历》(1983)、《母女漫游美利坚》(1986)等。茹志鹃去世后,王安忆整理出版了她的自传体小说《她从那条路上来》(2005)以及《茹志鹃日记(1947—1965)》(2006)。

二、作家评价

又如静夜不眠,忽有箫声,自远而来,倾耳听之,箫声如小儿女絮语,又如百尺高楼,离人怀念远方的亲人,又有如千军万马,自近而远。这不是人人经常都有,但偶然会有的经验。我以为小说也有像这样的。收在这本小册子的茹志鹃同志的近作,就像是静夜箫声。……初读似觉平凡,再读则从平凡处显出不平凡了,三读以后则觉得深刻,我称这样的作品是耐咀嚼,有回味的。……故事不平铺直叙,而是曲折有致,后先萦回;人物虽寥寥数笔,仍是个活人。

——茅盾:《〈草原上的小路〉序》,选自孙露茜、王凤伯编《茹志鹃研究专集》,浙江人民出版社1982年版

茹志鹃是以一个新中国的新妇女的观点,来观察、研究、分析解放前后的中国妇女的。她抓住了故事里强烈而鲜明的革命性和战斗性,也不放过她观察里的每一个动人的细腻和深刻的细节,而这每一个动人的细腻和深刻的细节,特别是关于妇女的,从一个女读者看来,仿佛是只有女作家才能写得如此深入,如此动人!……在年轻作家的队伍里,出了一个茹志鹃,作为一个女读者,我的喜欢和感激是很大的。

——冰心:《一定要站在前面——读茹志鹃的〈静静的产院〉》,《人民日报》1960年12月14日

文学写作却是一项奇特的劳动,非同于物质生产,不仅为共同的需要主宰,还相当程度地依赖于个体的经验、感情、认识。在我母亲,无论身世、遭际、性格、气质,都决定她是一名小资产阶级知识分子,于是,她的写作几乎从开始起,就面对着如何处理一种紧张关系——个体与集体如何兼容并蓄、两相关照的问题,而这胶着

状态,最后却也形成唯她独有的——以"风格"论似有不足,说是"世界观"又太重大,或者是心境吧!而且我以为,父亲的遭际一定间离了母亲个体与集体的关系,使她在宏大历史中偏于一隅,不得不自我面对,因而在史诗性的战争题材中,攫取了纤细的人和事,写成得茅盾先生称赞,日后几十年里收录进中学生语文教本的短篇小说《百合花》,母亲的名字"茹志鹃"也被文学爱好者熟知。更重要的是,母亲在受鼓舞之下,开始成形自己的风格。然而,又一个悖论产生了,那就是,她安身立命于写作的却正是最遭怀疑的,有人甚至生出固定的词组:"家务事""儿女情"。上世纪八十年代,新时期文学的发轫阶段,母亲专以这种批评为题目写作了两篇小说:《家务事》和《儿女情》,是为自己平反,也是替"家务事""儿女情"正名。但其实,即便在那样严格规范私人情感的日子,母亲以及她的同辈人依然透露出专属于他们自身拥有的表情,除去字里行间不经意的渗漏,亦有完整的篇幅,穿越主流落脚边缘,独立于时代的忽略之中。

——王安忆:《公共母题中的私人生活》,《当代文坛》2019年第6期

　　应当承认,你选择了一条困难的道路。在这条路上前进,需敏锐的观察力和高度的概括力。你已经取得相当大的成就,给你的作品造成了鲜明的特色。你的每一篇作品,都曾经使我感动,你塑造的每一个人物,都给过我较深的印象。但是,不知为什么,统读了你的许多作品之后,总觉得还有些不足之处。什么道理呢?我现在并没有找出明确的答案,只隐约感到你的路子还不够宽广。你似乎不喜欢那种赤裸裸、血淋淋的描写,你喜欢的是从侧面烘托,有含蓄、有余地的手法。你对普通人物的兴趣远远超过对突出人物的兴趣,你似乎认为写"小人物"身上刚萌芽的新品质和写英

雄们光芒万丈的性格具有同等意义。因此,你写战士就要写通讯员、警卫员,不准备写什么战斗英雄。即令写战斗英雄,你大概也要写他作为一个普通人的方面,不去写他英勇战斗的场面。……我有些怀疑:是否每逢这种情况都非如此处理不可？你对自己的趣味和倾向是否过于执拗了？

——欧阳文彬:《试论茹志鹃的艺术风格》,选自孙露茜、
王凤伯编《茹志鹃研究专集》,浙江人民出版社 1982
年版

三、作品评价

《百合花》可以说是在结构上最细致严密,同时也是最富于节奏感的。它的人物描写,也有特点;人物的形象是由淡而浓,好比一个人迎面而来,愈近愈看得清,最后,不但让我们看清了他的外形,也看到了他的内心。……我以为这是我最近读过的几十个短篇中间最使我满意,也最使我感动的一篇。它是结构谨严,没有闲笔的短篇小说,但同时它又富于抒情诗的风味。

——茅盾:《谈最近的短篇小说》,选自孙露茜、王凤伯编
《茹志鹃研究专集》,浙江人民出版社 1982 年版

简洁而传神的描写,体情状物的象征手法,羞涩而敛抑的"爱情"的表现,都显示出古典文学对建国初期文学的深刻影响。……茹志鹃是一个会用文字画像的人,一个会用文字传递声音的人,她对新媳妇的描写,就给人一种绘画才有的生动、逼真的印象……在这里,所有的描写都是朴素、平实的,充满了如其所是的事实感,没有哪一个物象是抽象的、模糊的,没有哪一个对人物的动作和表情的描写是似是而非的,而是一切都宛然如在目前,我们就好像一个参与者和见证者,站在近旁,听得见屋子里的"响

动",看得见通讯员"颇不服气"的样子,窥见了新媳妇内心的"尽咬着嘴唇笑"的秘密。……给她的文学写作带来一种稳定的清晰、自然的风格特点。

——李建军:《再论〈百合花〉——关于〈红楼梦〉对茹志鹃写作的影响》,《文学评论》2009年第4期

茹志鹃笔下的人物,女性胜于男性,而女性之中,尤以收黎子那样的人物(外貌腼腆而内心强毅,娴静和干练结合于一身)最为出色。……收黎子的影子曾经在《百合花》中的新婚少妇身上出现过,但收黎子显然是成熟了的"新婚少妇"。

——茅盾:《读书杂记》,选自孙露茜、王凤伯编《茹志鹃研究专集》,浙江人民出版社1982年版

四、关于人物小说与心理小说

人物小说即以表现人物为主体的文学体裁,通常围绕某一个或某几个主要人物展开,所有的事件都是为了烘托人物的特质和性情,因此常常能塑造出具有典型性的重要人物形象和极具戏剧性或象征性的人物命运,如鲁迅的《祥林嫂》《孔乙己》、老舍的《骆驼祥子》、沈从文的《萧萧》、汪曾祺的《陈小手》、柳青的《创业史》、路遥的《平凡的世界》、陈忠实的《白鹿原》等等。

心理小说即深入人物心理,表现人物内心的小说,如司汤达、福楼拜、普鲁斯特等作家的作品。到了20世纪,受到弗洛伊德精神分析理论等的影响,又发展为意识流小说,更加微观地呈现人物的每一个念头,并且格外凸显了其中无意识的、非理性的、不连贯的成分,如普鲁斯特和乔伊斯等人的小说。在中国现当代小说中,有一些作品将传统题材、写实叙事与心理小说、意识流的手法相结合,取得了很好的效果,如施蛰存的《将军底头》《鸠摩罗什》《石

秀》等。

【要点提示】

一、小说与小说中的人

茹志鹃的小说格外注重人物的刻画,尊重人和人的个体性。在表现人物的时候,她通常深入到人物的内心,描写人物的所思所想。因此,她的小说可以说是人物小说和心理小说的典范。

茹志鹃的每篇小说中人物都不多,基本是以一个人物为绝对的主角,搭配一两个和其产生关联的重要人物。这几个人物在故事中都很具代表性,在身份和性情等方面相互对比、互相映衬,形成简洁、稳定而富有张力的人物结构。同时,小说通常都采用一个稳定的视角。如果是直接描写故事主人公,小说会从这个主人公的视角来写,直接凸显其复杂的心理活动;如果是通过叙述者"我"来观察主人公,这个叙述者的心理活动,包括他/她的看法和评价,会直接带领着读者进入故事,读者的认知自然与叙述者的情感取得一致。总之,人物的心理活动总是和小说的发展同步进行。通过人物细致、平实、可信的心理活动,我们可以看到主人公面临的问题,以及问题是如何解决的。

需要注意的是,茹志鹃的心理写作与西方现代派、后现代的心理描写有较大的区别。尽管在《剪辑错了的故事》中,她也借用了意识流等叙事手法,但是她在使用这些手法的时候,并不只是出于文本实验的兴趣,去开掘人物潜意识和非理性的一面,而是出于一种现实的需要,想要有所思考,有所批判,而不是叙写下意识的心理活动和无意义的呓语。她所刻画的人,是有力量的人;她所表现的情感和思想,也是有力量的情感和思想。

二、女性视角

茹志鹃着重写人,也着意处理集体与个人、时代与个体、理想化与现实性之间的矛盾。由于她通常使用女性视角,主要描写女性人物,女性的境遇和情感特征也体现在她的创作之中。在描写解放战争的作品中,女性的变化往往是非常积极的,她们通过参加革命,获得人生的主动性,女性的改变和时代潮流是同步的。而在描写解放后生产建设的小说中,女性关心家庭、容易满足的特性,往往会成为革命进步的障碍,这时出现了家庭角色和社会角色之间的摇摆。当女性对家庭、儿女的爱护,胜过对革命、生产的关心,茹志鹃的态度,不是简单的批评,而是同情的理解,这显示出她对人性和人情的眷注和尊重。

三、诗意的语言,个人化的抒情特征

洪子诚在《中国当代文学史》中,将茹志鹃、孙犁等的作品称为"革命的'另类'记忆",因其具有较多的抒情性,传达了更多的个人经验和审美情调。吴投文则把《荷花淀》和《百合花》这种有意识地避开正面描写战争、着重表现人物的内心和情感的小说,归纳为"战争诗化小说"。主流革命文学"浓烈、高亢、雄伟、奔放,具有阳刚之美",战争诗化小说"柔和、雅致、清新、隽永,具有阴柔之美","表现为一种牧歌性———一种迥异于田园式牧歌的战地牧歌",具有独立的美学意义。在表面的革命话语下,"小说的艺术魅力在于里面深藏着一种永恒的使人莫名感动同时感伤的东西。"(吴投文:《战争诗化小说:从〈荷花淀〉到〈百合花〉》)其实,在茹志鹃并不涉及战争的小说中,也存在这样一种生活的诗意。茹志鹃的小说,一方面仍是在革命传统,在革命历史小说的话语之中,歌颂革命的成果,或含蓄地揭示革命存在的问题;另一方面,诗意盎然,意蕴悠长,有别于主流的叙述方式,常常溢出革命叙事模式的框架。比如她诗意的语言,对《红楼梦》等古典美学的吸收,展现的人性美和人情美,就拥有超越时代的意义。

【学习思考】

一、欧阳文彬在《试论茹志鹃的艺术风格》中对茹志鹃专写"小人物"有所不满,侯金镜的《创作个性和艺术特色》则对此作出反驳。面对这些争议,你是如何看待描写英雄与描写普通人、写大题材与小题材之间的差异的?

二、在评价具体作品时,同样的写法,有人认为是优点,有人认为是缺点。你如何看待这些作品的写法和得失?

三、你认为茹志鹃和孙犁的创作有哪些相似之处和不同之处?你认为正面描写战争、侧面描写战争,以及仅仅把战争作为故事发生的幕后背景,有哪些叙事手法和效果的不同?

四、你如何看待小说的诗意和现实性?

五、读完小说后,你有什么特别的感受和体会?如果你有兴趣,可以阅读下茹志鹃的创作谈和日记,从而对她的创作方法、她对生活的观察和感受,有进一步的了解和认识。

(叶端 编写)